中國語言文字研究輯刊

六　編

許錟輝　主編

第 **13** 冊

中國上古涉酒詞語研究

林　琳　著

花木蘭文化出版社

國家圖書館出版品預行編目資料

中國上古涉酒詞語研究／林琳 著 — 初版 — 新北市：花木蘭
文化出版社，2014〔民 103〕
目 4+234 面；21×29.7 公分
（中國語言文字研究輯刊　六編；第 13 冊）
ISBN：978-986-322-668-0（精裝）
1. 漢語　2. 詞彙學
802.08　　　　　　　　　　　　　　　　　103001868

ISBN-978-986-322-668-0

中國語言文字研究輯刊
六　編　　第十三冊　　　　　ISBN：978-986-322-668-0

中國上古涉酒詞語研究

作　　者　林琳
主　　編　許錟輝
總 編 輯　杜潔祥
副總編輯　楊嘉樂
編　　輯　許郁翎
出　　版　花木蘭文化出版社
社　　長　高小娟
聯絡地址　235 新北市中和區中安街七二號十三樓
　　　　　電話：02-2923-1455／傳眞：02-2923-1452
網　　址　http://www.huamulan.tw 信箱 hml 810518@gmail.com
印　　刷　普羅文化出版廣告事業
初　　版　2014 年 3 月
定　　價　六編 16 冊（精裝）新台幣 36,000 元

中國上古涉酒詞語研究

林琳　著

作者簡介

林琳，女，1978 年 7 月生於吉林省長春市。2012 年畢業於東北師範大學文學院漢語言文字學專業，獲文學博士學位。其間主修漢語辭彙與訓詁，著有《劉子譯注》（吉林人民出版社，2008 年 8 月），並在《社會科學戰線》、《古代文明》、《勵耘學刊》等刊物發表論文。2012 年 11 月進入吉林大學中國語言文學博士後流動站從事研究工作。現爲吉林省教育學院高中教研培訓部語文教研員。

提　要

　　本書的主要研究對象是中國上古涉酒詞語，即源自上古時期文獻、詞符形式上存在一定關聯、意義上與「酒」有關的詞和固定語的總匯，屬於特定語義範疇詞義的斷代研究，主要對上古涉酒詞語的詞義、語義、語用及相關文化現象等進行描寫。

　　本書根據普遍認知規律來確定語義分類的認知框架，將上古涉酒詞語分爲十一個語義類別進行描寫和分析，體現它們在上古不同時期的面貌及發展演變。對於各語義類別，主要從共時角度描寫涉酒詞語在上古各階段的語義面貌，從歷時角度描寫其更替、演變的情況。在此基礎上，充分利用「詞項屬性分析表」來認同別異，使語義特徵表述更爲具體化。

　　在詞義及語義系統描寫的基礎上，還對其中一些涉酒詞語進行個案研究，描繪其詞義引申脈絡。同時，通過對上古涉酒詞語的隱喻認知分析，可看出其意義之所以演變的原因和規律，亦可從語用的角度看出詞語的發展趨勢。

　　涉酒詞語作爲一種主題詞彙，與漢語辭彙系統以及社會經濟文化生活存在著相互聯繫、互動互變的關係。從對某些典型詞語的描寫與考證中，積澱了中國古代酒文化的本質與內涵，體現了語言作爲文化載體的重要功能，印證了辭彙與文化共變理論。

目
次

前　言

　　本書的主要研究對象是中國上古涉酒詞語，即源自上古時期文獻、詞符形式上存在一定關聯、意義上與「酒」有關的詞和固定語的總匯，屬於特定語義範疇詞義的斷代研究，主要對上古涉酒詞語的詞義、語義、語用及其發展變化和相關文化現象等進行描寫。

　　本書根據普遍認知規律來確定語義分類的認知框架，將上古涉酒詞語分為十一個語義類別進行描寫和分析，體現它們在上古不同時期的面貌及發展演變。這種劃分基於「語義場」及「概念場」理論，但又較之更為寬泛。對於各語義類別，主要從共時角度描寫涉酒詞語在上古各階段的語義面貌，從歷時角度描寫其更替、演變的情況。在此基礎上，充分利用「詞項屬性分析表」來認同別異，使語義特徵表述更為具體化。通過分析和比較可以看出：上古前期，涉酒詞語已形成系統，其詞語多表示具體概念，單音節的單純詞占絕對優勢；上古中期，產生了大量的新詞，其中一些具有明顯時代色彩，還有一些表示的意義較為抽象並且帶有一定的文學傾向，複合結構的比例較前期明顯增加；上古後期，涉酒詞語系統較為完善，複合化趨勢已較為明顯，主要體現為同義複合詞的逐漸形成和使用頻率的增多。

　　在詞義及語義系統描寫的基礎上，本書還對其中一些涉酒詞語進行個案研究，描繪其詞義引申脈絡。這些詞語可能通過各種途徑生成相關的涉酒意義，

以此作爲起點，以上古時期作爲主要時間斷限，討論它們在一定的規律下，如何按照某些途徑生成相關的新義。由此可以看出，許多詞語的意義都不是單一的，其中有些詞在上古時期則有了較爲複雜的引申，有些詞引申意義的用例則出現得較晚。涉酒詞語的詞義引申存在「同場同模式」的演變規律，不僅豐富了相關類別的詞語，也使不同語義類別的詞語相互關聯，彼此牽涉。

隱喻是詞義引申的一個途徑，亦是從認知角度分析詞義的一種方式。通過對上古涉酒詞語的隱喻認知分析，可看出其意義演變的原因和規律，亦可從語用的角度看出詞語的發展趨勢。從意義變化的角度來看，常以現有的詞作爲參照，或是使現有的詞引申出新的義項，或是以現有的詞作爲詞素衍生出新詞；在詞形上，由單純結構向複合結構發展則是一個顯著的趨勢。成語作爲一種特殊的詞語形式，其形成和演變亦與隱喻密切相關。這些現象，是人們認知思維發展反映在語用中的結果。

涉酒詞語作爲一種主題詞彙，與漢語詞彙系統以及社會經濟文化生活存在著相互聯繫、互動互變的關係。從對某些典型詞語的描寫與考證中，現澱了中國古代酒文化的本質與內涵，體現了語言作爲文化載體的重要功能，印證了詞彙與文化共變理論。

關鍵詞：涉酒詞語；詞義；語義；引申；隱喻；酒文化

第一章　緒　論

第一節　上古涉酒詞語研究綜述

本書研究上古涉酒詞語的詞義、語義、語用及相關文化現象等問題，屬於漢語史的斷代專類詞彙研究，關鍵詞有：涉酒詞語、詞義、語義、引申、隱喻、酒文化。據此，將從詞義、語義研究綜述和上古涉酒詞語研究綜述兩個主要方面進行說明。

一、詞義、語義研究綜述

（一）詞義、語義研究總論

詞義研究屬於語義研究的一部分。漢語的語義研究大致經歷了訓詁學（語文學）、傳統語義學、現代語義學三個緊密聯繫的時期。

訓詁學時期的語義研究，爲從詞彙史的角度探討詞義及詞彙的規律提供了寶貴的資料，成爲後來漢語詞彙學所繼承的重要內容。但是，從研究內容到研究方法，它終究不是現代意義上的詞彙學。而傳統語義學研究也是以詞義爲軸心的，儘管學者們在詞彙學研究方面的努力是有目共睹的，但與語音、語法相比，詞彙研究的發展一直是不平衡的。

針對十九世紀歷史語言學的「原子主義」傾向，索緒爾在《普通語言學教程》中闡述了「語言是一個系統」的理論，這一理論的提出對西方結構主義語

言學的興起以及語義研究中語義場理論的提出產生了重要的影響。學者們紛紛引入現代語義學理論，深入考察、研究詞義，最終獨立出詞彙學的一門子學科——漢語詞彙語義學，並相繼產生了朱星的《漢語詞義簡析》〔註1〕、蘇新春的《漢語詞義論》〔註2〕、賈彥德的《漢語語義學》〔註3〕、符淮青的《詞義的分析和描寫》〔註4〕、張志毅、張慶雲的《詞彙語義學》〔註5〕等詞彙語義學著作。

漢語詞義的研究，經歷了由個體到系統的研究過程，前期從傳統訓詁學中汲取了許多思路和方法，後期則從西方語義學中吸收了相關的現代理論，使詞義研究走向了微觀與宏觀、分析與描述、靜態與動態相結合的道路。

上個世紀，把現代語義學理論和傳統訓詁學成果結合起來進行古漢語詞彙研究已經成爲一部分研究者的共識。在構詞法研究、同義詞研究、常用詞演變研究等方面展開了廣泛而深入的討論：周祖謨、黃景欣主要從詞彙的構成上探討詞彙的系統性〔註6〕；高名凱從同族詞、同音詞、同義詞和反義詞等不同類聚中研究詞彙的系統性〔註7〕；劉叔新根據詞語之間內在意義的標準，認爲詞彙系統有十一種組織結構〔註8〕；朱星認爲詞彙的系統性主要是建立在詞義上〔註9〕；張永言強調詞彙系統的研究首先是研究詞的語義聯繫〔註10〕；宋永培以系統論爲指導，將意義劃分爲義位、義系、義區和義部等層次結構單位〔註11〕；王寧從雙音合成詞與現代漢語單音詞在表意功能上的分佈和詞彙分化兩個方面論證詞義系統的存在〔註12〕。這些研究成果爲我們提供了有力的理論依據。

〔註1〕朱星《漢語詞義簡析》，湖北人民出版社，1981年。

〔註2〕蘇新春《漢語詞義論》，廣東教育出版社，1992年。

〔註3〕賈彥德《漢語語義學》，北京大學出版社，1999年。

〔註4〕符淮青《詞義的分析和描寫》，語文出版社，1996年。

〔註5〕張志毅、張慶雲《詞彙語義學》，商務印書館，2005年。

〔註6〕黃景欣《試論詞彙學中的幾個問題》，《中國語文》，1963年第3期。高名凱《論語言系統中的詞位》，《北京大學學報》，1962年第1期。

〔註7〕高明凱《論語言系統中的詞位》，《北京大學學報》，1962年第1期。

〔註8〕劉叔新《論詞彙體系問題》，《中國語文》，1964年第3期。

〔註9〕朱星《漢語詞義簡析》，湖北人民出版社，1982年。

〔註10〕張永言《詞彙學簡論》，華中工學院出版社，1982年。

〔註11〕宋永培《古漢語詞義系統研究》，內蒙古出版社，2000年。

〔註12〕王寧《漢語詞彙語義學的重建與完善》，《寧夏大學學報》，2004年第4期。

（二）詞義分析方法研究

結構語義學提出的語義場理論以及解釋語義學和生成語義學使用的義素分析法等對於詞義的研究產生了較大影響。

語義場理論在詞彙意義的研究中，既有探討數量的作用又有整理詞彙系統和詞義系統的作用，極大地推動了漢語歷史詞彙學的研究進程。蔣紹愚的《古漢語詞彙綱要》〔註13〕，運用現代語義學的義素、義位和語義場理論，用系統的詞彙語義觀對漢語詞彙歷史發展中一些帶有規律性的問題進行了深入探討。在《漢語的詞彙系統及其發展變化》一章中，作者舉出大量例子，從「聚合」和「組合」兩個方面探討了詞在語義場中的變化。論文方面，童致和的《「香」和「臭」的詞義演變及氣味詞的詞義系統的發展》〔註14〕、解海江、張志毅的《漢語面部語義場歷史演變——兼論漢語詞彙史研究方法論的轉折》〔註15〕都較早運用語義場理論來研究詞義演變。諸多期刊論文也都運用語義場理論對某一義類範疇的詞彙、詞義系統進行了考察。

相對於語文學時期原子型的詞義分析法，義素分析法深入到詞義研究的內部，更有利於人們加深對詞義的認識，特別是在親屬詞等封閉語義場的詞義分析中，顯示出明顯的成效。此外，義素分析法對於辨析部分同義詞、反義詞也很有效，而且，語義特徵在說明詞語的搭配是否合理以及對句法結構、句子之間的關係等也具有解釋力。賈彥德的《語義學導論》和在該書基礎上增訂的《漢語語義學》〔註16〕，都用較大的篇幅介紹了義素分析法及用於具體詞義的辨析；符準青在《詞義的分析和描寫》〔註17〕中，提出「詞義成分——詞義構成模式」。此外，還有許多學者把義素分析法運用於漢語詞彙的研究中。如劉叔新在同義詞研究以及詞典編寫中，使用了義素分析的方法；蔣紹愚運用義素分析法對詞義發展變化的規律作了有益的探討。

〔註13〕蔣紹愚《古漢語詞彙綱要》，商務印書館，2005 年。

〔註14〕童致和《「香」和「臭」的詞義演變及氣味詞的詞義系統的發展》，《杭州大學學報》，1983 年第 2 期。

〔註15〕解海江、張志毅《漢語面部語義場歷史演變——兼論漢語詞彙史研究方法論的轉折》，《古漢語研究》，1993 年第 4 期。

〔註16〕賈彥德《語義學導論》，北京大學出版社，1986 年。賈彥德《漢語語義學》，北京大學出版社，1992 年。

〔註17〕符准青《詞義的分析和描寫》，北京語文出版社，1996 年。

上世紀八十年代，在美國和歐洲興起了認知語言學，這種理論認為語言的意義在於人類如何對世界進行範疇化和概念化。蔣紹愚在《兩次分類——再談詞彙系統及其變化》一文提出「兩次分類」的觀點。〔註18〕束定芳認為：「認知語義學最大的特點就是把意義看作是概念化，認為語言意義與人類的一般認知能力和方式具有密切的關係。」〔註19〕周建設亦運用發生認識論的哲學原理，從詞項詞義的產生過程入手研究詞項組合成句子背後的基礎依據，試圖為語義理解和構造句子生成的語義模型提供一定的理論支持。〔註20〕

（三）詞義演變及詞彙、詞義系統研究

詞義處於不斷的發展變化之中，研究詞義發展變化以及在此基礎上研究詞彙、詞義系統及其歷時發展，都是詞彙研究的重要課題。

從詞義發展變化的途徑來說，引申無疑是最主要的方式。章太炎認為：「小徐系《說文》，始有引申一例。」〔註21〕後來陸宗達也曾多次談到「分辨本義、引申義，則南唐徐鍇已發其例」〔註22〕，「南唐徐鍇首次提出詞義引申的問題，從字形所提供的本義出發，來研究引申的方向、層次和結果」〔註23〕。段玉裁在《說文解字注》中純熟地運用引申來說解詞義，成為清代對引申義研究的最有成績者。上世紀八十年代，我國學者開始超越對單個詞意義縱向引申的一般處理，開始注意到相關詞語在詞義演變過程中的相互影響，提出了多種關於古漢語詞義衍生途徑的新說法。宋亞雲在《古漢語詞義衍生途徑新說綜論》〔註24〕一文中總結了古漢語詞義衍生途徑的新說，並將此分為「聚合同化」和「組合同化」兩類。

從詞義發展變化的結果來說，上世紀八十年代以前，談到詞義演變的類

〔註18〕蔣紹愚《兩次分類——再談詞彙系統及其變化》，《中國語文》，1999 年第 5 期。

〔註19〕束定芳《認知語義學的基本原理研究目標與方法（之一）》，《山東外語教學》，2005 年第 5 期。

〔註20〕周建設《詞項語義的認知研究》《語言》，2000 年第 1 期。

〔註21〕孫雍長《訓詁原理》，語文出版社，1997 年。

〔註22〕陸宗達《訓詁簡論》，北京出版社，1980 年。

〔註23〕陸宗達、王寧《訓詁方法論》，中國社會科學出版社，1983 年。

〔註24〕宋亞雲《古漢語詞義衍生途徑新說綜論》，《語言研究》，2005 年第 1 期。

型，基本上是詞義的擴大、縮小和轉移。上世紀四十年代，王力在《新訓詁學》中從古今詞義的發展和變化兩個角度分別論述了詞義的擴大、縮小和轉移；五十年代，周祖謨、崔復愛等學者對詞義演變問題繼續進行探討。八十年代以後，隨著現代語義學研究的深入，學術界提出了許多新的看法：一方面，「擴大、縮小、轉移」三分法仍被認為是詞義演變的主要類型；另一方面，不斷地有人對三分法的某些方面提出質疑，並推出多種新的分類。梁鮮、符其武從語義場的角度來思考這個問題，認為「擴大」、「縮小」不是義項的增減，擴大是詞義變化後成了義場的上位義，縮小是詞義變化後成了義場中的下位義，轉移是詞義變化後既不是上位義也不是下位義〔註 25〕；張志毅、張慶雲把它們分別稱為「場內轉移」和「場間轉移」〔註 26〕；蔣紹愚也認為：「在語義場中移動位置或到了另一語義場就是轉移。」〔註 27〕呂叔湘認為：「近代語言學的更重要的收穫是對於一條根本原則的認識——語言的系統性。每個語言自成一個獨立的系統，語音、語法、詞彙都是如此。」〔註 28〕關於詞彙、詞義系統的研究，學者們從不同的角度進行過探討。郭錫良認為：「在詞彙組成的系統性方面，我們需要重視兩個問題，一是同義詞的辨析，一是同源詞的探求。」〔註 29〕二十世紀五十年代，學術界對漢語詞彙系統從理論上進行了積極探索，並從實踐上進行了各種論證和描寫，對此，李潤生把對詞彙系統的證明方法進行了歸類，並從傳統詞彙學角度、西方語義場理論角度、普通語言學系統觀的角度將「小學」中提煉的詞彙系統觀念與西方詞彙語義學理論相結合，總結了學者對詞彙系統的描寫與證實。最後指出：大多數學者傾向於詞彙系統是客觀存在的；詞彙系統的研究應該以共時描寫為主，同時也要參照歷時，對共時描寫進行解釋和驗證。〔註 30〕

〔註 25〕 梁鮮、符其武《從語義場看詞義演變的類型》，《新東方》，2006 第 2 期。

〔註 26〕 張志毅、張慶雲《詞彙語義學》，商務印書館，2001 年 4 月。

〔註 27〕 蔣紹愚《兩次分類——再談詞彙系統及其變化》，《中國語文》，1999 年第 5 期。

〔註 28〕 呂叔湘《呂叔湘語文論集》，商務印書館，1983 年。

〔註 29〕 郭錫良《怎樣掌握古漢語詞義漫談》，《漢語史論集（增補本）》，商務印書館，2005 年。

〔註 30〕 李潤生《二十世紀五十年代以來漢語詞彙系統研究述評》，《勵耘學刊（語言卷）》，2006 年第 2 期；又載《燕山大學學報》，2007 年第 2 期。

二、上古涉酒詞語研究綜述

目前，關於上古涉酒詞語的研究成果主要集中於從文字或詞語的角度出發來解讀文化現象上。而對涉酒詞語在語言文字方面的研究，又多集中於對個別字詞的考證與闡釋上，這類文章如《釋「哑酒」》〔註31〕、《「篩酒」詞義探源》〔註32〕、《釃酒、篩酒與燙酒、斟酒》〔註33〕、《釋「酒」》〔註34〕等；還有一些側重通過對某一類別語言文字的整理和分析來探討酒文化，如《從〈說文解字〉看中國古代飲酒文化》〔註35〕、《淺析〈說文解字·酉部〉與飲食文化》〔註36〕、《漢字所蘊涵的酒文化信息》〔註37〕、《〈說文解字〉酉部字的中國古代酒文化內涵》〔註38〕、《〈說文解字·酉部〉酒文化初探》〔註39〕、《〈說文解字·酉部〉字的酒文化內涵》〔註40〕、《論〈詩經〉中的酒器描寫》〔註41〕、《試論從「酉」之字和中國古代的酒名》〔註42〕、《從甲骨文看殷商之酒文化》〔註43〕等。另有一些則完全從文化的角度來解說關於早期釀酒、酒器分類、酒官設置、飲酒禮

〔註31〕閻豔《釋「哑酒」》，《阜陽師範學院學報（社會科學版）》，2002 年第 5 期。

〔註32〕張相平《「篩酒「詞義探源》，《漢字文化》，2006 年第 1 期。

〔註33〕劉俊一《釃酒、篩酒與燙酒、斟酒》，《漢字文化》，2006 年第 6 期。

〔註34〕朱貴英《釋「酒」》，《成都大學學報（社科版）》，2010 年第 3 期。

〔註35〕班吉慶《從〈說文解字〉看中國古代飲酒文化》，《揚州師院學報（社會科學版）》，1996 年第 1 期。

〔註36〕羅明月《淺析〈說文解字·酉部〉與飲食文化》，《攀枝花學院學報》，2003 年第 4 期。

〔註37〕韓偉《漢字所蘊涵的酒文化信息》，《河南大學學報（社會科學版）》，2004 年第 5 期。

〔註38〕韓褘《〈說文解字〉酉部字的中國古代酒文化內涵》，《唐山師範學院學報》，2005 年第 6 期。

〔註39〕周攸勝《〈說文解字·酉部〉酒文化初探》，《湘潭師範學院學報（社會科學版）》，2006 年第 3 期。

〔註40〕王頊《〈說文解字·酉部〉字的酒文化內涵》，《江西科技師範學院學報》，2008 年第 5 期。

〔註41〕張連舉《論〈詩經〉中的酒器描寫》，《深圳職業技術學院學報》，2009 年第 4 期。

〔註42〕李利芳《試論從「酉」之字和中國古代的酒名》，《牡丹江大學學報》，2009 年第 12 期。

〔註43〕耿傑《從甲骨文看殷商之酒文化》，《文學選刊》，2010 年 2 月。

俗等方面的知識。這些研究雖然重點在於闡釋酒文化，卻爲涉酒詞語的搜集整理和語義分類提供了許多啓示性材料。一些關於古代飲食文化、禮制文明的著述中，亦可得到相關知識和線索。對於研究對象的選取和確定，甲骨文、金文出土文獻已有彙編資料《殷墟甲骨刻辭摹釋總集》、《殷墟甲骨刻辭類纂》、《殷周金文集成》等，傳世文獻的辭典或專書研究如《詩經詞典》、《呂氏春秋詞典》、《〈左傳〉詞彙研究》、《〈史記〉辭典》、《十三經大辭典》等也是極其重要的查詢工具。

關於涉酒詞語語義、語用方面的研究成果，目前發現的較爲系統的只有《「酒」詞語的類型與文化特徵》〔註44〕、《「～酒」「酒～」語義修辭闡釋》〔註45〕和《簡析酒語詞語義演化生成與修辭認知》〔註46〕。這些文章從「酒」及酒語詞語義的演化生成及修辭認知兩大方面來論述，爲本研究提供了重要的思路和論據。

綜上所述，關於酒文化的研究不在少數，但幾乎都是就其某一方面來展開，篇幅相對短小，內容也不夠系統。而關於涉酒詞語特別是詞義、語義系統方面的研究少而又少。這恰恰說明，這種研究是十分必要的。它不僅可以爲詞彙研究提供一個新的分析結果，也將爲這一主題下的文化研究增添一些新的內容。而其他相關方面的研究成果，如上古商業詞語研究、上古飲食類詞語研究等，其研究框架和研究方法，都爲本研究提供許多值得借鑒的資料。

正如蔣紹愚指出：「在我們還無法描寫一個時期的詞彙系統的時候，只能從局部做起，即除了對單個詞語進行考釋外，還要把某一階段的某些相關的詞語放在一起，作綜合的或比較的研究。」〔註47〕本書選擇中國上古涉酒詞語作爲研究對象，大致相當於一種「主題詞彙」。它不像其他詞彙那樣構成一個封閉的語義系統，而是處於一個開放的、變動的狀態中，且與其他類詞彙（如農業詞彙、飲食詞彙、商業詞彙、禮制詞彙等）處於交叉狀態，即使在這個系統內部，各詞語間也存在著錯綜複雜的聯繫。然而，通過「酒」這一事物，

〔註44〕張莉《「酒」詞語的類型與文化特徵》，内蒙古大學碩士學位論文，2008 年。

〔註45〕王勇衛《「～酒」「酒～」語義修辭闡釋》，福建師範大學碩士學位論文，2008 年。

〔註46〕王勇衛《簡析酒語詞語義演化生成與修辭認知》，《泉州師範學院學報（社會科學版）》，2010 年第 1 期。

〔註47〕蔣紹愚《近代漢語研究概況》，北京大學出版社，1994 年，第 287 頁。

可以喚起若干個相關「場景」的詞語以及稍微外圍一些的詞語，從而搭建一個相對完整的語義系統框架。而這個框架系統的最終確立，又依賴於各子系統詞語來完成。

第二節　研究目標與研究步驟

本書的研究對象是中國上古時期的涉酒詞語，即源自上古時期文獻，詞符形式上存在一定關聯、在意義上與「酒」有關的詞和固定語的總匯，屬於特定語義範疇詞義的斷代研究。本書以傳統訓詁學的研究方法和成果為基礎，借鑒現代語義學中的語義分類法，同時還結合認知語義學的相關理論開展研究工作。目的是考察上古涉酒詞語在共時平面上的分佈、差異，同時研究它們在歷時平面上的形成原因、發展演變等。

一、研究目標

概括地說，本書的研究目標包括以下幾個方面：

（一）從共時角度描寫涉酒詞語在上古各階段的語義面貌，揭示其語義類別的系統性。

（二）從歷時角度描寫上古涉酒詞語的詞義、更替演變的情況。

（三）對常見的涉酒詞語進行個案研究，描繪其詞義引申脈絡。

（四）從隱喻認知的角度，揭示上古涉酒詞語演變的原因及規律。

（五）闡釋一些相關詞語所負載的文化意義。

二、研究步驟

（一）根據普遍認知規律確定語義分類框架。

（二）確定語料範圍，提取涉酒詞語。

對於語料的選取，首先對典型辭典及字書如《說文》、《爾雅》、《方言》、《釋名》等進行窮盡式測查，並且結合《辭源》、《漢語大字典》、《漢語大詞典》、《王力古漢語字典》等大型工具書加以補充。其結果以文獻為準，凡見於字書而不見於上古文獻的則不在研究範圍之內，而不見於字書但見於上古文獻的應列入研究範圍。

作爲斷代詞彙史的研究，本書採用趙振鐸〔註48〕、徐朝華〔註49〕對漢語史分期的觀點，將上古時期限定在東漢以前（包括東漢）。選取的語料是上古時期的古漢語文獻（包括現存的上古時期的散文或韻文書籍）、甲骨卜辭、銅器銘文、竹簡等文物以及上古時詞彙、詞義研究的成果（包括專著和漢人隨文釋義的古書注解）。以傳世書面文獻爲主，出土材料爲輔。

爲了對上古涉酒詞語進行歷時詞義演變的考察，參考徐朝華的觀點將上古漢語詞彙史分爲三個時期：上古前期、上古中期和上古後期。各階段選取的語料包括〔註50〕：

上古前期（約公元前 14 世紀到公元前 6 世紀，在中國歷史上爲殷商時期到春秋中期）：傳世文獻主要有《周易》（卦辭和爻辭）、今文《尚書》、《詩經》。出土材料有甲骨文、金文。〔註51〕

上古中期（約公元前 5 世紀到公元前 3 世紀末，在中國歷史上爲春秋後期到戰國末期）：傳世文獻主要有《周禮》、《儀禮》、《左傳》、《國語》、《論語》、《孫子》、《老子》、《墨子》、《商君書》、《孟子》、《莊子》、《荀子》、《呂氏春秋》、《韓非子》、《山海經》（山經）、《孫臏兵法》、《楚辭》中屈原、宋玉作品等。

上古後期（約公元前 2 世紀初到公元 3 世紀初，在中國歷史上爲秦漢時期）：傳世文獻主要有《史記》、《淮南子》、《新語》、《春秋繁露》、《鹽鐵論》、《戰國策》、《公羊傳》、《穀梁傳》、《大戴禮記》、《禮記》、《漢書》、《論衡》、《潛夫論》、《風俗通義》、《東觀漢記》、漢樂府詩、《文選》中漢人作品、《楚辭》中漢人作品、《急就篇》、《詩經》毛亨《傳》及鄭玄《箋》、三《禮》鄭玄《注》、《孟子》趙岐《章句》、《呂氏春秋》及《淮南子》高誘《注》、《方言》、《說文》、《釋名》等。

研究過程中，盡可能選取經過整理的語料，也就是選取關於文字訛誤及時代眞僞等問題已基本解決的版本，同時盡可能注意語料所反應的語言特點是時

〔註48〕趙振鐸《簡明漢語史》，鄭州高等教育出版社，1993 年。

〔註49〕徐朝華《上古漢語詞彙史》，商務印書館，2003 年。

〔註50〕傳世文獻材料主要參考高小方、蔣來娣《漢語史語料學》，北京高等教育出版社，2005 年。出土文獻材料主要參考各種古文字字表爲索引。

〔註51〕甲骨文語料據《殷墟甲骨刻辭類纂》，中華書局，1989 年。金文語料據《殷周金文集成引得》，中華書局，2001 年。

代特色、地域特色還是語體特色。

由於漢語中詞和短語的界限有時不是十分明確，而先秦兩漢時期正處於雙音節短語向複音詞轉變的過程中，因此，對典籍中詞語條目的選取就存在許多爭議。對於一些雙音組合，本書參照語言學家提出的相關標準〔註52〕，並參考《辭源》、《漢語大詞典》所收的條目。

（三）整理異體字、古今字、通假字，將其合併在一個詞頭下。

所搜集的詞語有一部分雖然詞形不同，但記錄的是同一個詞，本書把屬於同一個詞的異體字、古今字、通假字合併在一個詞頭下，以「A／B／C／……」的形式錄入。

（四）整理歸納每一個詞的義位，對其進行語義構成分析。

測查文獻，考察每一個詞語出現的語境，理出具體的詞義演變脈絡，關注每一個詞產生的時間，為義類的劃分和始見書證提供可靠的證據。

（五）描寫與分析涉酒詞語各語義類別。

語義類別的劃分只是理論上的，目的是說明涉酒詞語的系統性以及作為描寫與分析的基礎。實際上，某個類別能否成立應該根據文獻材料的測查而定，至少有兩個成員才能建立一個類別。每個類別的具體劃分也將根據文獻的具體材料再作調整。

具體來說，對語義類別的描寫和分析主要包括以下內容：

一是該類別成員的認同別異。先交代成員有哪些；再說明它們共同的義素；然後比較相互之間有差異的義素。充分利用「詞項屬性分析表」來認同別異。比較辨析時盡量做到語義特徵表述的具體化。如果幾個詞項的義素相同或基本相同，則考慮從時代、地域的分佈以及使用頻率等方面說明它們的差別。

二是該類別成員的歷時變化。按時期說明成員的增減變化及成員關係的調整，包括成員的異時異域替換關係和意義要素的彼此影響關係。

（六）探討詞彙詞義發展演變規律及原因。

（七）從認隱喻知的角度對一些詞語的發展演變進行分析。

〔註52〕如黃月圓《複合詞研究》，《國外語言學》，1995 年第 2 期；胡明揚《說「詞語」》，
　　　《語言文字應用》，1999 年第 3 期。

（八）簡述一些詞語包括未歸入語義類別的重要詞語所負載的文化意義。

第三節　研究的理論依據

一、詞彙語義系統論

詞彙的系統性表現爲詞彙形式的系統性和詞彙意義的系統性兩方面，稱之爲「詞彙—語義系統」。在詞彙形式層面，包括系統成員的音節特點、構詞特點、語素在構詞中的作用、詞與詞之間的聯繫等。在詞彙意義關係層面，主要包括構詞語義系統的各義位及其之間的關係。當然還有詞彙形式系統與詞彙語義系統的對應關係。語義系統的各義位是通過對詞彙系統各詞語的意義分析歸納出來的；而語義系統各義位詞符化爲詞語形式的過程，也不是簡單的一對一的關係：一個義位對應一個詞，由此形成的是單義詞；一個義位對應一組詞，由此形成的是一組同義詞；幾個義位結合起來表現爲一個詞的形式，由此形成的是多義詞。詞彙系統和語義系統的雙向聯繫呈現出錯綜複雜的狀態。〔註53〕

二、語義場理論及概念場理論

二十世紀二十至三十年代，歐洲一些語言學家創立了有關語義場的理論，較爲著名的有伊普森（Ipsen）、波爾捷希（Porzig）和特里爾（Ttier）。他們在索緒爾思想的基礎上，認爲語言中的全部詞彙構成一個完整的語義系統，系統中各個詞項按意義聚合成若干個語義場，每個詞的意義都取決於場中其他詞的意義。

語義場具有層次性。「由於詞項的語義概括能力不同，所以概括能力大的詞項處於較高的層次，而概括能力小的詞項處於較低的層次，這樣就形成了語義場的層次性。」〔註54〕同時語義場還具有系統性，表現爲：屬於同一級語義場的詞語，其語義是相互關聯、相互制約的；一個詞語的意義，取決於這個詞跟哪

〔註53〕參考王洪湧《先秦兩漢商業詞彙——語義系統研究》，華中師範大學博士學位論文，2006年。

〔註54〕周國光《語義場的結構和類型》，《華南師範大學學報（社會科學版）》，2005年第1期。

些詞語構成一個語義場。

蔣紹愚指出，人們在認識世界的過程中，往往會提取某些事物、動作、形狀的本質特徵，把它們歸為一類，成為一個義位，把另一些歸為另一類，成為另一個義位，這就是「第一次分類」。人們把哪幾個意義有聯繫的義位歸在一起，用同一個詞表達，這就是「第二次分類」。在不同的語言中以及同一種語言在不同的歷史時期中，兩次分類往往都有差別。他進一步認為，詞彙表達概念，各種語言的詞彙系統不同，但概念場大體上是人類共同的，把不同系統的詞彙放到概念場的背景上，就有了一個共同的坐標，這就可以互相比較。「把詞的各個義位放到概念場的各個概念域中，就可以看到，處於同一個概念域的各個義位具有同位關係，和處於上位／下位概念域中的義位具有上位／下位關係，這樣，這些義位就構成了一個系統。而一個詞的各個義位又是互相關聯的，所以詞彙也構成一個系統。」〔註55〕同時他認為，「概念場是人類共同的，但在不同語言或同一種語言的不同時期中，覆蓋在這個概念場上的語義場各不相同，也就是說，覆蓋著這個概念場的詞彙的成員和分佈各不相同。所有表示某概念的詞語構成了詞彙場，詞彙場處於不斷變化之中，既有新成員的加入，也有舊成員的消亡。」「『概念場』是一個層級結構。包括全部概念的是總概念場，總概念場下面又分若干層級。」〔註56〕

「語義場」、「義項」、「義素」是現代語言學理論中的概念，其實，「在早期訓詁材料的纂集裏，就已經存在著西方語義學所說的『語義場』概念。語義場對詞彙意義的研究，既有探討數量的作用，又有整理詞彙系統與詞義系統的作用。」〔註57〕

三、詞彙與文化共變理論

如果把語言看做一種耗散結構，那麼向這一結構提供物質、能量、信息的，就是客觀世界、人類社會和人類思維等系統。「一種語言，當它的第一個詞產生時（這是一個假設），這一個詞並不構成詞彙系統，也不是什麼有序結構。但

〔註55〕 參考蔣紹愚《兩次分類—— 再談詞彙系統及其變化》,《中國語文》,1999 年第 5 期。

〔註56〕 蔣紹愚《古漢語詞彙綱要》,商務印書館,2005 年。

〔註57〕 王寧《訓詁學原理》,中國國際廣播出版社,1997 年,第 212 頁。

是，……隨著客觀世界、人類世界、人類思維的發展，詞語的數量日益增加，其間的聯繫和對立也日益密切、嚴格，這種數量上的增多，以及詞語間的聯繫、對立的系統化合層級化的結果，就是詞彙系統的形成。〔註58〕

涉酒詞語作爲具有漢民族特色的語言現象，與社會生活有著密切的關係。涉酒詞語系統與漢語詞彙系統以及社會經濟文化生活系統存在著相互聯繫相互作用又互動互變的關係。

第四節　本書所用主要術語說明

本書所涉及的主要術語及其簡要說明如下：

1、語義類別：本書所設置的語義類別較所謂的「語義場」略爲寬泛，但亦是以共性或義素爲核心形成的相互制約的具有相對封閉域的詞語或義位、義叢的集合。

2、詞項：指負載一個義項的語音或書寫形式。

3、語義屬性：語義場各詞項本身固有的不可缺少的意義成分，是詞項屬性中最核心的部分，包括類義素和表義素。「類義素」表示義位的類屬，是人們對義位所反映的客觀事物的認知範疇。「表義素」是義位固有的可感知的意義成分，它規定了義位的主要特徵，是義位的實質內容，也是用來交際表達的內容。表義素一般是複合的，或者多元的，可以再分爲「中心義素」和「關涉義素」。

4、類義素：用以表示義位的類屬，是人們對義位所反映的客觀事物的認知範疇。

5、表義素：義位固有的可感知義素，它規定了義位的主要特徵，是義位的核心內容。表義素一般是複合的，可以進行再次切分。

6、關涉義素：對具體的詞項而言，關涉義素有必須和可選之分，通常只分析必須關涉義素。

7、生成屬性：生成屬性指詞的來源而言，包括詞的意義的生成和詞的形式的生成。

8、使用屬性：使用屬性指詞語在語言實際使用中所需要的條件或臨時產生

〔註58〕參考周國光《現代漢語詞彙學導論》，廣東高等教育出版社，2004年。

的信息，包括使用語境、使用語體、使用語意、使用範圍和使用頻率等。

從上述角度對詞項屬性進行分析，包括義素分析但不限於義素分析，所以當義素分析的語義屬性不足以區別不同詞項時，可以從生成屬性和使用屬性角度幫助辨析。〔註59〕

〔註59〕參考李運富《論漢語詞彙意義系統的分析與描寫》，湖南人民出版社，2011年。

第二章　上古涉酒詞語語義分類描寫

「酒」是以糧食或果類發酵製成的飲料，[註1]它的出現是人類文明的產物。對於華夏民族來說，酒的歷史可以追溯到上古時期。甲骨文中「𩰪」即酒尊之形，因酒水無形可象，遂以盛放容器之「酉」來表示這一意義。《說文·酉部》：「酉，就也。八月黍成，可爲酎酒。象古文酉之形。」後來，「酉」借用作干支字，於是以「酒」來表示。《釋名·釋飲食》：「酒，酉也，釀之米麴酉澤，久而味美也。亦言踧也，能否皆強相踧持飲之也。又入口咽之皆踧其面也。」在那久遠的年代，「酒」作爲一種飲品，其品種之多、用具之繁、製作之精、使用之嚴、含義之深，反映了古代獨特的文化現象和思維模式，也是當時農業、商業以及飲食、禮制等方方面面的生活縮影。因而，對早期與「酒」相關的事物與事件的的考證和闡釋，不僅可以梳理古代酒文化的某些現象和意義，亦可呈現當時社會生活的相關片段及文化內涵。

第一節　「酒之名稱」類詞語

上古時期，農業的發展使人們不僅有了賴以生存的糧食，還可以用剩餘的部分作原料進行釀酒。根據原料、釀時、味道、色澤、功用等方面的不同，每一種酒都有著各自不同的名稱。

〔註 1〕《漢語大詞典》，漢語大詞典出版社，1998 年。

一、詞項的語義特徵

上古「酒之名稱」類共選取十四個詞項：盎／醠、鬯／暢、酤₁、酒₁、秬鬯、醪₁、醪₂、醴、醴、醙／溲、鬱鬯、糟、鳩／酏、酎。它們都可用來指稱「用糧食或果類發酵製成的飲料」。

【盎／醠】

「醠」是一種濁酒。《說文・酉部》：「醠，濁酒也。」一說爲清酒。《淮南子・說林》：「清醠之美，始於耒耜。」高誘《注》：「醠，清酒。《周禮》『醍齊』是。」何寧《集解》：「今本《周禮・天官》作『盎』，古文假借也。鄭曰：『自醴以上五濁縮酌者，盎以下差清。』故高誘注曰清酒。……但言差清，則固濁也。」可見，「醠」當爲濁酒。

「醠」在文獻典籍中多寫作「盎」。《周禮・天官・酒正》中「三曰盎齊」鄭玄《注》：「盎，猶翁也，成而翁翁然，蔥白色，如今酇白矣。」陸德明《釋文》：「酇白，即今之白醠酒也。」《說文》段玉裁《注》：「醠，《周禮》作『盎』，古文假借也。……盎清於醴而濁於緹、沈。」朱駿聲《通訓定聲》：「醠，清於醴而濁於緹、沈者，《禮經》皆以盎爲之。」《淮南子・說林》中「清醠之美」高誘《注》：「醠讀作甕罋之『罋』也。」（《說文》以「罋」爲「盎」的重文）可見，「盎」是「醠」的假借字。《說文》中作「醠」，文獻中則多用「盎」。現今「盎」爲常用詞形，在《漢語大詞典》中亦有「濁酒」這一義項。

【鬯／暢】

「鬯」是以秬黍釀製、用於祭祀的香酒。對「鬯」的解釋一直以來頗有爭議：一是將「鬯」理解爲鬯草，即鬱金香草，如《詩經・大雅・江漢》中「秬鬯一卣」毛《傳》：「秬，黑黍也。鬯，香草也。築煮合而鬱之曰鬯。」《周禮・春官・鬯人》中「凡王弔臨共介鬯」鄭玄《注》引鄭司農云：「鬯，香草。」《周禮・春官・鬱人》中「和鬱鬯」賈公彥《疏》：「《王度記》云『天子以鬯』及《禮緯》云『鬯草生庭』，皆是鬱金之草，以其和鬯酒，因號爲鬯草也。」二是將「鬯」作爲已和鬱金香草汁的酒，如《周禮・春官・肆師》鄭司農《注》：「築煮，築香草，煮以爲鬯。」三是將「秬鬯」解釋爲以秬黍釀製、和以鬱金香草的酒，如《尚書・文侯之命》孔安國《傳》：「黑黍曰秬，釀以鬯草。」

鄭玄注《周禮・春官・序官》「鬯人」曰：「鬯，釀秬爲酒，芬芳條暢於上

下也。」注《周禮‧春官‧鬯人》云：「秬鬯，不和鬱者。」箋《詩經‧大雅‧江漢》亦與此同。鄭玄《注》、《箋》認爲：「鬯」即秬鬯，是釀秬米而成的酒，未和以鬱金香草汁。孔穎達疏《禮記‧王制》也認爲：「鬯者，釀秬黍爲酒，和以鬱金之草，謂之鬱鬯。不以鬱和，直謂之鬯。」清代黃以周指出：「以經考之，《鬯人》曰『共秬鬯』，《鬱人》曰『和鬱鬯』，是秬鬯可單稱鬯，鬱未和鬯只單稱鬱也。《郊特牲》曰：『周人尙臭，灌用鬯臭，鬱合鬯，臭陰達於淵泉。』曰『鬱合鬯』，與下『蕭合黍稷』同以二物相合。然則經之單稱鬯，皆秬鬯也；經之單稱鬱，皆未合鬯者也；經之稱秬鬯者，亦鬯之不和鬱者也。」〔註2〕可見，鬯酒可單稱爲「鬯」，因以秬黍釀製，又稱「秬鬯」，不和以鬱金香草。陸德明《經典釋文‧禮記音義》：「鬯，香酒也。」《禮記‧表記》中「粢盛秬鬯」孔穎達《疏》：「凡鬯有二：若和之以鬱，謂之鬱鬯……若不和鬱，謂之秬鬯。」

「鬯」在甲骨文中作「 」，在金文中作「 」，象器皿中盛酒之形，中有小點，表示酒糟。「鬯」用於祭社壝、崇門、廟、山川四方、山林或用於天子賞賜。甲骨卜辭中可見許多商人以「鬯」爲祭品進行的隆重祭祀的記載。如：

　　癸酉貞：乙亥酉彡多寧以鬯……於大乙鬯五卯……五卯牛一小乙鬯三卯牛……（《屯南》2367）

　　甲戌貞：乙亥酉彡多寧於大乙鬯五卯牛祖乙鬯五小乙鬯三……（《英藏》240）

　　丁亥卜，殼貞：昔乙酉葡旋，御〔自大乙、大〕丁、大甲、祖乙，百鬯、百羌、三百？（《合集》301）

　　貞：王侑百鬯、百牛？（《合集》32044）

　　乙酉歲祖乙小、豕土、祐鬯一？（《花東》H：877）

「暢」本指「通暢、通達」。《周易‧坤》：「美在其中，而暢於四支。」孔穎達《疏》：「有美在於中，必通暢於外。」由於與「鬯」互通，「暢」在文獻中也常用來表示「鬯酒」之義。《孟子‧離婁上》中「裸將於京」趙岐《注》：「執裸暢之禮。」焦循《正義》：「丁云：『（暢）謂鬯酒也。』古鬯通作暢。」

〔註2〕黃以周《禮書通故》，《續修四庫全書》編纂委員會編《續修四庫全書》卷Ⅲ‧經部‧禮類，上海古籍出版社，2002年，第441頁。

【酤₁】

「酤」一說爲「一夜而成的酒」。《說文・酉部》:「酤,一宿酒也。」徐鍇《繫傳》:「酤,謂造之一夜而熟,若今之雞鳴酒也。」朱駿聲《通訓定聲》:「凡一宿酒疾孰者曰醴,曰酤,曰醆。」《詩經・小雅・伐木》:「有酒湑我,無酒酤我。」毛《傳》:「湑,茜之也。酤,一宿酒也。」《大戴禮記・曾子立事》中「嗜酤酒」孔廣森《補注》:「酒一宿熟者曰酤,或謂之雞鳴酒。」《說文》等解釋當本之毛《傳》。然而,在所測查的文獻用例中,並未見其指稱「一宿而成的酒」,而是用以泛指酒。《詩經・商頌・烈祖》中「既載清酤」毛《傳》:「酤,酒。」《文選・左思〈蜀都賦〉》中「酌清酤」李善《注》引毛萇曰:「酤,酒。」

「酤」另有一義指「買酒。」《說文・酉部》:「酤,一宿酒也。一曰買酒也。」《詩經・小雅・伐木》中「無酒酤我」孔穎達《疏》:「古買酒爲酤酒。」因而,「酤」用以泛指酒的意義很可能是由其「買酒」之義引申而來。《群經評議・毛詩三》中「無酒酤我」俞樾《按》:「酤與盬苦同聲,亦有急義,故一宿之酒謂之酤。」這可能是「酤」被認爲有「一宿之酒」意義的原因。本書從研究詞義及其實際用例的角度出發,認爲「酤」的意義應爲「酒」,本書記作「酤₁」。

【酒₁】

「酒」指用糧食或果類發酵製成的飲料。「酒」在甲骨文中有兩種字形,第一種作「」,從酉從水,即與現今「酒」字無異。但這一字形在甲骨文中僅兩見,一是用作地名,一是用爲動詞,表示「飲酒」之義。[註3]第二種字形作「」,即「酉」,如酒尊之形,上部象其口緣及脖頸,下部象其鼓腹有紋飾之形。因酒水無形可象,所以以盛放容器之「酉」爲此義。如:

……辰卜:翌丁巳先用三牢羌於酉?用。(《佚》199)

貞:酉弗其氏?(《京》1001)

戊午貞:酉求於嶽,燎三豕,卯……(《屯南 2626》)

據考證,「用三牢羌於酉」,即用三牢、羌和酒進行祭祀;「酉弗其氏」即貞問是否要進貢酒;「酉求於嶽」即用酒向「方嶽」神獻祭,與其他卜辭之文「辛巳卜,酒求於祖乙?用丁巳」(《京人》3003)相近。「酉」字的這種用法是「讀

〔註3〕于省吾《甲骨文字釋林》,中華書局,1979 年,第 318～319 頁。

爲酒，薦酒之祭。」〔註4〕

「酒」在商周之際的金文中作「酋」，以「酉」表示「酒」之例。如：

> 王卿饗酉。王光宰甫貝五朋，用乍寶鼎。（《宰甫簋銘》）

在甲骨卜辭中，「酉」大量被借用爲干支字，目前已發現用作本義的僅有二十幾條。「酉」被用作干支字且久借不還，只好以「酒」表示這一意義。《殷墟文字類編》〔註5〕指出：「《說文》酉與酒訓略同，本爲一字，故古今酒字皆作酉。」而後來「酉」則專門用作干支字，「酒」則用來表示「用糧食或果類發酵製成的飲料」名稱，在此記作「酒₁」。

【秬鬯】

「秬鬯」即「鬯」，是以秬黍釀製、用於祭祀的香酒。「秬」是黑黍，古人視爲嘉穀。《詩經・大雅・生民》：「誕降嘉種，維秬維秠。」毛《傳》：「秬，黑黍也。」因「鬯」以秬黍爲原料，所以又稱爲「秬鬯」。

【醪₁】

「醪」即醪糟，又稱「酒釀」、「江米酒」，是把糯米加入酒發酵而成的汁滓混合的酒，屬於濁酒（本書記作「醪₁」）。《說文》：「古者儀狄作酒醪，禹嘗之而美，遂疏儀狄。」其中「酒醪」可能就是與醪糟相似的食品。《說文・酉部》：「醪，汁滓酒也。」桂馥《義證》：「《一切經音義・二》引作『有滓酒也。』」明代李實《蜀語》：「不去滓酒曰醪糟。醪音勞。以熟糯米爲之，故不去糟。即古之醪醴、投醪。」清代阮葵生《茶餘客話》卷二十：「醪，渾汁酒也。」郭沫若《遊西安・五月二日》：「漿米酒即杜甫所謂『濁醪』。四川人謂之『醪醩』，酒精成份甚少。」

【醪₂】

「醪」又可泛指酒。爲區別於「汁滓混合的酒」，記作「醪₂」。

【醨】

「醨」是味道淡的薄酒。《說文・酉部》：「醨，薄酒也。」段玉裁《注》：「薄

〔註4〕徐中舒主編《甲骨文字典》，四川辭書出版社，1989 年，第 1601 頁。

〔註5〕羅振玉《殷墟文字類編》，文史哲出版社，1979 年。

對厚言，醇、酎皆謂厚酒，故謂厚薄爲醇醨。」朱駿聲《通訓定聲》：「醇爲厚，醨爲薄。」

【醴】

「醴」是一宿而熟、未去糟的甜酒。「醴」在甲骨文中作「𧯄」，即「豊」，讀爲「醴」。「豊」、「豐」古本一字，漢隸皆作「豊」。《說文‧豊部》：「豊，行禮之器也。從豆，象形。」甲骨卜辭中用例如：

> 貞：日於祖乙，其作豊？（《合集》22557）
>
> 貞：其作豊，乎伊御？（《合集》26914）
>
> 其作豊有正，受祐。（《合集》31180）
>
> 其作豊，祖丁肜日疇，王受祐。（《屯南》348）
>
> 其作豊有正。（《屯南》2276）

甲骨卜辭中多有「作豊」的占卜，可見這種酒釀製的數量之多。

《說文‧酉部》：「醴，酒一宿孰也。」段玉裁《注》引《周禮‧天官‧酒正》之《注》曰：「醴，猶體也。成而汁滓相將，如今恬酒矣。」朱駿聲《通訓定聲》：「醴，如今蘇俗之白酒，凡醴，沛曰清，未沛曰糟。」《玉篇‧酉部》：「醴，甜酒也，一宿熟也。」孫詒讓《〈酒正〉正義》：「《說文‧酉部》云：『醴，酒一宿孰也。』《釋名‧釋飲食》云：『醴齊，釀之一宿而成，體有酒味而已也。』……云『如今恬酒者』，恬即甜之借字。《鹽人》注亦以恬爲甜。舊本《北堂書鈔‧酒食部》引《韓詩》云：『甜而不沛，少麴多米曰醴。』《漢書‧楚元王傳》顏《注》云：『醴，甘酒也。……』《呂氏春秋》高注亦云『醴濁而甜』。」《周禮‧天官‧酒正》中「辨四飲之物」鄭玄《注》：「凡醴，濁釀酏爲之，則少清矣。」可見，「醴」是一宿而熟，因發酵程度有限，口味偏甜而且酒味淡薄，和今天的甜酒釀沒有太大的區別。古人在飲用醴時，不僅飲汁還要吃掉糟，所以說「成而汁滓相將」。行禮時均用「醴」作祭，僅在口邊啐之，不飲。

「醴」因爲酒味薄，可作爲「五齊」之一；因有異於其他酒，具有甜味，又可作爲「六飲」之一。「醴」有清有糟，「五齊」中的「醴」爲未過濾的有糟的甜酒，若沛而去其糟，則爲「四飲」中的「清」、王飲用「六清」中的「醴」。《儀禮‧士冠禮》鄭玄《注》：「凡醴事，質者用糟，文者用清。」祭祀、享祖

及宴飲禮儀的食品尚質，用有糟之醴；而作爲供王室、賓客等飲用的飲料是經過濾的醴清。

【醙／溲】

「醙」是一種陳白酒，與今天所說的白酒不同，它是就色澤而言。《玉篇・酉部》：「醙，白酒也。」宋代朱肱《酒經》：「酒白謂之醙。餿者壞飯也，醙者老也，飯老即壞飯，不壞則酒不甜。」清代阮葵生《茶餘客話・卷二十》：「曰醴曰醙，白酒也……釀之再亦曰醙。」「醙」與「餿」同音，「餿」指飯食經久變味，稱作「醙」的白酒也是由米飯經久變味釀造而成的，二者音同義通，是同源關係。〔註6〕

「溲」是「醙」的古字。清代鳳韶《鳳氏經說・儀禮・溲酒》：「溲酒，溲，當即《聘禮》之醙，醙酒，昔酒也，酒之久而白者。」

【鬱鬯】

「鬱鬯」以鬯酒與鬱金香草調和釀製而成，是古代宗廟行祼禮和饗賓客所用的酒。《周禮・春官・肆師》：「祭之日，表盛，告潔；展器陳告備；即果，築煮。……大賓客，涖筵幾，築煮，贊果將。」鄭玄《注》：「果築煮者，所築煮以祼也。」即肆師所築煮的鬱金香草汁用於祼事。賈公彥《疏》：「《禮記・雜記》築鬱『臼以椈，杵以梧』，而築鬱金，煮以和秬鬯之酒，以沃之而祼矣。」所謂「築鬱金」是把鬱金香草放在臼中用杵搗成汁。肆師將鬱金香草汁供給鬱人，由鬱人和入鬯酒製成鬱鬯。唐代陳叔達《太廟祼地歌辭》：「清廟既祼，鬱鬯推禮。」

【糟】

「糟」是帶滓的酒。《說文・米部》：「糟，酒滓也。」段玉裁《注》：「今之酒但用滓者，直謂已漉之粕爲糟，古則未沬帶滓之酒謂之糟。」《周禮・天官・酒正》：「共後之致飲於賓客之禮，醫、酏、糟。」鄭玄《注》：「糟，醫、酏不沬者。沬曰清，不沬曰糟。」

【鴆／酖】

「鴆」本是一種毒鳥，其雄性稱爲「運日」，雌性稱爲「陰諧」，喜愛食蛇，

〔註6〕王力主編《王力古漢語字典》，中華書局，2000年，第1498頁。

羽毛有劇毒，以其浸酒，飲之即死。《說文‧鳥部》：「鴆，毒鳥也。引申爲用鴆羽泡過的毒酒。

「酖」本指「嗜酒」。《說文‧酉部》：「酖，樂酒也。」段玉裁《注》：「樂酒者，所樂在酒。」「酖」與「鴆」音義俱異，因與酒有關，於是用它來表示「鴆」的「毒酒」之義，讀作「鴆」。《說文》段玉裁《注》：「《《左傳》正義》：『鴆鳥食蝮，以羽翮櫟酒水中，飲之則殺人。』按：《左傳》鴆毒字皆作酖。假借也。《酉部》曰：『酖，樂酒也。直禁切。古音在八部。』《廣雅》云：『雄曰運日，雌曰陰諧。《淮南》書云：『暉日知晏，陰諧知雨。』」徐珂《清稗類鈔‧動物‧鴆》：「鴆，亦作酖，毒鳥也……以其羽畫酒，飲之立死。」但表示嗜酒時，只能用「酖」；表示毒鳥時只能用「鴆」。

【酎】

「酎」是經過反覆多次釀成的醇酒。「酎」在甲骨文中作「𣄢」。《說文‧酉部》：「酎，三重醇酒也。」段玉裁《注》：「謂用酒爲水釀之，是再重之酒也，次又用再重之酒爲水釀之，是三重酒也。……鄭注《月令》曰：『酎之言醇也，謂重釀之酒也。醇者其義，釀者其事實。』」王筠《句讀》：「酎，謂以酒釀酒至再至三也。」按《說文》的解釋，「酎」是三重酒。據段《注》，把第一次釀好的酒作爲水，配發酵的麴米而釀出酒來，然後再把這種酒再次作爲水，配以發酵的麴米而釀製成酒，這就是所說的三重酒。所以，「酎」的最大特點是比一般的酒更爲醇厚。從先秦時代《養生方》中的釀酒方法來看，在釀成的酒醪中分三次加入好酒，這很可能就是「酎」的釀法。〔註7〕宋代程大昌《演繁露‧酎》：「漢八月飲酎。說者曰：酎，正月釀，八月成。許叔重曰：『八月黍成，可爲酎酒。』『酎，三重醇酒也。』二說不同。然酒固有久醇者，恐八易月乃成，期太迂遠，當以黍成可釀爲是。黍既登熟，三重釀之，八月一月可辦也。」

二、詞項的屬性差異

詞義的相互聯繫是該類別形成的前提，其屬性方面的差異則是它們在該類別中得以區分的基礎。下面在上古三個時期內，主要從語義屬性、生成屬性和使用屬性三個主要方面分別比較各詞項的差異。以下全章同。

〔註 7〕《漢代以前的釀酒技術》，中國漢語言文學網，www.hanwenxue.com。

（一）上古前期

上古前期，本類別共有五個詞項：鬯／暢、酤1、酒1、秬鬯、醴。

「鬯」是以秬黍釀成的酒，用於祭祀和天子賞賜。在所測查的文獻中〔註8〕，本時期僅見於《周易》一例：

> 震驚百里，不喪匕鬯。（《周易‧震》）

「酤」指「買酒」，引申為「酒」（記作「酤1」）。在所測查的文獻中，本時期僅見於《詩經》一例：

> 既載清酤，賚我思成。（《詩經‧商頌‧烈祖》）
>
> ──毛《傳》：「酤，酒。」

「酒」指由糧食或果類發酵製成的飲料（記作「酒1」）。在所測查的文獻中，本時期出現共八十五例。如：

> 六四：樽酒簋貳，用缶，納約自牖，終無咎。（《周易‧習坎》）
>
> 幡幡瓠葉，採之亨之。君子有酒，酌言嘗之。有兔斯首，炮之燔之。君子有酒，酌言獻之。有兔斯首，燔之炙之。君子有酒，酌言酢之。有兔斯首，燔之炮之。君子有酒，酌言酬之。（《詩經‧小雅‧瓠葉》）

「秬鬯」亦及「鬯」，因主要原料是秬黍，故又稱為「秬鬯」。在所測查的文獻中，本時期出現共三例。如：

> 平王賜晉文侯秬鬯圭瓚，作《文侯之命》。（《尚書‧文侯之命》）
>
> 釐爾圭瓚，秬鬯一卣。（《詩經‧大雅‧江漢》）
>
> ──鄭玄《箋》：「秬鬯，黑黍酒也，謂之鬯者，芬香條鬯也。」

「醴」是一宿而熟、未去糟的甜酒，可用於祭祀，亦可飲用。在所測查的文獻中，本時期出現共兩例：

> 以御賓客，且以酌醴。（《詩經‧小雅‧吉日》）
>
> 為酒為醴，烝畀祖妣，以洽百禮。（《詩經‧周頌‧載芟》）

上古前期，「酒之名稱」類五個詞都可指稱「用糧食或果類發酵製成的飲

〔註8〕對詞項用例及頻率的測查不包括辭書和訓釋性文獻及章句。以下全章同。

料」。其中「酒1」、「酤1」泛指酒。對於表示酒之專名的詞，其意義的差異主要體現在酒的原料、釀時、味道、色澤、功用等方面的特點，如「鬯（秬鬯）」的原料是秬黍，即黑黍；「醴」的原料是糵、黍，表現為甜味。

「鬯」、「酒1」、「醴」用以表示酒之名稱都是約定俗成的；「酤1」由本詞別義引申而來；「秬鬯」與「鬯」的意義完全相同，但它是由語素組合而產生該義。除「秬鬯」是複合結構外，其他詞均為單純結構。

在所測查的文獻中，本時期「酒1」的使用頻率較高；其他詞出現的頻率都很低。

（二）上古中期

上古中期，本類別共有十一個詞項：鬯／暢、酒1、秬鬯、醪1、醖、醴、醙／溲、鬱鬯、糟、鳩／酖、酎。

「鬯」在所測查的文獻中，本時期出現共七例。如：

> 大喪、大渳以鬯，則築鬻，令外內命婦序哭，禁外內命男女之衰不中法者，且授之杖。（《周禮·春官·小宗伯》）

> 大喪之大渳設斗，共其肆鬯。（《周禮·春官·小宗伯》）

> 王乃淳濯饗醴，及期，鬱人薦鬯，犧人薦醴，王祼鬯，饗醴乃行，百吏、庶民畢從。（《國語·周語上》）

> 文仲以鬯圭與玉磬如齊告糴。（《國語·魯語上》）

> —— 韋昭《注》：「鬯圭，祼鬯之圭，長尺二寸，有瓚，以禮廟。」

「酒1」在所測查文獻中，本時期出現共四百零八例。如：

> 將將銘（吳毓江《墨子校注》引曹校，認為「銘」是「金石」二字之誤合）覓罊以力，湛濁於酒，渝食於野，萬舞翼翼，章聞於天。（《墨子·非樂上》）

> 共王駕而自往，入其幄中，聞酒臭而還。（《韓非子·十過》）

本時期「酒1」大量見於《儀禮》中，共一百四十六例。其中多數是表示與酒有關的禮儀程序。如：

> 主人坐，奠爵於序端，阼階上北面再拜，崇酒。賓西階上答拜。
> （《儀禮·鄉飲酒禮》）

—— 鄭玄《注》:「崇,充也。」

獲者南面坐,左執爵,祭脯醢。執爵興,取肺坐祭,遂祭酒。(《儀禮‧鄉射禮》)

「秬鬯」在所測查的文獻中,本時期出現共五例。如:

王崩大肆,以秬鬯涊。(《周禮‧春官‧小宗伯》)

—— 鄭玄《注》引鄭司農云:「大肆,大浴也。……玄謂大肆,始陳尸伸之。」

鬯人掌共秬鬯而飾之。(《周禮‧春官‧小宗伯》)

周天子賜晉國大輅之服,戎輅之服,彤弓一,彤矢百,旅弓矢千,秬鬯一卣,虎賁三百人。(《左傳‧僖公二十八年》)

「醪」即醪糟,是由江米釀製的汁滓混合的酒,屬於濁酒(記作「醪₁」)。在所測查文獻中,本時期僅見於《莊子》一例:

今富人耳營鐘鼓管籥之聲,口嗛於芻豢醪醴之味。(《莊子‧盜跖》)

「醨」是一種薄酒。在所測查文獻中,本時期僅見於《楚辭》一例:

眾人皆醉,何不餔其糟而啜其醨?(《楚辭‧漁父》)

—— 洪興祖《補注》:「醨,薄酒也。」

「醴」在所測查文獻中,本時期出現共七十例,其中多數見於《儀禮》,表示與酒有關的禮儀程序。如:

贊者洗於房中,側酌醴。(《儀禮‧士冠禮》)

筵末坐啐醴。(《儀禮‧士冠禮》)

冠者即筵坐。……以柶祭醴三,興,筵末坐啐醴。(《儀禮‧士冠禮》)

吳醴白糵,和楚瀝只。(《楚辭‧大招》)

—— 王逸《注》:「糵,米麴也。瀝,清酒也。言使吳人釀醴,和以白米之麴,以作楚瀝,其清酒尤釀美也。」

「醙」是一種陳白酒。在所測查的文獻中,本時期出現共三例,或寫作「溲」,

均見於《儀禮》：

> 壺設於東序，北上，二以並，南陳。醴、黍清，皆兩壺。(《儀禮·聘禮》)

> ——鄭玄《注》：「醴，白酒也。凡酒，稻爲上，黍次之，粱次之。皆有清、白。以黍間清、白者，互相備，明三酒六壺也。先言醴，白酒尊，先設之。」

> 嘉薦普淖，普薦溲酒。(《儀禮·士虞禮》)

> ——鄭玄《注》：「今文『溲』爲『醴』。」

> 始虞用柔日，曰：「哀子某，哀顯相，夙興夜處不寧。敢用潔牲、剛鬣、香合、嘉薦、普淖、明齊溲酒，哀薦祫事，適爾皇祖某甫。饗！」(《儀禮·士虞禮》)

「鬱鬯」是以秬黍和以鬱金香草釀製而成的酒，可用於祼禮和宴饗。在所測查文獻中，本時期僅見於《周禮》一例：

> 凡祭祀、賓客之祼事，和鬱鬯，以實彝而陳之。(《周禮·春官·鬱人》)

> ——鄭玄《注》：「築鬱金，煮之以和鬯酒。鄭司農云：『鬱，草名。十葉爲貫，百二十貫爲（段玉裁校刪「爲」字）築以煮之鐎中，停於祭前。鬱爲草若蘭。』」孫詒讓《正義》引黃以周云：「《魏略》云：『鬱金香，生大秦國，狀如紅藍。』二鄭所云蓋即此。李時珍《本草綱目》：鬱金有二，鬱金香用葉，此用根，其苗似薑。然古所稱香草皆以葉。先鄭云『十葉爲貫』，則所用者葉，非華亦非根也。」

「糟」是帶滓的酒。在所測查的文獻中，本時期出現共四例。如：

> 共賓客之禮酒，共後之致飲於賓客之禮，醫、酏、糟，皆使其士奉之。(《周禮·天官·酒正》)

> ——鄭玄《注》：「糟，醫酏不沛者；沛曰清，不沛曰糟。」

> 共賓客之稍禮，共夫人致飲於賓客之禮，清、醴、醫、酏、糟而奉之。(《周禮·天官·冢宰》)

另外兩例均見於《楚辭》。

「鴆」本指「毒鳥」，引申爲以鴆羽製成的毒酒。在所測查的文獻中，本時期僅見於《左傳》一例，寫作「酖」：

> 晉侯使臣衍酖衛侯。寧俞貨醫，使薄其酖，不死。（《左傳·僖公三十年》）

「酎」是經過反覆多次釀成的醇酒，可用於祭祀。在所測查文獻中，本時期出現共四例：

> 四酎並熟，不澀嗌只。（《楚辭·大招》）

> 挫糟凍飲，酎清涼些。（《楚辭·招魂》）

> ——洪興祖《補注》：「酎，三重釀酒。」

> 公孫夏從寡君以朝於君，見於嘗酎，與執燔焉。（《左傳·襄公二十二年》）

> ——杜預《注》：「酒之新熟，重者爲酎。嘗新飲酒爲嘗酎。」

「嘗酎」即祭祀時嘗飲新酒。一說據《春秋左傳注》[註9]爲「嘗祭以酎」。

> 是月也，天子飲酎，用禮樂。（《呂氏春秋·孟夏紀》）

「飲酎」即喝反覆多次釀成的醇酒，是一種正尊卑的古禮。

與前期相比，本時期共有七個新成員：醪 1、醹、酭／溲、鬱鬯、糟、鴆／酖、酎，它們均是酒之專名。其中「醪」、「醹」、「酭」、「糟」多用以飲用；「鬱鬯」、「酎」則用於祭祀等；「鴆」則用以毒害人。

本類別中，「鬱鬯」與「鬯（秬鬯）」作爲酒的名稱雖有相似，其指稱的事物卻不盡相同。根據《周禮》記載，「鬯」主要由「鬯人」製作，「鬱鬯」主要由「鬱人」製作；「鬯」盛於「卣」或其他尊器，「鬱鬯」盛於「彝」；它們都可用於祭祀和宴饗賓客，但「鬯」主要用於祭社壇、崇門、廟、山川四方、山林和天子賞賜大臣，「鬱鬯」只用於有裸事的宗廟祭祀及王饗賓客。它們都是禮酒，而非日常飲用之酒，使用時都有嚴格的禮儀等級差別，在中國古代森嚴的禮樂制度下是絕對不能混用的。同作爲表示酒名稱的詞語，「鬯」可用以修飾限製表

〔註 9〕楊伯峻《春秋左傳注》，中華書局，1990 年。

示事物名稱的詞語，如「鬯圭」，而「秬鬯」則沒有此現象。

本時期的新成員中，「醪1」、「醨」、「糟」、「酎」用以表示酒之名稱都是約定俗成的；「鳩」是由本詞的別義引申而產生該義；「醜」是由源義派生而產生該義。它們都是單純結構。「鬱鬯」是由語素組合而產生該義，是複合結構。

在所測查文獻中，本時期使用頻率最高的仍然是「酒1」，其次是「醴」。其他詞語的使用頻率都很低。

（三）上古後期

上古後期，本類別共有十一個詞項：盎／醠、鬯／暢、酒1、秬鬯、醪2、醨、醴、鬱鬯、糟、鳩／酖、酎。

「醠」是一種以糯米、黃米釀製而成的濁酒，可用於祭祀。在所測查的文獻中，本時期出現共四例，多寫作「盎」。如：

> 君牽牲，夫人奠盎。（《禮記・祭義》）

> 宗婦執盎，從夫人，薦涚水。（《禮記・祭統》）

> 清醠之美，始於耒耜（《淮南子・說林》）

「鬯」在在所測查文獻中，本時期出現共十六例，其中九例寫作「鬯」。如：

> 凡摯，天子鬯，諸侯圭，卿羔，大夫雁，士雉，庶人之摯匹。（《禮記・曲禮下》）

> 諸侯賜弓矢，然後征；賜鈇鉞，然後殺；賜圭瓚，然後爲鬯。（《禮記・王制》）

> 周人尚臭，灌用鬯臭，鬱合鬯，臭陰達於淵泉。（《禮記・郊特牲》）

> 薦鬯之夕，神光交錯。（《漢書・宣帝紀》）

另有七例寫作「暢」。如：

> 凡執贄：天子用暢，公侯用玉，卿用羔，大夫用雁。（《春秋繁露・執贄》）

> 初歲祭耒，始用暢也。（《大戴禮記・夏小正》）

「酒1」在所測查文獻中，本時期出現共六百六十五例。如：

以酒爲池，懸肉爲林，使男女倮相逐其間，爲長夜之飲。(《史記·殷本紀》)

行弔之日，不飲酒食肉焉。(《禮記·檀弓下》)

酒，百藥之長。(《漢書·食貨志下》)

乘輿且到，臣子當擊牛釃酒，以待百官，反欲以賊虜遺君父邪？(《東觀漢記·卷十》)

「秬鬯」在所測查文獻中，本時期出現共六例。如：

天子使王子虎命晉侯爲伯，賜大輅，彤弓矢百，玈弓矢千，秬鬯一卣，珪瓚，虎賁三百人。(《史記·晉世家》)

天子親耕，粢盛秬鬯，以事上帝。(《禮記·表記》)

「醪」本指「汁滓混合的酒」，引申爲泛指酒（記作「醪₂」）。在所測查的文獻中，本時期出現共六例。如：

及袁盎使吳見守，從史適爲守盎校尉司馬，乃悉以其齎裝置二石醇醪，會天寒，士卒饑渴，飲酒醉，西南陬卒皆臥。(《史記·袁盎晁錯列傳》)

旨酒甘醪，所以養生也。(《潛夫論·思賢》)

「醨」在所測查的文獻中，本時期僅見於《史記》一例，內容同《楚辭》：

眾人皆醉，何不哺其糟而啜其醨。(《史記·屈原賈生列傳》)

「醴」在所測查的文獻中，本時期出現共二十三例。如：

玄酒在室，醴盞在戶，粢醍在堂，澄酒在下。(《禮記·禮運》)

始食肉者，先食乾肉；始飲酒者，先飲醴酒。(《禮記·喪大記》)

元王每置酒，常爲穆生設醴。(《漢書·楚元王傳》)

—— 顏師古《注》：「醴，甘酒也。少麴多米，一宿而熟。」

今儒者說之，謂泉從地中出，其味甘若醴，故曰醴泉。(《論衡·是應》)

「鬱鬯」在所測查的文獻中，本時期出現共三例，均見於《禮記》。如：

諸侯相朝，灌用鬱鬯，無籩豆之薦。(《禮記·禮器》)

首心，見間以俠甒，加以鬱鬯，以報魄也。(《禮記·祭義》)

「糟」在所測查的文獻中，本時期出現共兩例。如：

飲，重醴，稻醴清糟，黍醴清糟，梁醴清糟。(《禮記·內則》)

—— 鄭玄《注》：「糟，醇也。」孔穎達《疏》：「此稻、黍、梁三醴，各有清糟；以清糟相配重設，故云重醴；凡致飲之時，有清者，有糟者。」

「鴆」在所測查文獻中，本時期出現共二十二例，或寫作「酖」。如：

季友以莊公命命牙待於針巫氏，使針季劫飲叔牙以鴆，曰：「飲此則有後奉祀；不然，死且無後。」牙遂飲鴆而死。(《史記·魯周公世家》)

呂不韋自度稍侵，恐誅，乃飲酖而死。(《史記·呂不韋列傳》)

業固不起，乃遣人持鴆，不起便賜藥，業乃飲鴆而死。(《東觀漢記·卷十八》)

鴆酒的功用即殺人或自殺。「飲鴆（酖）」即喝用鴆羽泡製的毒酒。

在本時期文獻用例中，有八例作「鴆（酖）殺」。如：

王有所愛姬，王后使人酖殺之。(《史記·呂太后本紀》)

又聞漢兵言，莽鴆殺孝平帝。(《漢書·王莽傳》)

「鴆（酖）殺」即用鴆酒毒殺。其中「鴆」義爲「用鴆酒」，表示殺害的方式。

「酎」在所測查文獻中，本時期出現共九例。如：

高廟酎，奏《武德》、《文始》、《五行》之舞。(《史記·孝文紀》)

—— 裴駰《集解》引張晏曰：「正月旦作酒，八月成，名曰酎。酎之言純也。」

如使古人有知，當何面目復奉齊酎見高祖之廟乎！(《漢書·燕刺王劉旦傳》)

本時期文獻中，依然有關於「飲酎」的記載。如：

（孟夏之月）天子飲酎，用禮樂。(《禮記·月令》)

—— 鄭玄《注》：「酎之言醇也，謂重釀之酒也。春酒至此始成，

與群臣以禮樂飲之於朝，正尊卑也。」

與中期相比，本時期有兩個新成員：盎／醯、醪2。

「醯」是一種以糯米、黃米釀製而成的濁酒，可用於祭祀，後多寫作「盎」，其用以表示酒之名稱是約定俗成的。「醪2」用以泛指酒是由本詞的別義引申而來。它們都是單純結構。

從本時期的文獻用例亦可看出，「鬯」依然可用以修飾限制其他表示事物名稱的詞，如「鬯臭」，而「秬鬯」則沒有此現象。「鴆」有八例在句子中作「鴆（酖）殺」，體現了名詞活用現象。

本時期使用頻率最高的詞依然是「酒1」，其次是「醴」和「鴆／酖」。

三、詞項的演變

（一）詞項數量的演變

在所測查的文獻中，本類別詞語見於上古前期的共有五個：鬯／暢、酤1、酒1、秬鬯、醴；見於上古中期的共有十一個：鬯／暢、酒1、秬鬯、醪1、醹、醴、醙／溲、鬱鬯、糟、鴆／酖、酎，其中「醪1」、「醹」、「醙／溲」、「鬱鬯」、「糟」、「鴆／酖」、「酎」為新成員，「酤1」已不見於本時期；見於上古後期的有十一個：盎／醯、鬯／暢、酒1、秬鬯、醪2、醹、醴、鬱鬯、糟、鴆／酖、酎，其中「盎／醯」、「醪2」為新成員，「醪1」、「醙／溲」已不見於本時期。「鬯／暢」、「酒1」、「秬鬯」、「醴」貫穿於整個上古時期。可以看出，隨著時間的推移，表示酒之名稱的詞語日益豐富。

（二）詞項屬性的演變

本類別詞義的差別主要體現在總名與專名的區分以及專名所指稱的酒在原料、釀時、味道、色澤、功用等方面的差異。其中「醪」由指稱「汁滓混合的酒」引申為泛指酒，其專名在上古中期僅見一例，上古後期則不見有專名的用例，而是完全用以表示泛指。「醴」從文獻用例可看出，由最初主要用於祭祀變為後來普遍用以飲用。

本類別中多數詞用以表示酒之名稱都是約定俗成的。其中以「鬯」作為詞

素，組成了「秬鬯」和「鬱鬯」這樣與其意義相關的詞語。隨著語言的發展，詞形也變得豐富，如上古後期「鬯」與「暢」、「鳩」與「酖」的同時使用。

同時，一些詞的語法功能也日益靈活，如「鬯」可用以修飾限製表示事物名稱的詞語，「鳩／酖」可用以描述行為動作的方式。

隨著時間的推移，「酒₁」類詞語數量增多，其中「酒₁」、「鬯」、「醴」的使用頻率也明顯遞增。除「酒₁」作為總名的廣泛使用之外，「鬯」與「醴」作為祭祀用酒，在古代文獻典籍中亦大量出現。「鳩／酖」的使用頻率也有較大的增加，這與該種事物的生成、使用以及該詞較強的語法功能有關。有一些詞，如「醪₁」、「醨」、「酸」等，只是短暫存在並極少使用，可能由於它們所指稱的酒在當時亦是短暫存在後進而消亡，而指稱它們的詞語也即隨之產生意義或功能上的變化。

綜上所述，上古「酒之名稱」類詞語分為「總名或泛指」與「專名」。表示「總名或泛指」的詞語中，「酒₁」所涵蓋的意義最廣，它可以指稱一切酒，在整個上古時期用例最多，且遠遠高出其他各詞語，直到今天依然作為酒之總名；「酤₁」與「醪₂」用以泛指酒均由本詞的別義引申而來，其語義、語法功能、組合關係以及使用的條件和頻率，都不能夠與「酒₁」相比。

從對表示酒之專名詞語意義的分析中可以看出，上古時期造酒主要以糧食為原料，如糯米、秬黍、蘗等。一些酒為特殊目和功用而製，原料也會有所不同，如「鬱鬯」、「鳩」等。不同的酒因原料、釀時、工藝等方面的不同而體現出不同的特點，且用於不同的場合。

這些詞中，多數用以表示酒之名稱是約定俗成的，另有些詞由該詞的別義引申或由語素組合而產生表示酒之名稱的意義。在詞形結構上，除「秬鬯」和「鬱鬯」為複合結構外，其他均為單純結構。

在具體的用例中，「鬯」可修飾限制其他表示事物名稱的詞，「鳩／酖」可形容行為動作的方式，這些現象有別於本類別中的其他詞語。

本類別各時期使用頻率最高的始終是「酒₁」。在甲骨文中，便有「酒」以及表示酒之專名的詞如「鬯」、「醴」、「酎」，並且和本類別其他詞語相比，它們在上古時期的使用頻率相對較高，由此可見，這些詞所指稱的酒其歷史非常久遠，並且廣泛應用地應用於當時的社會生活中。

表1 上古「酒之名稱」類詞項屬性分析表（上）

詞項 / 屬性			盎／醠	卤／畼	酤₁	酒	秬鬯	醪₁	醪₂
語義屬性	類義素		用糧食或果類發酵製成的飲料的名稱						
	表義素	中心義素	專名	專名	泛指	總名	專名	專名	泛指
		關涉義素 原料	糯米黍子	秬黍	-	糧食果類	秬黍	糯米	-
		關涉義素 性味	濁酒	香美甘醇	-	-	香美甘醇	濁酒	-
		關涉義素 功用	祭祀	祭祀	-	-	祭祀	飲用	-
生成屬性	詞義來源		約定俗成	約定俗成	引申	約定俗成	語素組合	約定俗成	引申
	詞形結構		單純結構	單純結構	單純結構	單純結構	複合結構	單純結構	單純結構
使用屬性	使用頻率	前期	-	1	1	85	3	-	-
		中期	-	7	-	408	5	1	-
		後期	4	16	-	665	6	-	6
		總計	4	24	1	1158	14	1	6

表1 上古「酒之名稱」類詞項屬性分析表（下）

詞項 / 屬性			醮	醴	醿／溲	鬱卤	糟	鴆／酖	酎
語義屬性	類義素		用糧食或果類發酵製成的飲料的名稱						
	表義素	中心義素	專名	專名	專名	專名	專名	專名	專名
		關涉義素 原料	-	糵、黍	米飯	秬黍、鬱金香草	-	鴆毒	-
		關涉義素 性味	淡薄	一宿成味甜	白色	氣味芬芳	汁滓混合	有毒	三重釀醇厚
		關涉義素 功用	飲用	祭祀飲用	飲用	裸禮宴饗	飲用	害人	祭祀

生成屬性	詞義來源	約定俗成	約定俗成	派生	語素組合	約定俗成	引申	約定俗成
	詞形結構	單純結構	單純結構	單純結構	複合結構	單純結構	單純結構	單純結構
使用屬性	使用頻率 前期	-	2	-	-	-	-	-
	中期	1	70	3	1	4	1	4
	後期	1	23	-	3	2	22	9
	總計	2	95	3	4	6	23	13

表2　上古「酒之名稱」類詞頻統計表〔註10〕

文獻	詞項	盎/醠	醠/暢	酤1	酒	秬鬯	醪1	醪2	醰	醴	醙/溲	鬱鬯	糟	鳩/酖	酎
上古前期	周易	1			8										
	尚書				16	2									
	詩經		1		61	1				2					
	總計	1	1		85	3				2					
上古中期	周禮	4			36	3				2		1	2		
	儀禮				164					54	3				
	左傳				57	2				4				1	1
	國語	3			17					4					
	論語				5										
	墨子				20										
	商君書				1										
	孟子				12										
	莊子				14		1			2					
	荀子				7					1					
	呂氏春秋				26										1
	韓非子				39										

〔註10〕本書僅對部分傳世文獻中的詞頻進行統計；凡是篇名、地名、人名、引用文獻原文均未計算在內；在所測查的範圍內，未出現該類別成員的上古文獻則未列出。全章同。

	山海經			8										
	楚辭			2				1	3			2		2
	總計		7	408	5	1		1	70	3	1	4	1	4
上古後期	史記		2	147			2	1	2			1	4	2
	淮南子		1	31										
	新語			2										
	春秋繁露		4	20	1									
	鹽鐵論			23	1									
	戰國策			27										
	公羊傳		1	6										
	穀梁傳			4										
	大戴禮記		1	17										
	禮記	3	6	54	1			14			3	1		1
	漢書			208	2		2		6				13	5
	論衡		1	73	1				1				2	
	潛夫論			3			1							
	風俗通義			19										
	東觀漢記			31			1						3	1
	總計	3	16	665	6		6	1	23		3	2	22	9

第二節　「酒之性味」類詞語

　　古代文獻中在說到各種酒時，總是提及酒的薄厚之分，這一問題的實質就是酒的濃度，也就是今天我們所說的酒精含量，即度數。上古時期，釀酒只是將糧食蒸熟，加入酒麴令其發酵，而沒有榨濾、煎煮的工序。因此，酒的濃度取決於發酵時間的長短。不過由於工藝方法的限制，酒的度數都不是很高。

　　有些詞比較常見地用來形容酒的性味，特別是用以形容和描述一些濃度較高的酒。

一、詞項的語義特徵

上古「酒之性味」類共選取三個詞項：醇、醲、醹。它們都可表示酒之性味。具體地說，都可用來形容「酒味濃厚」這一特性。

【醇】

「醇」指酒味濃厚。《說文・酉部》：「醇，不澆酒也。」段玉裁《注》：「凡酒沃之以水則薄，不雜以水則曰醇。」《慧琳音義・卷十八》中「醇化」《注》引《文字典說》：「醇，不澆酒也，純美也。」

【醲】

「醲」指酒味濃厚。一說爲「味道濃厚的酒。」《說文・酉部》：「醲，厚酒也。」又如《文選・枚乘〈七發〉》：「飲食則溫淳乾脆，腥醲肥厚。」呂延濟《注》：「醲，酒之上者。」這一意義還多以《淮南子・主術》中「肥醲甘脆，非不美也」爲例。然而，此處「肥醲」又作「肥膿」或「肥濃」，義爲「厚味、美味」，並非名詞「味濃之酒」的意義。又如《文選・枚乘〈七發〉》：「甘脆肥膿，命曰腐腸之藥。」李善《注》：「膿，厚之味也。」可見，此處「醲」並不是名詞「味道濃厚的酒」之義。

在所測查的文獻中，上古時期「醲」用於名詞「味厚的酒」和形容詞「酒味濃厚」僅見於《焦氏易林》各一例。但同時期，已有「醲」由「酒味濃厚」引申爲一般意義上的「濃厚」的用例。如《韓非子・難勢》：「夫有盛雲醲霧之勢而不能乘遊者，蟪蛄之材薄也。」因此，「醲」由「酒味濃厚」引申爲「味醲之酒」，似乎更爲合理。

【醹】

「醹」指酒味濃厚。《說文・酉部》：「醹，厚酒也。」《詩經・大雅・行葦》：「曾孫維主，酒醴維醹。」毛《傳》：「醹，厚也。」孔穎達《疏》：「醹，厚，謂酒之醇者。」明代馮時化《酒史・酒考》：「厚者曰醇，亦曰醹。」

二、詞項的屬性差異

（一）上古前期

上古前期，本類別僅有一個詞項：醹。

「醹」指酒味濃厚。在所測查的文獻中，本時期僅見於《詩經》一例：

> 曾孫維主，酒醴維醹。(《詩經‧大雅‧行葦》)
>
> ——毛《傳》：「醹，厚也。」孔穎達《疏》：「醹，厚，謂酒之
醇者。」

（二）上古中期

上古中期，本類別沒有成員。

（三）上古後期

上古後期，本類別共有兩個詞項：醇、醲。

「醇」指酒味濃厚。在所測查的文獻中，本時期出現共十五例。如：

> 陳人使婦人飲之醇酒，以革裹之，歸宋。(《史記‧宋微子世家》)
>
> 公子自知再以毀廢，乃謝病不朝，與賓客爲長夜飲。飲醇酒，
多近婦女，日夜爲樂飲者四歲，竟病酒而卒。(《史記‧魏公子列傳》)
>
> 乃悉以其裝齎置二石醇醪。(《漢書‧爰盎傳》)
>
> ——顏師古《注》：「醇者不雜，言其釀也。」
>
> 黍稷醇醴，敬奉山宗。(《焦氏易林‧艮之謙》)
>
> 黍稷醇醲，敬奉山宗。(《焦氏易林‧艮之謙》)

以上「醇酒」、「醇醪」、「醇醲」、「醇醴」都表示味道濃厚甘美的酒，其中「醇」作爲修飾的成分，來形容各種酒的名稱，表示其性味特徵。

「醲」指酒味濃厚。在所測查的文獻中，本時期僅見於《焦氏易林》一例：

> 南國茂盛，黍稷醲酒。可以享老，樂我嘉友。(《焦氏易林‧大
有之同人》)

本類別三個詞都用來表示酒之性味。其中「醇」與「醲」見於同一時期。「醇」、「淳」、「純」三字上古同音，都是禪母文部。「醇」多指酒不薄，但也可指道德、學問的純眞（如「醇儒」）和色彩的純正（如「醇犧牲」）。「純」有「不雜」之義，在此意義上和「淳」同源，古代亦可通用，如「純粹」亦可作「淳粹」。故三字同源。[註11]「濃」、「醲」、「襛」、「穠」、「膿」五字同音。

〔註11〕王力主編《王力古漢語字典》，中華書局，2000 年，第 594 頁。

露水多爲濃，酒厚爲醲，衣厚爲襛，花木厚爲穠，汁厚爲膿〔註12〕，它們應爲同源詞。從其詞義來看，「醇」更側重表示酒不雜以水；「醲」更側重表示酒味濃厚。

在表示「酒味濃厚」這一意義時，「醇」與「醹」作爲同義詞，經常相對成文，如《北堂書鈔》卷一四八引漢代徐幹《齊都賦》：「三酒既醇，五齊維醹。」又如明代馮時化《酒史‧酒考》：「厚者曰醇，亦曰醹。」用以表示「酒味濃厚」之義，「醹」是約定俗成的；「醇」與「醲」則由各自的源義派生而產生該義。三者都是單純結構。在所測查的文獻中，「醇」出現共十五例，「醲」和「醹」各僅有一例。

綜上所述，本類別三個詞都用以形容「酒味濃厚」。它們是意義較爲密切的一組同義詞。其意義生成主要有約定俗成和派生兩種途徑。它們都是單純結構。在上古時期，使用頻率都較低。

表3　上古「酒之性味」類詞項屬性分析表

屬　性		詞　項	醇	醲	醹
語義屬性		類義素	酒之性味		
	表義素	中心義素	酒味濃厚	酒味濃厚	酒味濃厚
		關涉義素　性味特徵	不雜以水	酒味厚	酒味厚
生成屬性		詞義來源	派生	派生	約定俗成
		詞形結構	單純結構	單純結構	單純結構
使用屬性	使用頻率	前期	-	-	1
		中期	-	-	-
		後期	15	1	-
		總計	15	1	1

〔註12〕王力主編《王力古漢語字典》，中華書局，2000年，第637頁。

表4　上古「酒之特性」類詞頻統計表

文　獻	詞　項	醇	醲	醹
上古前期	詩經			1
	總計			1
上古後期	史記	6		
	鹽鐵論	1		
	焦氏易林	5	1	
	漢書	3		
	總計	15	1	

第三節　「酒屬飲料」類詞語

早期的「飲」是一種比酒略淡的米汁，用於宴客時佐餐，亦屬於酒類。古代有「六飲」、「六清」、「四飲」等說法。「六飲」是古天子的六種飲料。《周禮・天官・漿人》：「掌共王之六飲：水、漿、醴、涼、醫、酏，入於酒府。」「六清」亦即「六飲」。《周禮・天官・膳夫》：「凡王之饋……飲用六清。」鄭玄《注》：「六清，水、漿、醴、涼、醫、酏。」孫詒讓《正義》：「此即《漿人》之『六飲』也。」「四飲」指「清」、「醫」、「漿」、「酏」四種飲料。《周禮・天官・酒正》：「辨四飲之物，一曰清、二曰醫、三曰漿、四曰酏。」賈公彥《疏》：「一曰清，則《漿人》云醴清也。二曰醫者，謂釀粥爲醴則爲醫。三曰漿者，今之截漿。四曰酏者，即今薄粥也。」上述爲常見的「飲」。

一、詞項的語義特徵

上古時期「酒屬飲料」類共選取五個詞項：漿、涼、醫、酏、醴。

【漿】

「漿」是一種帶酸味兒的飲料。《釋名・釋飲食》：「漿，將也，飲之寒溫多少，與體相將順也。」《玉篇・水部》：「漿，飲也。」《周禮・天官・酒正》中「三曰漿」鄭玄《注》：「漿，今之截漿也。」賈公彥《疏》：「截之言載，米汁相載，漢時名爲截漿。」孫詒讓《正義》：「漿、截同物，累言之則曰截

漿，蓋亦釀糟爲之，但味微酢耳。」古代文獻中，「酢」與「醋」同，其意爲「酸」。北魏賈思勰《齊民要術・卷九》有「作寒食漿法」。寒食即冷食，「寒食漿」相當於現在的冷飲。明代李時珍《本草綱目・水・漿水》引陳嘉謨之言記載了漿的具體製法：「漿，酢也。炊粟米熱，投冷水中，浸五六日，味酢，生白花，色類漿，故名。」「漿」在古代生活中，其重要性與飯、酒並列。唐代皮日休《茶中雜詠》序：「又漿人之職，共王之六飲，水、漿、醴、涼、醫、酏，入於酒府。」春秋至漢代，多有以賣漿爲業者。《莊子・則陽》：「孔子之楚，舍於蟻丘之漿。」陸德明《釋文》引李頤曰：「漿，賣漿家。」

【涼】

「涼」是寒粥，或以糗飯雜水而成。《釋名・釋飲食》：「寒粥，末稻米，投寒水中，育育然也。」《周禮・天官・漿人》：「掌共王之六飲：水、漿、醴、涼、醫、酏，入於酒府。」鄭玄《注》引鄭司農云：「涼，以水和酒也。謂今寒粥若糗飯雜水也。」

「濫」亦爲「涼」。作爲飲料，「濫」以乾果浸漬於水中而成。《禮記・內則》：「或以酏爲醴，黍酏，漿，水，醷，濫。」鄭玄《注》：「以諸和水也。」陸德明《釋文》：「以諸，乾桃乾梅皆曰諸。」《三禮辭典》：「濫，飲料之一。以冰置水中，故亦謂之涼。飲時雜以米物。同今之冷飲。」[註13] 惠士奇、孔廣森則認爲此「涼」指冷飲 [註14]。可知《周禮・天官・漿人》中「六飲」之「涼」和《禮記・內則》之「濫」均爲寒涼之飲。《禮記・內則》：「或以酏爲醴，黍酏、漿、水、醷、濫。」鄭玄《注》：「以諸和水也。以《周禮》六飲校之，則濫，涼也。」《呂氏春秋・節喪》高誘《注》：「以冰置水漿於中爲濫。是飲本宜寒，而涼濫又六飲中之最寒涼者，其味雜和眾物，唯意所欲，故或寒粥，或糗飲雜水，或以諸和水，三者雖不同物，故同得涼稱。」由此可以看出，在周代已經有了冷飲。

【醫】

「醫」是粥加麴蘗釀成的飲料。《周禮・天官・酒正》鄭玄《注》：「醫，《內

〔註13〕錢玄、錢興奇《三禮辭典》，江蘇古籍出版社，1998 年。

〔註14〕惠士奇《禮說・天官二》，《四庫全書》經部四。

則》所謂或以酏為醴。凡醴濁，釀酏為之，則少清矣。」《禮記·內則》：「或以酏為醴。」鄭玄《注》：「釀粥為醴。」清代江永認為：「今時北方造黃酒之法，先煮黃米為粥，乃入麴蘖釀之成酒，正與鄭《注》合。……蓋炊飯而釀者為醴，煮粥而釀者，以酏為醴也。」〔註15〕江永明確「醴」是釀飯而成，「醫」是釀粥而成。「醫」也有糟有清者。因粥的水分較多，「醫」應當清於炊飯而釀成的「醴」，所以說「醫」比未沛之醴清，然未過濾的「醫」較之已沛之「醴」則仍為濁，所以鄭玄謂之「少清」。

【醷】

「醷」是梅漿，梅汁。《玉篇·酉部》：「醷，梅漿。」《類篇·酉部》：「醷，和醴、酏為飲也。」《集韻·職韻》：「醷，釀醴、酏為漿也。」

二、詞項的屬性差異

（一）上古前期

上古前期，本類別僅有一個詞項：漿。

「漿」又名「戴漿」，是一種帶酸味兒的飲料。本時期僅見於《詩經》一例：

> 或以其酒，不以其漿。（《詩經·小雅·大東》）

（二）上古中期

上古中期，本類別共有四個詞項：漿、涼、醫、酏。

「涼」又名「濫」，是古代六種飲料之一，一說為寒粥，或以糗飯雜水而成。「醫」是粥加麴蘖釀成的飲料，稀而有糟。「酏」是一種黃米煮成的稀粥。可見，三者的主要原料都是粥。

它們主要見於《周禮》、《儀禮》，其中的記載及訓釋，使其所指稱事物的特點呈現得更加具體。這些詞常同時出現，現按文獻分類進行簡要說明。

見於《周禮》的記載如：

> 掌共王之六飲：水、漿、醴、涼、醫、酏，入於酒府。（《周禮·

〔註15〕江永《周禮疑義舉要》，中華書局，1985年，第7頁。

天官・漿人》）

　　——鄭玄《注》引鄭司農云：「涼，以水和酒也。謂今寒粥若
糗飯雜水也。」孫詒讓《正義》：「涼本爲寒飲。」

　　辨四飲之物：一曰清，二曰醫，三曰漿，四曰酏。（《周禮・天
官・酒正》）

　　共賓客之禮酒，共後之致飲於賓客之禮。醫、酏、糟皆使其士
奉之。（《周禮・天官・冢宰》）

　　共賓客之稍禮，共夫人致飲於賓客之禮，清醴、醫、酏、糟而
奉之。（《周禮・天官・漿人》）

　　羞豆之實，酏食糝食。（《周禮・天官・醢人》）

　　——鄭玄《注》：「酏，今之粥。」賈公彥《疏》：「酏，粥也。」

見於《儀禮》的記載如：

　　宰夫執觶漿飲，與其豐以進，賓挽手，興受。（《儀禮・公食大
夫禮》）

　　上大夫庶羞，酒飲、漿飲，庶羞可也。（《儀禮・公食大夫禮》）

同時，「漿」與「涼」在《楚辭》中亦有用例：

　　奠桂酒兮椒漿。（《楚辭・九歌・東皇太一》）

　　——朱熹《集注》：「漿者，《周禮》四飲之一，此又以椒漬其
中也。」

　　挫糟凍飲，酎清涼些。（《楚辭・招魂》）

　　——王逸《注》：「盛夏則爲覆蹙乾釀，提去其糟，但取清酎，
居之冰上，然後飲之，酒寒涼，又長味好飲也。」

（三）上古後期

上古後期，本類別共有三個詞項：漿、酏、醷。

「醷」是梅漿，梅汁。另有觀點認爲，「醷」與「醫」可能爲一物。「醷」
是「梅漿」、「梅汁」。《玉篇・酉部》：「醷，梅漿。」《類篇・酉部》：「醷，和
醴、酏爲飲也。」《集韻・職韻》：「醷，釀醴、酏爲漿也。」而《韻會》：「醫，

飲也。」《五音集韻》：「醫，梅漿也。」《周禮‧天官‧酒正》中「二曰醫」鄭玄《注》：「醴濁，釀酏爲之，則少清矣。」鄭司農《注》：「《內則》漿、水、臆，醫與臆音亦相似，文字不同，記之者各異耳。此皆一物。」《釋文》：「醷，本又作臆。」又《集韻》或作「醷」，亦作「臆」。這說明，「醫」與「醷」可能因讀音相似，因而發生假借。從訓詁材料來看，它們是同一種飲料名稱是有可能的。但辭書在釋義方面的差異還是相對較大。本書暫且把「醫」看作獨立的詞項來進行分析。

本時期詞語均見於《禮記》。如：

天子五飲：上水、漿、酒、醴、酏。（《禮記‧玉藻》）

—— 朱彬《訓纂》引江永曰：「漿者，酢敧窨米水爲之。」

饘、酏、酒、醴、芼羹、菽、麥、蕡、稻、黍、粱、秫唯所欲。

（《禮記‧內則》）

或以酏爲醴，黍酏、漿、水、醷、濫。（《禮記‧內則》）

—— 鄭玄《注》：「醷，梅漿。」

漬：取牛肉必新殺者，薄切之必絕紋理，湛諸美酒，期朝而食之，以醢若醯、醷。（《禮記‧內則》）

本節所討論的詞語都是用以表示酒屬飲料名稱的專有名詞。這些飲料或與酒有著相似原料或製法，或與酒一併用於儀禮中。其區別主要在於各飲料的原料和性味方面。

「涼」，因是寒飲，取「涼」之義，當爲引申。其他詞用以表示飲料名稱都是約定俗成的。它們都是單純結構。

除「涼」以外，本類別其他詞語的字形結構中都含有「酉」偏旁，從造字本義的角度來說，它們所指稱的飲料與酒的關係是非常密切的。酒屬飲料用於上古某些禮儀之中，多見於《周禮》、《儀禮》和《禮記》的記載。雖然其他典籍中提及它們的地方很少，但通過各種訓詁材料，可以瞭解其原料、性味等特徵。作爲與酒相關的詞語，亦有著重要的意義。

表5 上古「酒屬飲料」類詞項屬性分析表

屬性＼詞項			漿	涼	醫	酏	醷
語義屬性	類義素		與酒有著相似原料或製法或一併用於儀禮中的飲料				
	表義素	又名	截漿	濫	-	-	-
	關涉義素	原料	米汁	米物、水	粥、麴糵	粥	梅汁
		性味	微酸	寒飲	味甜	稀、有糟	-
生成屬性	詞義來源		約定俗成	引申	約定俗成	約定俗成	約定俗成
	詞形結構		單純結構	單純結構	單純結構	單純結構	單純結構
使用屬性	使用頻率	前期	1	-	-	-	-
		中期	6	2	4	5	-
		後期	1	-	-	7	2
		總計	8	2	4	12	2

表6 上古「酒屬飲料」類詞頻統計表

文獻＼詞項		漿	涼	醫	酏	醷
上古前期	詩經	1				
	總計	1				
上古中期	周禮	2	1	4	5	
	儀禮	3				
	楚辭	1	1			
	總計	6	2	4	5	
上古後期	禮記	1			7	2
	總計	1			7	2

第四節 「酒器」類詞語

　　飲酒需持器。起初酒無常器,只要是能夠裝水飲水的東西都可以用來飲酒。
到後來釀出的酒多了,逐漸酒有了專用於盛酒飲酒的器皿,這是順理成章的事

情。〔註16〕所謂酒器，一般指用以盛酒和飲酒的器皿。〔註17〕而廣義上的酒器還應包括釀酒器、溫酒器、冰酒器、挹酒器、量酒器、貯酒器以及某些用於酒禮的相關器具。古代飲酒和祭祀之時，特別講究酒器的精美與適宜，所以，酒器的種類繁多，酒器文化更是千姿百態。隨著社會的發展，其材質、形制、功用、含義等方面也都發生著相應的變化。

一、詞項的語義特徵〔註18〕

上古「酒器」類共選取十九個詞項：杯／桮／柸／盃、斗、缶／瓺、舷／觵、瓠、壺、斝、爵、角、罍、匏、勺／杓、瓡、卣、瓚、盞／醆／琖、卮／巵、觶、尊／樽／鐏。它們都用來指稱盛酒和飲酒等器皿以及用於酒禮的相關器具。

【杯／桮／柸／盃】

「杯」是歷史上變化較大的一種飲具。它最初可能是以葫蘆切剖而成，後來出現木製、陶製的。最初用來喝水，後來則用以飲酒。商代出現了青銅杯，體形較大，多爲盛水、酒、湯汁的器皿。

《說文》中只有「桮」而無「杯」、「柸」、「盃」。朱駿聲《通訓定聲》：「桮，字亦作杯或柸。」《廣韻・灰韻》：「盃，俗（桮）。」今寫作「杯」。

「杯」與「閜」同義。《說文・門部》：「大桮亦爲閜。」《方言・卷五》：「閜，桮也。桮，其通語也。」錢繹《箋疏》引《藝文類聚》所載李尤《杯銘》云：「小之爲杯，大之爲閜。」「杯」亦是通語。」

【斗】

「斗」又稱「勺斗」，是古代挹酒器。「斗」在甲骨文中作「ᄃ」，在金文中作「ᄃ」。「斗」有陶製和青銅製，多爲曲杯，長尾，有柄。祭祀或大型宴飲時，可用以從大酒尊、彝器中舀酒，再倒入尊、爵、觶等中。

【缶／瓺】

「缶」又寫作「瓺」，是古代用以盛酒漿的瓦器，亦有銅製的。「缶」在甲

〔註16〕 張連舉《論〈詩經〉中的酒器描寫》，《深圳職業技術學院學報》，2009 年第 4 期。

〔註17〕 《漢語大詞典》，漢語大詞典出版社，1998 年。

〔註18〕 此標題下對酒器的描述部分參考李春祥《飲食器具考》，知識產權出版社，2006 年。

骨文中作「」，金文中作「」。新石器時代的陶缶多爲小口、圓腹，上面多有蓋。青銅缶出現於春秋中期，多是仿陶缶而做，到東漢逐漸消失。

《說文・缶部》：「缶，瓦器，所以盛酒漿，秦人鼓之以節歌。」段玉裁《注》：「缶有小有大。如汲水之缶，蓋小者也。如五獻之尊，門外缶，大於一石之壺，五斗之瓦甒，其大者也。皆可以盛酒漿。」王筠《句讀》：「凡器皿字，惟缶、壺有蓋，皆盛酒者也。」《急就篇・卷三》中「甄、缶、盆、盎、甕、罃、壺」顏師古《注》：「缶、盆、盎，一類耳。缶即盎也，大腹而斂口。」《玉篇・缶部》：「缶，盎也。」

【觥／觵】

「觥」是古代一種盛酒器，亦用作飲酒器。最初用獸角製成，後也有木製和青銅製。其腹部爲橢圓形或方形，圈足或四足，有流，有把手，蓋一般做成帶角的獸頭形或長鼻上卷的象頭形，也有整體爲獸形的，有的還附有酌酒用的勺。「觥」盛行於商代和西周初期。由於流行時間不長，數量也不是很多。其容量或謂五升，或謂七升。陸德明《經典釋文》引《韓詩》云容五升，引《禮圖》云容七升。鄭玄《駁五經異義・爵制》：「觥，罰有過，一飲而七升爲過多，當爲五升。」〔註19〕

「觥」又作「觵」。《玉篇・角部》：「觥，同觵。」《詩經・周頌・絲衣》：「兕觥其觩，旨酒思柔。」陸德明《釋文》：「觵，字又作觥。」《說文・角部》：「觵，兕牛角可以飲者也。從角，黃聲，其狀觵觵，故謂之觵。觥，俗觵從光。」《玉篇・角部》：「觵，兕角爲罰酒爵。」「觥」是一種大的飲酒器，所以又有「大」、「豐盛」的意義；「觵」多用於罰酒、責罰義。〔註20〕

【觚】

「觚」是古代一種飲酒器，又是禮器。多爲長身，侈口，口部與底部呈喇叭狀，細腰，圈足。《說文・角部》：「觚，鄉飲酒之爵也。一曰觴受三升者謂之觚。」朱駿聲《通訓定聲》：「觚，禮飲爵也。」《玉篇・角部》：「觚，禮器也。」《廣韻・模韻》：「觚，酒爵。」《廣雅・釋器》：「二升曰觚。」

〔註19〕鄭玄《駁五經異義・爵制》，《四庫全書》經部七。

〔註20〕王力主編《王力古漢語字典》，中華書局，2000年，第1255頁。

「觥」應該是獸角類製品。這種獸角類的觥僅在一些青銅器上的宴飲圖中可看到,實物尚未發現。青銅觥大約出現在商代早期,盛行於商代和西周初期。商代早、中期的青銅觥口部外侈程度不大,腹部較粗,高度適中,很適於作為飲器;到了商代後期,青銅觥的侈口變大,體高腹瘦,而且極度誇張,造型優美,紋飾神秘而華麗,並有方形的;商代晚期是青銅觥最為鼎盛的時期,不但製作精美,而且數量極多。有研究認為,此種青銅觥已不適於作日常飲具,多數是祭奠祖先或鬼神的專用祭酒器,所以數量急遽減少,至西周後期基本消失,取代它的是更為實用的青銅觚。另有陶製觥,多為隨葬器物。

【壺】

「壺」是一種用以盛酒漿或糧食的容器,小口,深腹,斂口,有蓋,多為圓形,也有方形、橢圓、扁形等形制。《說文·壺部》:「壺,昆吾圓器也。」《急就篇·卷三》中「甄、缶、盆、盎、甕、罃、壺」顏師古《注》:「壺,圓器也,腹大而有頸。」《玉篇·壺部》:「壺,圓器也。」

「壺」在甲骨文中作「」。原始的壺,應該是將葫蘆切去上部頂端,挖空內部而成。新石器時代已有仿葫蘆而製的陶壺。商、周以後出現了青銅壺,往往有蓋,多為禮器,但未能取代陶壺。到漢代,方形的壺叫作「鈁」,圓形的壺叫作「鍾」。

【斝】

「斝」是古代盛酒器,青銅製,似爵而較大,有鋬,無流和尾,兩柱,三足,圓口,平底,上面有紋飾。「斝」在甲骨文中作「」,在金文中作「」。《說文·斗部》:「斝,玉爵也。夏曰琖(段玉裁《注》作「醆」,其曰:「小徐如此,大徐作『琖』,皆許所無。」),殷曰斝,周曰爵。或說,斝受六升。」《廣雅·釋器》:「斝,爵也。」早期的袋足斝可能作為溫食器,後來的實足斝則基本為酒器。作為酒器的青銅斝盛行於商代和西周初期,一般用於盛酒和溫酒。

【爵】

「爵」是古代一種飲酒器。「爵」在甲骨文中作「」,在金文中作「」。《說文·鬯部》:「爵,禮器也。象爵之形,中有鬯酒,又持之也,所以飲。器象爵者,取其鳴節節足足也。」桂馥《義證》引《九經字樣》:「爵,禮器也,

取其鳴節足，所以戒荒淫之飲。」《周易‧中孚》中「我有好爵」王夫之《稗疏》：「爵，所以行獻酬者。」《急就篇‧卷四》中「鳳爵鴻鵠雁鶩雉」王應麟《補注》：「爵，飲器。」《玉函山房輯佚書‧三禮圖》：「爵，受一升，尾長六寸，博二寸，傅翼，兌下方足，漆亦云氣。」《周禮‧考工記‧梓人》中「爵，一升。」賈公彥《疏》引《韓詩》說：「一升曰爵，二升曰觚，三升曰觶，四升曰角，五升曰散。」《禮記‧禮器》：「宗廟之器，貴者獻以爵。」鄭玄《注》：「凡觴，一升曰爵。」可見，爵的容量為一升，是貴重的飲酒器。

　　新石器時代晚期有灰陶及白陶等陶爵。青銅爵最早出現在夏代，盛行於商、周，流行了三個朝代近兩千多年，是重要的酒具和禮器。商中期後，陶爵漸少，多為青銅爵，器形演變為圓身，圓底，流口增高，流口間有一柱或二柱，柱身加長，並向後移，三足粗實且棱角分明；商代晚期至西周早期，器體厚重，製作精美，還有少數無柱而帶蓋的爵；西周後期，青銅爵逐漸消失；東周時期陶爵中也有杯形的，後面有一鋬，前面有一裝飾性的鳥形。「爵」的用途相當於現在莊重宴飲場合的酒杯。

　　作為酒器名稱，「爵」又是統名。《詩經‧大雅‧行葦》：「或獻或酢，洗爵奠斝。」孔穎達《疏》：「爵，酒器之大名。」毛《傳》：「斝，爵也。夏曰醆，殷曰斝，周以爵。」即夏代的醆、殷代的斝、周代的爵皆爵屬。《儀禮‧燕禮》中「賓洗南坐奠觚」賈公彥《疏》：「一升曰爵，二升曰觚，散文即通，觚亦稱爵。」《儀禮‧郊特牲饋食禮》：「實二爵、二觚、四觶、一角、一散。」《禮經釋例》云：「凡酌酒而飲之器曰爵，爵者實酒之器之統名。其別曰爵、曰觚、曰觶、曰角、曰散……相對爵觶有異，散文則通。」[註21]《左傳‧桓公二年》：「凡公行，告於宗廟；反行，飲至、舍爵、策勳焉，禮也。」孔穎達《疏》：「爵，飲酒之器，其名有五，而總稱為爵。」《儀禮‧大射禮》：「主人洗升實爵獻工。」胡培翬《正義》引韋氏曰：「爵者，觚、觶之通稱。」

【角】

　　「角」是古代飲酒器，青銅製，形狀似爵，無立柱與流，前後兩尾沿口端斜出似角，有蓋，蓋多作禽鳥飛翔形。《廣雅‧釋器》：「四升曰角。」「角」盛

〔註21〕凌廷堪《禮經釋例》，中華書局，1985年，第312頁。

行於商周時期，用以飲酒和溫酒，是周代平民階層使用的器物，出土數量很少。
據朱駿聲《說文通訓定聲・角部》，「角」可能是古代酒器的始祖，多以獸角爲
之。周後期，逐漸演變爲一種圓桶形的量酒器，類似於後來用以從酒壇裏舀酒
的酒提子。

《禮記・少儀》：「勝則……不角，不擢馬。」鄭玄《注》：「角，謂觥，罰
爵也。於尊長與客，如獻酬之爵。」孔穎達《疏》：「今飲尊者及客，則不敢用
角，但如常獻酬之爵也。」孫希旦《集解》：「蓋觥以兕角爲之，故亦名爲角，
而非四升曰角之角也。」可知，「角」爲非尊貴者的飲酒器，是卑者用以獻酬的
酒器。

【罍】

「罍」是古代一種用陶或青銅製成的容器，因爲常以雲雷紋裝飾，所以叫
作「罍」。「罍」在金文中作「🝅」。《說文・缶部》：「櫑，龜目酒尊，刻作雲雷
象，象施不窮也。」《爾雅・釋器》：「罍，器也。」邢昺《疏》：「罍者，尊之大
者也。……飾罍皆得畫雲雷之形，以其雲罍，取其雲雷之故也。」郝懿行《義
疏》：「罍者，《說文》作櫑。罍從缶，則以瓦爲之。」《爾雅・釋器》中「彝、
卣、罍，器也」郭璞《注》：「皆盛酒尊。」《玉篇・缶部》：「罍，尊也。」

陶罍出土的較少，多數爲小口，短頸，圓肩，深腹，平底。青銅罍造型比
陶罍大而精美，仍爲小口，短頸，鼓腹，圓肩，多爲平底圈足，三耳或四耳，
其中有兩耳對稱於肩部，另一耳在腹部下方，便於搬運時手提，形狀有方有圓，
但方罍極少。早起的罍主要用以盛酒或水。商周以後，主要用於盛酒或運酒，
青銅罍主要用於貯酒。正是因罍的珍貴，故當爲貴族用的酒器。[註22]

【匏】

「匏」即瓠，是葫蘆的一種。《詩經・邶風・匏有苦葉》：「匏有苦葉，濟有
深涉。」毛《傳》：「匏謂之瓠。」「匏」又指其果實成熟後剖製的容器，一般特
指匏製的酒器，可用於盛酒。

【勺／杓】

「勺」是古代用以舀酒的器具，有柄，前端的斗是圓的。《說文》：「勺，枓

〔註22〕張連舉《論〈詩經〉中的酒器描寫》，《深圳職業技術學院學報》，2009 年第 4 期。

也，所以挹取也。」《玉篇·勺部》：「勺，飲器也。」《周禮·考工記·梓人》：「梓人爲飲器，勺，一升。」

「勺」又作「杓」。《說文·木部》「杓」字段玉裁《注》：「勺謂之杓。」《詩經·大雅·旱麓》中「黃流在中」鄭玄《箋》：「黃金爲勺。」陸德明《釋文》：「勺，字或作杓。」《玄應音義·卷四》中「勺撓」《注》引《說文》：「勺，枓也。勺，經文從木作杓。」

「勺」與「酌」是名詞和動詞的關係。舀酒的飲器叫做「勺」，舀酒的動作叫做「酌」〔註23〕，二者應爲同源詞。

【甒】

「甒」是古代一種陶製容器，類似於有蓋的小陶瓶。《玉篇·瓦部》：「甒，盛五升小罌也。」《逸周書·器服》中「甒迤」朱右曾《集訓校釋》：「甒，酒器。中寬，下直，上銳，平底。陶瓦爲之，容五斗。」《禮記·禮運》中「合土」鄭玄《注》：「瓦瓴甓及甒大。」陸德明《釋文》：「甒、大，皆樽名。」《方言·卷五》：「甒，罌也，周魏之間謂之甒。」「甒」亦是禮器，在禮儀中常用以盛酒，漢代以後則很少見。

【卣／脩】

「卣」是古代一種中型酒尊，一般爲橢圓形，大腹，斂口，圈足，有蓋與提梁。「卣」在甲骨文中作「𠧒」，在金文中作「𠧒」。「卣」多爲青銅製，商代晚期出現的陶卣，器型多仿青銅卣。「卣」盛行於商代和西周，專門用以盛放祭祀所用的香酒「秬鬯」，在大祭典禮結束後，把酒灑在地上以享鬼神。

《爾雅·釋器》：「卣，器也。」郭璞《注》：「彝、卣、罍，皆盛酒尊。」郝懿行《義疏》：「卣，亦鬯器，以非祼時所用，故次於彝。」邵晉涵《正義》：「犧尊象尊皆爲卣。」《玉篇·口部》：「卣，中尊器也。」《廣韻·尤韻》：「卣，中尊，尊有三品，上曰彝，中曰卣，下曰罍。」

「卣」又寫作「脩」。《周禮·春官·鬯人》：「凡祭祀……廟用脩，凡山川四方用蜃，凡祼事用概，凡釁事用散。」鄭玄《注》：「脩、蜃、概、散，皆漆尊也。脩，讀曰卣。」

〔註23〕王力主編《王力古漢語字典》，中華書局，2000 年，第 83 頁。

【瓚】

「瓚」本指質地不純的玉。古代祭祀時用以盛灌鬯酒的玉製酒勺亦稱作「瓚」。其頭爲青銅所製，有鼻口，鬯酒從中流出。以圭爲柄的稱作「圭瓚」，以璋爲柄的稱作「璋瓚」，統名「玉瓚」。《說文·玉部》：「瓚，三玉二石也。」徐鍇《繫傳》：「瓚，亦圭也。圭之狀剡上邪銳之，於其首爲杓形，謂之瓚，於其柄中爲注水道，所以灌鬯酒；三玉二石，謂五分玉之中二分是石。瓚之言贊也；贊，進也，以進於神也。」《玉篇·玉部》：「瓚，珪頭也，爲器可以挹鬯灌祭。」《集韻·緩韻》：「瓚，三玉二石也。宗廟祼器。」《詩經·小雅·旱麓》：「瑟彼玉瓚，黃流在中。」毛《傳》：「玉瓚，圭瓚也。」鄭玄《箋》：「圭瓚之狀，以圭爲柄，黃金爲勺，青金爲外，朱中央矣。」孔穎達《疏》：「瓚者，器名，以圭爲柄。圭以玉爲之，指其體，謂之玉瓚。據成器，謂之圭瓚。漢禮，瓚盤大五升，口徑八寸，下有盤口，徑一尺，則瓚如勺，有盤以承之也。天子之瓚，其柄之圭長尺有二寸，其賜諸侯，蓋九寸以下。」作爲酒器和禮器，古代王侯在重大宴會或祭奠祖先時才可以使用。

【盞／醆／琖】

「盞」是一種淺而小的酒杯。早期爲青銅所製。《玉篇·皿部》：「盞，杯也。」《廣雅·釋器》「盞，杯也。」《方言·卷五》：「盞，杯也。……自關而東趙魏之間曰椷，或曰盞。」郭璞《注》：「盞，最小杯也。」錢繹《箋疏》：「醆、琖並與盞通。」《說文·酉部》、《廣雅·釋器》：「醆，爵也。」《詩經·大雅·行葦》中「洗爵奠斝」毛《傳》：「斝，爵也，夏曰醆，殷曰斝，周曰爵。」陸德明《釋文》：「醆、斝，爵名也。」《廣韻·產韻》：「琖，玉琖，小杯。」《說文新附·玉部》：「琖，玉爵也。夏曰醆，殷曰斝，周曰爵。」《說文》無「琖」、「盞」，《新附》有「琖」，云：「或從皿。」《說文·酉部》大徐本補入「醆」字，云：「爵也。」這種淺而小的酒杯，最初的字形應當就是「戔」，後來分化，分別增加了不同的形符「玉」、「皿」、「酉」，始有「琖」、「盞」、「醆」出現，從意義來源說，這是一組同源詞。從用途來造字，作「醆」；從製作的材料來看，作「琖」；從事物的大類來考慮，是生活用具，所以作「盞」。〔註24〕今作「盞」。

〔註24〕王力主編《王力古漢語字典》，中華書局，2000 年，第 1257 頁。

【卮／巵】

「卮」又作「巵」，是古代一種常見的圓形酒器，其材質有青銅、漆木、玉石、象牙等，形體比杯大，有向上微鼓起的蓋，蓋上有環狀鈕，器身一側有一環狀的鋬，底部一般常有三個獸蹄狀足，類似於現在直壁帶蓋的水杯。多用於莊重、尊貴、歡樂的大型場合。《說文・卮部》：「卮，圓器也。」《玉篇・卮部》：「卮，酒漿器也，受四升。」《急就篇・卷三》「蠡升參升半卮觚」顏師古《注》：「卮，飲酒圓器也。」

「卮」大約起源於周代，主要盛行於戰國至秦漢時期，漢墓出土較多，在兩漢史料中提到的也不少。

【觶】

「觶」是古代飲酒器。圓腹，侈口，圈足，或有蓋，形似尊而小，同於一般平民喝酒用的「角」。《說文・角部》：「觶，觶實曰觴，虛曰觶。」《玉篇・角部》：「觶，酒觴也。」《集韻・支韻》：「觶，鄉飲酒器，受三升。」《廣韻・寘韻》：「觶，爵，受四升。」《廣雅・釋器》：「三升曰觶。」《詩經・大雅・行葦》中「序賓以賢」鄭玄《注》：「揚觶而語。」陸德明《釋文》：「觶，爵名，容三升。」《儀禮・士冠禮》中「勺觶」鄭玄《注》：「爵三升曰觶。」陸德明《釋文》：「觶，爵容三升也。」《韓詩》：「一升曰爵，爵盡也，足也；二升曰觚，觚寡也，飲當寡少；三升曰觶，觶適也，飲當自適也；四升曰角，角觸也，不能自適觸罪過也；五升曰散，散訕也，飲不自節為人所謗訕也。」〔註25〕從《韓詩》解釋諸器名的意義來看，「觶」應為三升，是飲酒適中的量。古人飲酒以三爵為適量。《禮記・玉藻》：「君子之飲酒也，受一爵而色灑如也。二爵而言言斯，禮三爵而油油。」《左傳・宣公二年》：「臣侍君宴，過三爵，非禮也。」

陶製的「觶」盛行於夏、商時期，到西周早期開始逐漸退出使用領域，至西周晚期便極少見。東周以後，陶觶基本絕跡。青銅觶流行於商代中晚期，一類器身呈扁圓形，另一類器身為圓形。後來青銅觶逐漸演化為高而細瘦，頸部極為細長，紋飾少而簡。商代以後，多為禮器。

【尊／樽／罇】

〔註25〕王應麟《詩考・韓詩》，《四庫全書・經部三》。

「尊」是古代常用的盛酒器，亦是祭祀和宴飲中不可缺少的禮器。「尊」在甲骨文中作「𢍰」，在金文中作「𢍰」。早期的尊多爲陶製，後多以青銅澆鑄。其鼓腹，侈口，高圈足，形制較多，常見的有圓形和方形。《說文・酋部》：「尊，酒器也。周禮六尊：犧尊、象尊、著尊、壺尊、太尊、山尊，以待祭祀賓客之禮。」段玉裁《注》：「凡酒必實於尊，以待酌者。」朱駿聲《通訓定聲》：「尊爲大名，彝爲上，卣爲中，罍爲下，皆以待祭祀賓客之禮器也。」王國維《觀堂集林・說觥》：「尊彝皆禮器之總名也……然尊有大共名之尊（禮器全部），有小共名之尊（壺、卣、罍等總稱），又有專名之尊（盛酒器之侈口者）。彝則爲共名而非專名。」

「尊」盛行的時間較長，器型變化也較多。一般可大致分爲有肩的大口尊、觶式尊和鳥獸形尊三大類。商晚期和周早期出現了多種多樣的銅尊；春秋、戰國時又出現了犧尊，即把尊鑄造成牛、羊、象、豕、馬、鳥、雁、鳳等祭祀所用的動物形象，有華麗的文飾，常把獸背或頭做蓋，口部爲流，取酒時可使尊前傾，酒由口中流出，由此，「尊」已逐漸由實用轉爲純粹的禮器；兩漢時期出現了特殊的玉製尊，其大小、形狀常常與「卮」相混。但嚴格地說，「尊」應該大於「卮」。有些形狀相似，但用途不同。「尊」形體較大，雙耳，爲盛酒器或溫酒器；「卮」形體較小，單鋬，爲飲酒器。

「尊」亦寫作「樽」、「罇」。《左傳・昭公十五年》：「樽以魯壺。」陸德明《釋文》：「樽，本或作尊，又作罇，並同。」《左傳・襄公二十三年》：「新樽絜之」陸德明《釋文》：「樽，本亦作尊。」李富孫《異文釋》：「後漢劉梁傳注作罇。」《晏子春秋・內篇雜上》：「請君之棄罇。」孫星衍《音義》：「樽、罇、傅皆尊字之俗。」《慧琳音義・卷七十五》中「爲樽」《注》引《古今正字》：「樽，酒器也。正爲尊，俗作樽、罇。」

二、詞項的屬性差異

（一）上古前期

上古前期，本類別共有十個詞項：斗、缶／瓿、觥／觵、罍、爵、罍、匏、卣／脩、瓚、尊／樽／罇。

「斗」是挹酒器，有陶製和青銅製，曲杯，長尾，有柄，用以舀酒。在所

測查的文獻中，本時期僅見於《詩經》一例：

酌以大斗，以祈黃耇。(《詩經·大雅·行葦》)

——毛《傳》：「大斗，長三尺也。」陸德明《釋文》：「三尺，
大斗之柄也。」

「缶」是飲酒器，有陶製和青銅製，小口，圓腹，多有蓋，用以盛酒。在
所測查的文獻中，本時期僅見於《周易》一例：

樽酒，簋貳，用缶。(《周易·坎》)

「觥」用作盛酒器或飲酒器，最初用獸角製成，後有木製和青銅製，腹爲
橢圓或方形，有足，有流，有把手，有蓋。在所測查的文獻中，本時期出現共
三例，均見於《詩經》：

我姑酌彼兕觥，維以不永傷。(《詩經·周南·卷耳》)

——鄭玄《箋》：「罰爵也。」孔穎達《疏》：「觥，是觚、觶、
角、散之外別有此器。觥，亦五升，所以罰不敬。觥，廓也，所以
著明之貌。君子有過，廓然著明。」朱熹《集傳》：「觥，爵也。以
兕角爲爵也。」

稱彼兕觥，萬壽無疆。(《詩經·豳風·七月》)

——毛《傳》：「觥，所以誓眾也。」

兕觥其觩，旨酒思柔。(《詩經·小雅·桑扈》)

——陸德明《釋文》：「觥，罰爵也，以兕角爲之。」

「兕觥」即以兕角製作的酒器。「兕」是古代獸名。《左傳·宣公二年》：「牛
則有皮，犀兕尚多，棄甲則那。」孔穎達《疏》：「《釋獸》云：『兕似牛。』郭
璞云：『一角青色，重千斤。』《說文》云：『兕如野牛，青毛，其皮堅厚，可製
鎧。』」一說「兕」就是雌犀〔註26〕。

「斝」是盛酒器，青銅製，似爵而較大，有鋬，無流和尾，兩柱，三足，
圓口，平底，上有文飾，可用來盛酒，還可用來溫酒。在所測查的文獻中，本
時期僅見於《詩經》一例：

〔註26〕見李時珍《本草綱目·獸一》。

或獻或酢，洗爵奠斝。(《詩經‧大雅‧行葦》)

—— 毛《傳》：「斝，爵也。夏曰醆，殷曰斝，周曰爵。」

「爵」是盛酒器，又是禮器，先後盛行陶爵和青銅爵，圓身，圓底，有流口，有柱，三足。在所測查的文獻中，本時期僅見於《詩經》一例：

或獻或酢，洗爵奠斝。(《詩經‧大雅‧行葦》)

「罍」是古代盛酒器，有陶製和青銅製，小口，短頸，圓肩，鼓腹，平底。早期用來盛酒，商周以後還可用以運酒，青銅罍還可用於貯酒。」因為常以雲雷紋裝飾，所以叫作「罍」，《說文‧木部》：「櫑，龜目酒尊，可作雲雷象，象施不窮也。……櫑或從缶。」可見，「罍」與「雷」同源。在所測查的文獻中，本時期出現共兩例，均見於《詩經》：

我姑酌彼金罍，維以不永懷。(《詩經‧周南‧卷耳》)

—— 陸德明《釋文》：「罍，酒尊也。其形似壺，容一斛，刻而畫之，爲雲雷之形。《韓詩》云：『罍，天子以玉飾，諸侯、大夫皆以黃金飾，士以梓。』」孔穎達《疏》引《異義》：「謂之罍者，取象雲雷，博施如人君，下及諸臣。」朱熹《集傳》：「罍，酒器，刻爲雲雷之象，以黃金視之。」

瓶之罄矣，維罍之恥。(《詩經‧小雅‧蓼莪》)

「匏」本指葫蘆，由成熟的葫蘆剖製的盛酒容器亦稱作「匏」。在所測查的文獻中，本時期僅見於《詩經》一例：

執豕於牢，酌之用匏。(《詩經‧大雅‧公劉》)

—— 鄭玄《箋》：「酌酒以匏爲爵，言忠敬也。」

「卣」是盛酒器，又是禮器，有陶製和青銅製，一般爲橢圓形，大腹，斂口，圈足，有蓋與提梁。在所測查的文獻中，本時期出現共三例。如：

乃命寧予以秬鬯二卣。(《尚書‧洛誥》)

—— 孔安國《傳》：「卣，中罇也。」

釐爾圭瓚，秬鬯一卣。(《詩經‧大雅‧江漢》)

在禮儀程式中，秬鬯需要用青銅卣來盛放。從本時期文獻用例來看，「卣」

已不單純地作爲酒器名稱，而是用作量詞。

「瓚」本指質地不純的玉。祭祀時用以盛灌鬯酒的勺亦稱作「瓚」，它是挹酒器，又是禮器。「瓚」爲玉製，頭爲青銅所製，有鼻口。在所測查的文獻中，本時期出現共兩例。如：

　　平王錫晉文侯秬鬯、圭瓚，作《文侯之命》。（《尚書・周書・文侯之命》）

　　　　——孔安國《傳》：「以圭爲杓柄，謂之圭瓚。」

「尊」是盛酒器，又是禮器，有陶製和青銅製，鼓腹，侈口，高圈足。在所測查的文獻中，本時期僅見於《詩經》一例：

　　白牡騂剛，犧尊將將。（《詩經・魯頌・閟宮》）

本時期「酒器」類十個詞項都用以指稱盛酒和飲酒等器皿以及與用於酒禮的相關器具。按照其主要功能的不同可進一步進行劃分，其中「缶」「罍」「罍」「匏」「卣」「尊」屬於盛酒器；「爵」屬於飲酒器；「觥」兼有盛酒、飲酒兩種功能；「斗」「瓚」則屬於挹酒器。

各種酒器的差異主要體現在其材質、形制以及功用上。由文獻及釋義材料可知，本時期的酒器多由陶或青銅製成，其中「觥」最初可能由獸角所製發展而來，後亦有木製；「匏」爲葫蘆所製，「壺」也有葫蘆所製；「瓚」爲玉製。從形制的描寫中可以看出，盛酒器多爲鼓腹或深腹、小口，其區別主要在於有無流、蓋、足、把手等細節；飲酒器多爲細長、侈口，其區別主要在於足、蓋、提梁、文飾等細節；而挹酒器則都有柄。容量方面，按照較爲普遍的說法，「罍」爲六升，「觥」爲五升，「爵」爲一升。功用方面，「缶」「觥」「罍」「罍」「匏」「卣」「尊」主要用以盛酒備飲，其中「觥」還可用以飲酒，「罍」還可用以溫酒，「罍」還可用以貯酒、運酒；「爵」主要是飲酒所用；「斗」「瓚」主要用以舀酒。古代存在一器多用的現象，除用以盛酒和飲酒，一些酒器還另有他用，如「缶」還可用以盛水，「罍」與「罍」在早期也分別用以溫食和盛水。許多酒器同時又是禮器，如「爵」「罍」「卣」「瓚」「尊」，都是祭祀時非常重要的器具。

用以表示酒器名稱，「斗」「缶」「觥」「罍」「爵」「卣」「尊」都是約

定俗成的；「匏」、「瓚」由本詞的別義引申而具有該義；「罍」由源義派生而具有該義。從詞形結構來看，它們均爲單純結構。

就使用頻率而言，本時期各詞在文獻中出現的頻率都很低。其中多數見於《詩經》。

（二）上古中期

上古中期，本類別共有十五個詞項：杯／桮／柸／盃、斗、觚、壺、斝、爵、角、罍、勺／杓、瓵、卣、瓚、卮／巵、觶、尊／樽／罇。

「杯」是飲酒器，起源於木製、陶製，商代出現青銅杯，體形較大。在早期用以飲水，後來用以盛酒、水或湯汁之類。「杯」作爲通語，有「椷」、「盞」、「䦯」等方言形式。

在所測查的文獻中，本時期僅見於《呂氏春秋》一例：

鮑叔奉杯而進曰：「使公毋忘出奔在於莒也，使管仲毋忘束縛在於魯也，使寧戚毋忘其飯牛而居於車下。」（《呂氏春秋・直諫》）

「斗」在本時期僅見於《呂氏春秋》一例：

先令舞者置兵其羽中數百人，先具大金斗。代君至，酒酣，反斗而擊之，一成，腦塗地。（《呂氏春秋・長攻》）

——高誘《注》：「金斗，酒斗也。金重，大，作之可以殺人。」

「觚」是飲酒器，又是禮器，一般爲侈口，圈足。早期由獸角製成，商代多以青銅製作，早、中期作爲飲器，晚期作爲專用祭酒器。在所測查文獻中，本時期出現共三十七例。如：

梓人爲飲器，勺一升，爵一升，觚三升，獻以爵而酬以觚，一獻而三酬。（《周禮・考工記・梓人》）

勺、爵、觚、觶實於篚。（《儀禮・士冠禮》）

賓洗南坐奠觚，少進，辭降。（《儀禮・燕禮》）

「觚」在本時期多見於《儀禮》，多有「拜觚」、「奠觚」、「取觚」、「受觚」、「送觚」、「洗觚」等，都是一些專門的禮儀程式。

「壺」是盛酒器，深腹，斂口，多爲圓形。原始的壺由葫蘆製成，商周後出現青銅壺，有蓋，多爲禮器。在所測查的文獻中，本時期出現共二十八例。如：

尊兩壺於房戶間，斯禁，有玄酒，在西。(《儀禮・鄉飲酒禮》)

六壺西上，二以並，東陳。(《儀禮・聘禮》)

醴、黍清，皆兩壺。(《儀禮・聘禮》)

以萬乘之國，伐萬乘之國，簞食壺漿以迎王師，豈有他哉，避
水火也； 如水益深，如火益熱，亦運而已矣。(《孟子・梁惠王下》)

因酒漿以壺盛之，故稱「壺漿」。

「斚」在所測查的文獻中，本時期出現共三例。如：

凡宰祭，與鬱人受斚歷而皆飲之。(《周禮・夏官・司馬》)

──鄭玄《注》引鄭司農云：「斚，器名。」

若我用瓘斚玉瓚，鄭必不火。(《左傳・昭公十七年》)

「爵」在東周時期出現了杯狀形制，後面有一鋬，前面有一裝飾性的鳥形。
在所測查的文獻中，本時期出現共六百七十二例。如：

贊玉、幣、爵之事。(《周禮・天官・大宰》)

──鄭玄《注》：「爵，所以獻齊酒。」

冠者升筵，坐：左執爵，右祭脯醢，祭酒，興；筵末坐，啐酒；
降筵，拜。(《儀禮・士冠禮》)

賓東北面盥，坐取爵，卒洗，揖讓如初，升。(《儀禮・鄉飲酒
禮》)

虢公請器，王予之爵。(《左傳・莊公二十一年》)

反，執爵於太寢，三公、九卿、諸侯、大夫皆御，命曰「勞酒」。
(《呂氏春秋・孟春紀》)

「爵」在本時期多見於《儀禮》，多有「奠爵」、「取爵」、「受爵」、「送爵」、
「洗爵」、「執爵」等，都是一些專門的禮儀程式。

「角」本指「動物的角」，因酒器之「角」的材質與形狀與動物之「角」相
關，故稱爲「角」，讀作jüé。「角」是飲酒器，有獸角製和青銅製，形狀似爵，
無柱與流，有蓋。除了盛酒還可用以溫酒，後來逐漸演變爲量酒器。在所測查
的文獻中，本時期出現共二十例，均見於《儀禮》。如：

主人洗角升，酌醋尸，尸卒爵。（《儀禮·特牲饋食禮》）

主人拜受角。尸拜送。主人退。（《儀禮·特牲饋食禮》）

《儀禮》中多有「受角」、「洗角」、「執角」等，都是一些專門的儀禮程式。

「罍」在所測查的文獻中，本時期出現共七例。如：

凡祭祀社壝用大罍，罃門用瓢齎。（《周禮·春官·宗伯》）

「勺」是用以舀酒的器具，有柄，前端的斗是圓的。「勺」與「酌」爲同源詞，它們是名詞和動詞的關係。在所測查的文獻中，本時期出現共十八例。如：

兩壺斯禁，左玄酒，皆加勺。（《儀禮·鄉射禮》）

勺、爵、觚、觶實於篚。（《儀禮·少牢饋食禮》）

司宮取二勺於篚，洗之，兼執以升，乃啓二尊之蓋冪，奠於棜

上。（《儀禮·少牢饋食禮》）

「甒」是陶製盛酒器，又是禮器，中寬，下直，上銳，平底。「甒」是周魏之間的方言。在所測查的文獻中，本時期出現共十二例，均見於《儀禮》。如：

側尊一甒醴，在服北。（《儀禮·士冠禮》）

側尊甒醴於房中。（《儀禮·士昏禮》）

尊兩甒於廟門外之右。（《儀禮·士虞禮》）

可見，「甒」常用作量詞。

「卣」在所測查的文獻中，本時期出現共兩例，或寫作「脩」：

凡祭祀……廟用脩，凡山川四方用蜃，凡祼事用概，凡䵣事用

散。（《周禮·春官·鬯人》）

——鄭玄《注》：「脩、蜃、概、散，皆漆尊也。脩，讀曰卣。」

賜之大輅之服、戎輅之服、彤弓一、彤矢百、旅弓矢千、秬鬯

一卣、虎賁三百人。（《左傳·僖公二十八年》）

可見，「卣」亦可用作量詞。

「瓚」在所測查的文獻中，本時期出現共兩例，均見於《周禮》：

祼圭有瓚，以肆先王，以祼賓客。（《周禮·春官·宗伯》）

祼圭尺有二寸，有瓚，以祀廟。（《周禮·考工記·玉人》）

　　—— 鄭玄《注》：「瓚，如盤，其柄用圭，有流前注。」

　　「卮」是圓形飲酒器，主要由青銅製作，形體比「杯」大，有蓋，蓋上有環狀鈕，一側有鋬，一般有三足。在所測查的文獻中，本時期出現共十一例，或寫作「巵」，均見於《韓非子》。如：

　　　　酣戰，而司馬子反渴而求飲，其友豎穀陽奉卮酒而進之。（《韓非子・飾邪》）

　　　　堂溪公見昭侯曰：「今有白玉之卮而無當，有瓦卮而有當，君渴，將何以飲？」（《韓非子・外儲說右上》）

　　「觶」是飲酒器，先後盛行陶製和青銅製，形似尊而小，圓腹，侈口，圈足，或有蓋，商周以後多爲禮器。在所測查的文獻中，本時期出現共二百七十二例，多數見於《儀禮》。如：

　　　　主人坐取觶於篚，將洗。（《儀禮・鄉飲酒禮》）

　　　　主人受觶，賓拜送於主人之西。（《儀禮・鄉飲酒禮》）

　　《儀禮》多中有「奠觶」、「舉觶」、「取觶」、「受爵」、「洗爵」、「執爵」等，都是一些專門的禮儀程式。

　　「尊」在本時期多作「犧尊」，即把尊鑄造成牛、羊、象、豕、馬、鳥、雁、鳳等祭祀所用的動物形象，有華麗的文飾，常把獸背或頭做蓋，口部爲流。由此，尊由實用的器具轉爲純粹的禮器。在所測查的文獻中，本時期出現共三十八例，或寫作「罇」。如：

　　　　辨六尊之名物，以待祭祀賓客。（《周禮・春官・宗伯》）

　　　　其朝踐用兩獻尊，其再獻用兩象尊，皆有罍。（《周禮・春官・宗伯》）

　　　　既獻，臧孫命北面重席，新罇潔之。（《左傳・襄公二十二年》）

　　　　故尊之尚玄酒也，俎之尚生魚也，豆之先大羹也，一也。（《荀子・禮論》）

　　與前期相比，本時期的新成員有九個：杯／桮／柸／盃、觚、壺、角、勺／杓、甒、卮／巵、觶、尊／罇／罇。在它們所指稱的酒器中，「壺」、「甒」、「尊」屬於盛酒器；「杯」、「觚」、「角」、「卮」、「觶」屬於飲酒器；「勺」屬於挹酒器。

材質上，以陶和青銅爲主，同時亦有很多以獸角製成，如「觚」、「角」、「觶」。形制上，盛酒器依然以深腹、鼓腹爲主；飲酒器中，「杯」和「卮」形似，但「卮」比「杯」大，有蓋，有鋬，一般三足；容量方面，「角」、「卮」、「觶」都是四升，「勺」是一升。功用方面有所變化的是，本時期出現了杯形「爵」，有一鋬，前面有一裝飾性的鳥形；「尊」則主要鑄造成祭祀所用的動物形象，有文飾，常把獸背或頭做蓋，口部爲流，並且已完全轉爲純粹的禮器。

用以表示酒器名稱，「角」與「勺」都是由源義派生而具有該義；其他詞則都是約定俗成的。它們均爲單純結構。

就使用地域而言，「杯」作爲通語，有「椷」、「盞」、「閜」等方言形式；「甊」則是周魏之間的方言。就使用頻率而言，本時期十五個詞語顯示出較大的差異。「爵」的使用頻率最高，其次是「觶」。這與它們所指稱的事物在禮儀中承擔的重要作用有關，因而在《儀禮》中有大量的記載。「觚」、「壺」、「角」、「勺／杓」、「甊」、「卮／巵」、「尊／樽／罇」的使用頻率相對較高，多數亦見於《儀禮》；其他詞語的使用頻率都很低。

（三）上古後期

上古後期，本類別共有十九個詞項：杯／桮／柸／盃、斗、缶／缻、觥／觵、觚、壺、斝、爵、角、罍、匏、勺／杓、甊、卣、瓚、盞／醆／琖、卮／巵、觶、尊／樽／罇。

「杯」在所測查的文獻中，本時期出現共十三例。如：

> 此天下壯士，非有大惡，爭杯酒，不足引他過以誅也。（《史記·魏其武安侯列傳》）

「斗」在所測查的文獻中，本時期出現共八例。如：

> 謹使臣良奉白璧一雙，再拜獻大王足下，玉斗一雙，再拜奉大將軍足下。（《史記·項羽本紀》）

> 於是酒酣樂，進熱啜，廚人進斟，因反斗以擊代王，殺之，王腦塗地。（《史記·張儀列傳》）

「缶」在所測查的文獻中，本時期僅見於《禮記》一例：

> 五獻之尊，門外缶、門內壺。（《禮記·禮器》）

——孔穎達《疏》:「缶,尊名也。列尊之法,缶盛酒在門外。」

「觥」在所測查的文獻中,本時期出現共六例。如:

惲前跪曰:「司正舉觥,以君之罪告謝於天。」(《風俗通義‧卷四》)

惲於下座愀然前曰:「案延資性貪邪,外方內員,朋黨構奸,罔上害民。明府以惡為善,以直從曲,此既無君,又復無臣。惲敢奉觥。」(《東觀漢記‧卷十四》)

「觚」在所測查的文獻中,本時期出現共七例,均見於《論衡》。如:

飲酒用千鍾,用肴宜盡百牛,百觚則宜用十羊。(《論衡‧語增》)

文王、孔子,率禮之人也,賞賚左右,至於醉酗亂身,自用酒千鍾百觚,大之則為桀、紂,小之則為酒徒,用何以立德成化、表名垂譽乎?(《論衡‧語增》)

「壺」到漢代出現了方形的「鈁」和圓形的「鍾」。在所測查的文獻中,本時期出現共七例。如:

國子執壺漿。(《公羊傳‧昭公二十五年》)

——何休《注》:「壺,禮器。腹方圓口曰壺,反之曰方壺。有爵飾。」

其以乘壺酒、束脩、一犬賜人。若獻人,則陳酒執脩以將命。(《禮記‧少儀》)

「斝」在所測查的文獻中,本時期出現共四例,均見於《禮記》。如:

爵,夏后氏以琖,殷以斝,周以爵。灌尊,夏后氏以雞夷,殷以斝,周以黃目。(《禮記‧明堂位》)

「爵」在所測查的文獻中,本時期出現共四十三例。如:

滌杯而食,洗爵而飲,盥而後饋,可以養少,而不可以饗眾。(《淮南子‧說山》)

君若賜之爵,則越席再拜稽首受,登席祭之,飲卒爵而俟君卒爵,然後授虛爵。(《禮記‧玉藻》)

然而養三老於大學，親執醬而饋，執爵而酳，祝鯁在前，祝鯁在後，公卿奉杖，大夫進履，舉賢以自輔弼，求修正之士使直諫。（《漢書·賈山傳》）

「爵」亦可用作量詞。如：

奉一爵酒不知於色，挈一石之尊則白汗交流，又況贏天下之憂，而海內之事者乎？其重於尊亦遠也！（《淮南子·修務》）

「角」在所測查的文獻中，本時期出現共四例，均見於《禮記》。如：

宗廟之祭，尊者舉觶，卑者舉角。（《禮記·禮器》）

牲用白牡，尊用犧象山罍，鬱尊用黃目，灌用玉瓚大圭，薦用玉豆雕簋，爵用玉琖仍雕，加以璧散璧角，俎用梡嶡。（《禮記·明堂位》）

——鄭玄《注》：「散、角皆以璧視其口也。」

「罍」在所測查的文獻中，本時期出現共四例。如：

今富者銀口黃耳，金罍玉鍾。（《鹽鐵論·散不足》）

泰，有虞氏之尊也；山罍，夏后氏之尊也；著，殷尊也；犧象，周尊也。（《禮記·明堂位》）

——孔穎達《疏》：「罍爲雲雷也，畫爲山雲之形也。」

「匏」在所測查的文獻中，本時期出現共五例。如：

古者污尊坏飲，蓋無爵觴樽俎。及其後，庶人器用，即竹柳陶匏而已。（《鹽鐵論·散不足》）

器用陶匏，尚禮然也。（《禮記·郊特牲》）

——鄭玄《注》：「匏，謂酒爵。」

「勺」在所測查的文獻中，本時期出現共三例。如：

其勺，夏后氏以龍勺，殷以疏勺，周以蒲勺。（《禮記·明堂位》）

「甒」在所測查的文獻中，本時期出現共三例，如：

五獻之尊，門外缶，門內壺，君尊瓦甒。（《禮記·禮器》）

棺槨之間，君容柷，大夫容壺，士容甒。（《禮記‧喪大記》）

——陳澔《集説》：「壺、甒皆盛酒之器。」

「卣」在所測查的文獻中，本時期出現共兩例，均作爲量詞：

天子使王子虎命晉侯爲伯，賜大輅，彤弓矢百，旅弓矢千，秬鬯一卣，圭瓚，虎賁三百人。（《史記‧晉世家》）

於是莽稽首再拜，受緑韍袞冕衣裳，瑒琫，句履，鸞路乘馬，龍旗九旒，皮弁素積，戎路乘馬，彤弓矢，盧弓矢，左建朱鉞，右建金戚，甲冑一具，秬鬯二卣，圭瓚二，九命青玉珪二，朱户納陛。

（《漢書‧王莽傳》）

「瓚」在所測查的文獻中，本時期出現共八例。如：

諸侯賜弓矢，然後征，賜鈇鉞，然後殺，賜圭瓚，然後爲鬯。未賜圭瓚，則資鬯於天子。（《禮記‧王制》）

「盞」是一種淺而小的酒杯，早期爲青銅所製。《方言‧卷五》：「盞，杯也。……自關而東趙魏之間曰槭，或曰盞。」説明「盞」是趙魏之間的方言詞，或寫作「醆」、「琖」。在所測查的文獻中，本時期出現共三例，均見於《禮記》。如：

醆斝及尸君，非禮也，是謂僭君。（《禮記‧禮運》）

——鄭玄《注》：「醆、斝，先王之爵也。」孔穎達《疏》：「醆是夏爵。」

薦用玉豆雕簋；爵用玉琖，仍雕，加以璧散璧角。（《禮記‧明堂位》）

——孔穎達《疏》：「琖，夏后氏之爵名也。以玉飾之，故曰玉琖。」

「卮」在所測查的文獻中，本時期出現共三十一例，或寫作「巵」。如：

沛公奉卮酒爲壽，約爲婚姻。（《史記‧項羽本紀》）

噲曰：「臣死且不辭，豈特卮酒乎！且沛公先入定咸陽，暴師霸上，以待大王。大王今日至，聽小人之言，與沛公有隙，臣恐天下解，心疑大王也。」（《史記‧樊噲傳》）

敦牟巵匜，非餕，莫敢用；與恒飲食，非餕，莫之敢飲食。（《禮記·內則》）

—— 鄭玄《注》：「巵、匜，酒漿器。」陸德明《釋文》：「巵，酒器也。」

上奉玉巵爲太上皇壽。（《漢書·高帝紀》）

—— 顏師古《注》：「巵，飲酒圓器也。」

顯、覆眾強之，不得已召見，賜酒。（《漢書·何武王嘉師丹傳》）

「觶」在東周以後，陶製的基本絕跡。在所測查的文獻中，本時期出現共十例，均見於《禮記》。如：

盥洗揚觶，所以致潔也。（《禮記·鄉飲酒義》）

卒觶，致實於西階上，言是席之上，非專爲飲食也，此先禮而後財之義也。（《禮記·鄉飲酒義》）

「尊」在所測查的文獻中，本時期出現共四十九例，或寫作「罇」。如：

大饗上玄尊而用薄酒，食先黍稷而飯稻粱，祭嚌先大羹而飽庶羞，貴本而親用也。（《史記·禮書》）

百圍之木，斬而爲犧尊。……然其在斷溝中，壹比犧尊，溝中之斷，則醜美有間矣。（《淮南子·原道》）

君西酌犧象，夫人東酌罍尊，禮交動乎上，樂交應乎下，和之至也。（《禮記·禮器》）

雲罇刻畫雲雷之形。（《論衡·儒增》）

與前兩個時期相比，本時期的新成員只有「盞／醆／琖」。「盞」是一種淺而小的酒杯，早期爲青銅所製。它是趙魏之間的方言詞，用以表示酒器名稱是約定俗成的，是單純結構。

本時期其他成員均繼承於前期或中期。它們所指稱的器物在材質、形制與功用等方面未出現更多的改變。值得關注的是，到漢代，「壺」出現了方形的「鈁」和圓形的「鍾」。

就使用地域而言，「盞」是趙魏之間的方言詞。本時期使用頻率最高的詞是

「尊」，其次是「爵」和「巵」；其他詞的使用頻率都較低。這些詞多數見於《禮記》。

三、詞項的演變

（一）詞項數量的演變

在所測查的文獻中，本類別詞語見於上古前期共有十個：斗、缶／瓺、觥／觵、罍、爵、罍、匏、卣／脩、瓚、尊／樽／罇；見於上古中期的共有十五個：杯／桮／柸／盃、斗、觚、壺、罍、爵、角、罍、勺／杓、瓻、卣、瓚、巵／厄、觶、尊／樽／罇，其中「杯／桮／柸／盃」、「觚」、「壺」、「角」、「勺／杓」、「瓻」、「巵／厄」、「觶」為新成員，「缶／瓺」、「觥／觵」、「匏」已不見於本時期；見於上古後期的有十九個：杯／桮／柸／盃、斗、缶／瓺、觥／觵、觚、壺、罍、爵、角、罍、匏、勺／杓、瓻、卣、瓚、盞／醆／琖、巵／厄、觶、尊／樽／罇，其中「盞／醆／琖」為本時期新成員。這些詞中，「斗」、「罍」、「爵」、「罍」、「卣／脩」、「瓚」、「尊／樽／罇」貫穿於整個上古時期。

（二）詞項屬性的演變

本類別詞語詞義的差異主要體現在所指稱酒器的材質、形制、功用等方面。早期，酒器的材質主要以陶、青銅、獸角為主，隨著時代的發展，漆木、玉石、象牙等也用於酒器的製作。在形制上，據相關材料記載，有些酒器有些改變，如「觚」在商代早、中期，口部外侈程度不大，腹部較粗，高度適中；到了商代後期，其侈口變大，體高腹瘦，而且極度誇張，造型優美，紋飾神秘而華麗，並出現方形形制。「爵」在商代中期後，器形演變為圓身，圓底，流口增高，流口間有一柱或二柱，柱身加長，並向後移，三足粗實且棱角分明；商代晚期至西周早期，器體厚重，製作精美，還有少數無柱、帶蓋的爵；東周時期陶爵中也有杯形的，後面有一鋬，前面有一裝飾性的鳥形。「觶」盛行於夏、商時期，青銅觶流行於商代中晚期，一類器身呈扁圓形，另一類器身為圓形；後來逐漸演化為高而細瘦，頸部極為細長，紋飾少而簡。「尊」在商晚期和周早期出現了多種多樣的銅尊，春秋、戰國時又出現了犧尊；兩漢時期出現了特殊的玉製尊。功用上，有些器具由他用變為用於與酒相關的場合，如「杯」最初用來喝水，後來用以飲酒；「罍」在早期可能作為溫食器，後來則基本為酒器，用於盛酒和

溫酒。有些酒器除盛酒、飲酒的基本用途之外，還有他用，如「斝」、「爵」還可用以溫酒；「罍」可用以運酒，青銅罍主要用於貯酒；「缶」後來用於汲水或盛水；「壺」還可用以盛糧食。有些酒器也用作禮器，其中一些則發展為純粹的禮器，如「觚」在商代中、早期作為飲器，到晚期則多數是祭奠祖先或鬼神的專用祭酒器，西周後期的陶製觚，多為隨葬器物；「觶」在商代以後，多為禮器；「尊」在商晚期和周早期已逐漸由實用轉為純粹的禮器。

在使用頻率上，各詞在上古前期文獻中出現的頻率都很低，其中多見於《詩經》；上古中期，「爵」與「觶」的使用頻率最高，用例多見於《儀禮》；上古後期，使用頻率最高的是「尊／樽／罇」，其次是「卮／巵」，其他詞語的使用頻率都較低，用例多見於《禮記》。值得注意的是，「爵」、「觚」、「卮」等表示酒器名稱的詞語，在用例中還常用作量詞。

綜上所述，本類別詞語都可用來表示酒器名稱。根據酒器主要功用大體上可分為盛酒器、飲酒器和挹酒器，某些酒器的功用亦兼而有之，其中某些又是重要的禮器。隨著時代的發展，它們的材質、形制與功用亦有著相應的變化，對於某些酒器的容量，文獻的記載中亦存有爭議。

這些詞中，多數用以指稱酒器是約定俗成的；其中「斗」、「缶」、「壺」、「斝」、「爵」、「卣」、「尊」等字型在甲骨文中便已有之，說明這些詞語所指稱的器具（多為盛酒器）其歷史非常久遠。除此，亦有一些詞由該詞的別義引申或由其源義派生而具有指稱酒器的意義。它們都是單純結構。

在這些酒器名稱中，存在著指稱同一事物時通語和方言之間的差異。在所測查的文獻中，總體使用頻率最高的為上古中期，這與多數指稱酒器的詞又是禮器名稱，因而大量應用於各種禮儀程式並記載於《儀禮》之中有關。隨著時代的發展，一些純粹的禮器已退出歷史的舞臺，一些酒器也停滯了發展。所以，許多詞已隨著語言的發展而引申出別義，廣泛應用於其他語境。

表 7　上古「酒器」類詞項屬性分析表（上）

屬性				杯／桮／杯／盃	斗	缶／瓴	觥／觵	匜	壺	斝	爵	角	罍
類義素				用以盛酒和飲酒等器皿以及某些用於酒禮的相關器具									
語義屬性	表義素	中心義素		飲器	挹器	盛器	盛器飲器	飲器	盛器	盛器	飲器	飲器	盛器
		關涉義素	材質	陶青銅	陶青銅	陶青銅	獸角木青銅	獸角青銅陶	葫蘆陶青銅	青銅	陶青銅	獸角青銅	陶青銅
			形制	體形較大	曲杯長尾有柄	小口圓腹	有足有流把手有蓋	長身侈口細腰圈足	小口深腹斂口有蓋	鋬柱三足圓口平底	圓身圓底有注三足	似爵無柱無流有蓋	小口短頸圓肩深腹
			容量	-	-	-		二升	-	六升	一升	四升	-
			功用	飲酒	挹酒	盛酒	飲酒	飲酒	盛酒	盛酒溫酒	飲酒	飲酒溫酒	盛酒運酒
				-	-	-	-	禮器	禮器	-	禮器	-	禮器
生成屬性	詞義來源			約定俗成	約定俗成	約定俗成	約定俗成	約定俗成	約定俗成	約定俗成	約定俗成	派生	派生
	詞形結構			單純結構	單純結構	單純結構	單純結構	單純結構	單純結構	單純結構	單純結構	單純結構	單純結構
使用屬性	使用地域			通語	-	-	-	-	-	-	-	-	-
	使用頻率	前期		-	1	1	3	-	-	1	1	-	2
		中期		1	1	-	-	37	28	3	672	20	7
		後期		13	8	1	6	7	7	4	43	4	4
		總計		14	10	2	9	44	35	8	716	24	13

表7　上古「酒器」類詞項屬性分析表（下）

屬性＼詞項			匏	勺／杓	甒	卣	瓚	盞／醆／琖	卮／巵	觶	尊／樽／罇
語義屬性	類義素		用以盛酒和飲酒等器皿以及某些用於酒禮的相關器具								
	表義素	中心義素	盛器	挹器	盛器	盛器	挹器	飲器	飲器	飲器	盛器
		關涉義素 材質	葫蘆	陶	陶	青銅陶	玉	青銅	青銅	陶青銅	陶青銅
		關涉義素 形制	葫蘆狀	有柄圓斗	中寬下直上銳平底	大腹斂口圈足蓋梁	勺首有柄	淺小	有蓋有鋬三足	圓腹侈口圈足有蓋	鼓腹侈口圈足
		關涉義素 容量	-	一升	五升	-	-	-	四升	四升	-
		關涉義素 功用	盛酒	挹酒	盛酒	盛酒	挹酒	飲酒	飲酒	飲酒	盛酒
			-	-	禮器	禮器	禮器	-	-	禮器	禮器
生成屬性	詞義來源		引申	派生	約定俗成	約定俗成	引申	約定俗成	約定俗成	約定俗成	約定俗成
	詞形結構		單純結構	單純結構	單純結構	單純結構	單純結構	單純結構	單純結構	單純結構	單純結構
使用屬性	使用地域		-	-	周魏之間	-	-	趙魏之間	-	-	-
	使用頻率	前期	1	-	-	3	2	-	-	-	1
		中期	-	18	12	2	2	-	11	272	38
		後期	5	3	3	2	8	3	31	10	49
		總計	6	21	15	7	12	3	44	282	88

表8　上古「酒器」類詞頻統計表（上）

文獻 \ 詞項		杯／桮／柸／盃	斗	缶／瓿	觥／觵	觚	壺	斝	爵	角	罍
上古前期	周易			1							
	尚書										
	詩經		1		3		1	1			2
	總計		1	1	3		1	1			2
上古中期	周禮					2	1	2	9		4
	儀禮					31	17		652	20	3
	左傳						2	1	5		
	國語						2		3		
	論語					4					
	孟子						4				
	莊子								1		
	呂氏春秋	1	1						1		
	韓非子						2		1		
	總計	1	1			37	28	3	672	20	7
上古後期	史記	4	5						3		
	淮南子	1							4		
	鹽鐵論	1					1		2		1
	戰國策		2								
	公羊傳						1				
	大戴禮記	1			2				1		
	禮記			1			4	4	33	4	3
	漢書	3	1								
	論衡	3				7					
	風俗通義				3		1				
	東觀漢記				1						
	總計	13	8	1	6	7	7	4	43	4	4

表 8　上古「酒器」類詞頻統計表（下）

詞項＼文獻	匏	勺／杓	甒	卣／脩	瓚	盞／醆／琖	卮／巵	觶	尊／樽／罇
上古前期　尚書				2	1				
上古前期　詩經	1			1	1				1
上古前期　總計	1			3	2				1
上古中期　周禮		2		1	2				
上古中期　儀禮		16	12					270	23
上古中期　左傳				1					3
上古中期　國語									1
上古中期　莊子									5
上古中期　荀子								1	4
上古中期　呂氏春秋									2
上古中期　韓非子							11	1	
上古中期　總計		18	12	2	2		11	272	38
上古後期　史記				1	1		11		11
上古後期　淮南子							4		6
上古後期　新語									1
上古後期　春秋繁露		1							
上古後期　鹽鐵論	1								3
上古後期　戰國策							4		3
上古後期　禮記	3	2	3		5	3	1	10	11
上古後期　漢書	1			1	2		9		2
上古後期　論衡							1		9
上古後期　潛夫論							1		
上古後期　風俗通義									1
上古後期　東觀漢記									2
上古後期　總計	5	3	3	2	8	3	31	10	49

第五節 「酒官」類詞語

「酒官」指執掌造酒及有關政令的官員。[註27] 在中國古代特有的儀禮制度下，酒官應包括掌供酒飲以及執掌酒政、酒禮等事務的官員。上古時期關於酒官的記載主要見於《周禮》。其嚴密的制度、系統的職能構成一個完整的體系。酒官不僅為王室提供所需的酒飲及用具，也參與到祭祀、宴飲等重要事務中。

一、詞項的語義特徵

上古「酒官」類共選取九個詞項：鬯人、大酋、漿人、酒人、酒士、酒正、萍氏、司尊彝、鬱人。它們都用以指稱製造酒飲以及執掌酒政、酒禮等事務的官員。

【鬯人】

「鬯人」是古代掌供秬鬯的職官，下士，屬春官宗伯。《周禮·春官·宗伯》：「鬯人，下士二人、府一人、史一人、徒八人。」《周禮·天官·鬯人》：「掌共秬鬯而飾之。……凡王之齊事，共其秬鬯。」鄭玄《注》：「秬鬯，不和鬱者。飾之，謂設巾。」

【大酋】

「大酋」是古代酒官之長，主管釀酒。《說文》：「《禮》有大酋，掌酒官也。」《玉篇·酋部》：「酋，酒官也。」《禮記·月令》：「乃命大酋，秫稻必齊，麴蘗必時，湛熾必潔，水泉必香，陶器必良，火齊必得，兼用六物，大酋監之，毋有差貸。」鄭玄《注》：「酒孰曰酋。大酋者，酒官之長，於周制則為酒人。」大酋即酒官之長，與《周禮》之「酒正」相當。

【漿人】

「漿人」是古代製作「六飲」的職官。「飲」亦屬於酒類，所以「漿人」在酒官之列，為酒正之下屬，無爵位，屬天官冢宰。《周禮·天官·冢宰》：「漿人，奄五人、女漿十有五人、奚百有五十人。」「女漿」即通曉製作「六飲」的女奴。《周禮·天官·漿人》：「漿人掌供王之六飲：水、漿、醴、涼、醫、酏，入於酒府。共賓客之稍禮。共夫人致飲於賓客之禮，清醴醫酏糟，而奉之。凡飲共之。」

[註27]《漢語大詞典》，漢語大詞典出版社，1998 年。

【酒人】

「酒人」是古代製作「五齊」、「三酒」的職官,為酒正之下屬,無爵位,屬天官冢宰。《周禮‧天官‧冢宰》:「酒人,奄十人、女酒三十人、奚三百人。」《周禮‧天官‧酒人》:「酒人掌為五齊、三酒,祭祀則共奉之,以役世婦。共賓客之禮酒、飲酒而奉之。凡事,共酒而入於酒府。凡祭祀共酒以往。賓客之陳酒亦如之。」

【酒士】

「酒士」是古代職官名,王莽設置,每郡一員,執掌督察酒利。

【酒正】

「酒正」負責執掌有關酒的政令,並以法式授作酒漿之材料,為酒人、漿人之長,中士,屬天官冢宰,亦即後來的「大酋」。《周禮‧天官‧敘官》:「酒正,中士四人、下士八人、府二人、史八人、胥八人、徒八十人。」孫詒讓《正義》:「酒正,為酒官之長,即《月令》之大酋。」《周禮‧天官‧冢宰》:「凡王之燕飲酒,共其計酒正奉之。」《周禮‧天官‧酒正》:「掌酒之政令,以式法授酒材。」鄭玄《注》:「式法,作酒之法式。作酒既有米麴之數,又有功酤之巧。《月令》曰:『乃命大酋,秫稻必齊,麴蘖必時,湛熾必潔,水泉必香,陶器必良,火齊必得』鄭司農云:『授酒材,授酒人以其材。』」鄭玄注《周禮‧天官:職官敘》云:「酒正,酒官之長。」賈公彥《疏》:「此酒正與下酒人、漿人為長。注雖不言漿,文略也。」賈說是。《禮記‧月令》:「仲冬之月……乃命大酋。」鄭玄《注》:「酒孰曰酋。大酋者,酒官之長,於周制則為酒人。」所以,大酋既為酒官之長,即相當於《周禮》之酒正。

【萍氏】

「萍氏」掌水禁之職,包括執掌市場上酒之買賣,下士,屬秋官司寇。《周禮‧秋官‧萍氏》:「萍氏,掌國之水禁,幾酒,謹酒。」鄭玄《注》:「水禁,謂水中害人之處,及入水捕魚鱉不時。」又:「幾酒,苛察沽買過多及非時。」也就是說,「幾酒」是指稽查酒的買賣數量及時間是否適當,非正當的宴飲活動不能買酒、飲酒。「謹酒」是指掌控國民飲酒。《周禮‧秋官‧司寇》:「萍氏,下士二人、徒八人。」《尚書‧酒誥》明確西周控制國民飲酒,與《周禮》中「萍氏」執掌的飲酒制度是一致的。《酒譜》云:「《周官》:萍氏掌幾酒。

謂之萍，古無其說。按《本草》述水萍之功，云能勝酒。名萍之意，其取於此乎？」〔註28〕此職稱「萍氏」，或說取名於萍草不沉溺之意。

【司尊彝】

「司尊彝」的職責是執掌盛酒之器、各種酒醴及其用途，如宴飲活動中「六尊」、「六彝」所陳放的位置，詔告濾酒可酌的方法，辨別尊彝在春祠、夏禴、秋嘗、冬烝等祭祀中的用處與尊彝內裝實的酒類〔註29〕，下士，屬春官宗伯。《周禮·春官·宗伯》：「司尊彝，下士二人、府四人、史二人、胥二人、徒二十人。」「司尊彝」亦稱作「犧人」。《國語·周語上》：「犧人薦醴。」韋昭《注》：「犧人，司樽，掌供酒醴。」《周禮·春官·司尊彝》：「掌六尊、六彝之位，詔其酌，辨其用與其實。」鄭玄《注》：「位，所陳之處。酌，沛之使可酌，各異也。用，四時祭祀所用亦不同。實，鬱及醴齊之屬。」

【鬱人】

「鬱人」是古代執掌供裸器和鬱鬯的製作之事，下士，屬春官宗伯。《周禮·春官·宗伯》：「鬱人，下士二人、府二人、史一人、徒八人。」《周禮·春官·鬱人》：「掌裸器。凡祭祀、賓客之裸事，和鬱鬯，以實彝而陳之。」《周禮·夏官·司馬·量人》：「凡宰祭，與鬱人受斝歷而皆飲之。」「歷」與「瀝」通，指清酒。此謂量人與鬱人受卒爵之酒，而皆飲之也。

二、詞項的屬性差異

（一）上古前期

上古前期，本類別沒有成員。

（二）上古中期

上古中期，本類別共有八個詞項：鬯人、大酋、漿人、酒人、酒正、萍氏、司尊彝、鬱人。

「鬯人」是古代掌供秬鬯的職官，下士，屬春官宗伯。屬員共十二人，其中下士兩人、府一人、史一人、徒八人。

「大酋」即「酒正」，是古代酒官之長，主管釀酒。本時期見於《呂氏春秋》

〔註28〕〔宋〕竇蘋著，石祥編著《酒譜》，中華書局，2010 年，第 120 頁。

〔註29〕王雪萍《〈周禮〉飲食制度研究》，揚州大學博士學位論文，2007 年。

兩例。如：

> 乃命大酋，秫稻必齊，麴蘗必時，湛饎必潔，水泉必香，陶器
> 必良，火齊必得，兼用六物，大酋監之。（《呂氏春秋‧仲冬紀》）

「漿人」是古代製作「六飲」的職官，爲酒正之下屬，無爵位，以奄人（宦官）爲之，屬天官冢宰。屬員共一百七十人，其中奄五人、女漿十五人、奚一百五十人。

「酒人」是古代製作「五齊」、「三酒」的職官，爲酒正之下屬，無爵位，以奄人（宦官）爲之，屬天官冢宰。屬員共三百四十人，其中奄十人、女酒三十人、奚三百人。

「酒正」是執掌有關酒的政令，並以法式授作酒漿之材料的職官，爲酒人、漿人之長，中士，屬天官冢宰。屬員共一百一十人，其中中士四人、下士八人、府兩人、史八人、胥八人、徒八十人。

「萍氏」是執掌酒之買賣的職官，下士，屬秋官司寇。屬員共十人，其中下士兩人、徒八人。

「司尊彝」亦稱「犧人」，是執掌盛酒之器、各種酒醴及其用途的職官，下士，屬春官宗伯。屬員共三十人，其中下士兩人、府四人、史兩人、胥兩人、徒二十人。

「鬱人」是古代執掌供祼器和鬱鬯的製作之事的職官，下士，屬春官宗伯。屬員共十三人，其中下士兩人、府兩人、史一人、徒八人。本時期又見於《國語》：

> 鬱人薦鬯。（《國語‧周語上》）

本時期八個詞都用以指稱製造酒飲以及執掌酒政、酒禮等事務的官員，而各職官的具體職能有所不同。「鬯人」、「漿人」、「酒人」、「酒正」、「鬱人」是執掌造酒的職官，其中「酒正（大酋）」爲酒官之長，執掌酒的政令，授予酒人、漿人以製作酒飲的原料，辨別「五齊」（用於祭祀的濁酒）和「三酒」、「六飲」（一般飲用的酒飲），爲王室和宴飲賓客等提供「三酒」、「六飲」，爲祭祀提供「五齊」、「三酒」。所以，「酒人」和「漿人」都是「酒正」的屬官，其製作的「五齊」、「三酒」、「六飲」都由酒正掌管。「鬯人」製作的秬鬯主要用於祭祀，

「鬱人」製作的鬱鬯用於裸禮，他們製作的都是禮酒。「萍氏」是調節酒飲市場的職官，負責執掌市場上酒的買賣。「司尊彝」是宴飲中提供禮儀服務的職官。各酒官的職責、職能雖然各自有所不同，但都與涉酒活動有著密切的關係，彼此聯合構成了一系列嚴密的制度體系。

這些酒官中，「鬯人」、「萍氏」、「司尊彝」、「鬱人」屬於下士；「酒正」屬於中士；「漿人」、「酒人」為酒正的下屬，無爵位。其中「士」分為上、中、下三等，中士、下士亦稱「官師」。《禮記·王制》：「諸侯之上大夫卿、下大夫、上士、中士、下士，凡五等。」《禮記·祭法》：「適士二廟一壇。……官師一廟，曰考廟，王考無廟。」鄭玄《注》：「適士，上士也。官師，中士、下士也。」

按照《周禮》中的制度，「漿人」、「酒人」、「酒正」屬天官冢宰；「鬯人」、「司尊彝」、「鬱人」屬春官宗伯；「萍氏」屬秋官司寇。這些酒官有著各自不同的屬員，其數量也有所不同。屬員一般由中士、下士、府、史、胥、徒、奄、女、奚中的某幾類擔任。府、史、胥、賈、奄、女都是各職官下無爵的小官吏，其人數較多。「奄」同「閹」，即宮中的宦官。《周禮·天官·序官》：「酒人，奄十人，女酒三十人。」鄭玄《注》：「奄，精氣閉藏者，今謂之宦人。」「女」即女官。「奚」即指「女酒」、「女漿」等女奴中有才智者，是奚之長。《周禮·春官·職官敘》：「守祧，奄八人。女祧，每廟二人，奚四人。」鄭玄《注》：「奚，女奴也。」《周禮·天官·職官敘》：「酒人，奄十人，女酒三十人，奚三百人。」鄭玄《注》：「古者從坐男女，沒入縣官為奴。其少才知以為奚。今之侍史、官婢。或曰奚，宦女。」其中，「酒人」與「漿人」的屬員數量最多，分別為三百四十人和一百五十人。根據他們所對應的職責，可見當時製作「五齊」、「三酒」、「六飲」的人員之多，反映了祭祀活動在上古社會的重要地位。

本時期詞語用以指稱酒官均由語素組合而生成該義。可以看出，多數詞語主要由「酒」和「人」兩個核心詞素構成。以「酒」為核心詞素的職官名稱有「酒人」、「酒正」；以「人」為核心詞素的職官名稱有「鬯人」、「漿人」、「酒人」、「鬱人」；其中「酒人」兼具二者。它們均為複合結構。

在所測查的文獻中，本時期各詞出現的頻率都很低，除「大酋」外，它們

只作爲特定時期的專有名詞見於《周禮》中。

（三）上古後期

上古後期，本類別共有兩個詞項：大酋、酒士。

「大酋」即「酒正」。本時期見於《淮南子》與《禮記》，其內容與中期大致相同：

> 乃命大酋，秫稻必齊，麴糵必時，湛熺必潔，水泉必香，陶器
>
> 必良，火齊必得，五有差忒。（《淮南子·時則》）

> 乃命大酋，秫稻必齊，麴糵必時，湛熾必潔，水泉必香，陶器
>
> 必良，火齊必得。兼用六物，大酋監之，毋有差貸。（《禮記·月令》）

「酒士」是王莽時代設置的酒官，每郡一員，執掌督察酒利。本時期僅見於《漢書》一例：

> 二年二月……羲和置酒士，郡一人。乘傳督酒利。（《漢書·王
>
> 莽傳》）

本時期用以指稱酒官的詞語有兩個，其中「大酋」即「酒正」，繼承於《周禮》。「酒士」是王莽時代的酒官，亦是由語素組合而產生該義。本時期詞語數量相對很少，這進一步說明酒官只是特定歷史時期的產物。

三、詞項的演變

在所測查的文獻中，本類別詞語不見於上古前期。見於上古中期的共有八個：鄲人、大酋、漿人、酒人、酒正、萍氏、司尊彝、鬱人。見於上古後期的共有兩個：大酋、酒士。其中「大酋」亦即「酒正」；「酒士」爲本時期新產生。

上古時期「酒官」類詞語中，「鄲人」、「漿人」、「酒人」、「酒正」、「萍氏」、「司尊彝」、「鬱人」多見於《周禮》；「酒士」僅見於《漢書》；只有「大酋」作爲「酒正」的別稱，見於中、後兩個時期。但在《呂氏春秋》、《禮記》、《淮南子》中內容十分近似，僅是個別詞句的差異。

本類別詞語在各時期的分佈顯示出明顯的不均衡狀態。其中大部分集中於中期且多見於《周禮》，這是因爲「酒官」作爲中國古代特殊的文化現象，較爲集中地體現在《周禮》系統而嚴密的食官體系中。《周禮》中的酒官構成及其職

能等制度，反映出中國古代特有的飲食制度和職官體系，已不見於後代文獻典籍。上古後期，關於酒官的記載已經極少，也少有相關的注釋對它們進行描述，完全無法與《周禮》中那系統而嚴密的職官制度相比。

綜上所述，上古時期「酒官」主要有三類：一執掌造酒的職官，二是執掌酒政的職官，三是執掌酒禮的職官。用以指稱酒官的詞語均由語素組合而產生該義，均為複合結構。中期成員占該類別詞語的大部分，多見於《周禮》；後期指稱酒官的詞語則很少。

表9　上古「酒官」類詞項屬性分析表

文獻＼詞項				鄨人	大酋	漿人	酒人	酒士	酒正	萍氏	司尊彝	鬱人
語義屬性	表義素	類義素		古代掌供酒飲以及執掌酒政、酒禮等事務的官員								
		中心義素		執掌酒飲職官	酒官之長	執掌酒飲職官	執掌酒飲職官	執掌督察酒利	酒官之長	執掌酒政職官	執掌酒禮職官	執掌酒飲職官
		關涉義素	別稱	-	酒正	-	-	-	大酋	-	犧人	-
			爵位	下士	-	無	無	-	中士	下士	下士	下士
			從屬	春官宗伯	-	天官冢宰	天官冢宰	-	天官冢宰	秋官司寇	春官宗伯	春官宗伯
			屬員組成及其數目 中士	-	-	-	-	-	4	-	-	-
			下士	2	-	-	-	-	8	2	2	2
			府	1	-	-	-	-	2	-	4	2
			史	1	-	-	-	-	8	-	2	1
			胥	-	-	-	-	-	8	-	2	-
			徒	8	-	-	-	-	80	8	20	8
			奄	-	-	5	10	-	-	-	-	-
			女	-	-	15	30	-	-	-	-	-
			奚	-	-	150	300	-	-	-	-	-
			總計	12	-	170	340	-	110	10	30	13
			職責	掌供秬鬯	酒官之長	掌供六飲	掌供五齊三酒	督察酒利	酒官之長	執掌酒之買賣	執掌酒器酒醴	掌供鬱鬯

生成屬性	詞義來源	語素組合	語素組合	語素組合	語素組合	語素組合	語素組合	語素組合	語素組合	語素組合
	詞形結構	複合結構	複合結構	複合結構	複合結構	複合結構	複合結構	複合結構	複合結構	複合結構
使用屬性	使用頻率 前期	-	-	-	-	-	-	-	-	-
	中期	2	2	2	2	-	3	2	2	4
	後期	-	3	-	-	1	-	-	-	-
	總計	2	5	2	2	1	3	2	2	4

表 10　上古時期「酒官」類詞頻統計表

文獻 ＼ 詞項		邑人	大酋	漿人	酒人	酒士	酒正	萍氏	司尊彝	鬱人
上古中期	周禮	2		2	2		3	2	2	3
	國語								1	1
	呂氏春秋		2							
	總計	2	2	2	2		3	2	3	4
上古後期	淮南子		1							
	禮記		2							
	漢書					1				
	總計		3			1				

第六節　「酒之製造」類詞語

　　較爲新近的考古發現表明，生活在公元前七千多年的新石器時代的華夏祖先已經開始了發酵釀酒，其地點在河南省舞陽縣北舞渡鎮賈湖村。〔註30〕這項重大研究成果將中國釀酒史向前推了近四千年，比中東人早了一千六百多年。在古代的一些文獻典籍中，亦可以看到關於早期釀酒的一些描寫。其中一些表示「酒之製造」的詞語一直延續使用至今。

一、詞項的語義特徵

　　上古「酒之製造」類共選取三個詞項：釀、醲、湑。它們都可用來表示以

〔註30〕據《國家科學院學報》，2004 年 12 月 6 日出版。

某種方式造酒。

【釀】

「釀」指發酵造酒。《說文·酉部》：「釀，醞也，作酒曰釀。」《廣韻·漾韻》：「釀，醞酒。」《急就篇·卷三》中「酤酒釀醪稽極程」顏師古《注》：「買酒曰酤，醞之曰釀。」《玄應音義·卷九》中「釀酒」《注》引《三蒼》云：「米麴所作曰釀。」

【釃】

「釃」指濾酒，除去酒糟。《說文·酉部》：「釃，下酒也。」徐鍇《繫傳》：「釃，猶籭也，籭取之也。」桂馥《義證》引趙宧光曰：「下酒者，去糟取清也。」《集韻·支韻》、《集韻·賢韻》：「釃，以筐盝酒也。」《慧琳音義·卷六十四》中「釃酒」《注》引《韻英》曰：「釃謂以筐盝酒。」

【湑】

「湑」指漉酒。《說文·酉部》：「湑，茜酒也。一曰澃也。」《廣雅·釋詁二》：「湑，澃，浚，澕，筲，盝也。」王念孫《疏證》：「澃、湑、縮一聲之轉，皆謂漉取之也。」

二、詞項的屬性差異

（一）上古前期

上古前期，本類別共有兩個詞項：釃、湑。

「釃」指濾酒，除去酒糟。在所測查的文獻中，本時期僅見於《詩經》兩例：

> 伐木許許，釃酒有藇。（《詩經·小雅·伐木》）
>
> ——毛《傳》：「以筐曰釃，以藪曰湑。」陸德明《釋文》：「釃謂以筐盝酒。」朱熹《集傳》：「釃酒者，或以筐，或以草，涑之而去其糟也。」
>
> 伐木於阪，釃酒有衍。（《詩經·小雅·伐木》）

「湑」指漉酒。在所測查的文獻中，本時期僅見於《詩經》一例：

> 有酒湑我，無酒酤我。（《詩經·小雅·伐木》）

——毛《傳》：「以筐曰釃，以藪曰湑。」朱熹《集傳》：「湑，亦釃也。」

「釃」與「湑」意義相同，二者均為「漉酒」之義。「釃」審二歌部，「湑」心母魚部。心審二準雙聲，魚歌通轉。《詩經·小雅·伐木》中「釃酒有藇」毛《傳》：「以筐曰釃，以藪曰湑。」〔註31〕

（二）上古中期

上古前期，本類別只有一個詞項：湑。

「湑」在所測查的文獻中，本時期僅見於《儀禮》一例：

　　旨酒既湑。（《儀禮·士冠禮》）

（三）上古後期

上古後期，本類別共有兩個詞項：釀、釃。

「釀」指發酵造酒。在所測查的文獻中，本時期出現共十二例。如：

　　（馮驩）乃多釀酒，買肥牛，召諸取錢者，能與息者皆來，不能與息者亦來，皆持取錢之券書合之。（《史記·孟嘗君列傳》）

　　母家素豐，資產數百萬，乃益釀醇酒，買刀劍衣服。（《漢書·王莽傳》）

「釃」在所測查的文獻中，本時期僅見於《東觀漢記》一例：

　　弇曰：「乘輿且到，臣子當擊牛釃酒以待百官，反欲以賊虜遺君父耶？」乃出大戰，自旦及昏，復大破之。（《東觀漢記·卷十》）

「釃」繼承於上古前期，「釀」為本時期的新成員。與「釀」關係非常密切的同義詞為「醞」，二者都指造酒。《說文·酉部》：「醞，釀也。」《玉篇·酉部》：「醞，釀酒也。」它們後來又都可泛指酒，還都引申比喻事物逐漸形成，並可並用互訓。二者的差別主要是來源不同。「釀」與「囊」、「瓤」等同源，都含有「包容」的意義，把造酒的原料、酒麴等放進容器中製酒叫「釀」；「醞」與「溫」、「蘊」等同源，有「長期儲藏」的意義，因此《正字通》說：「醞，久釀也。」多次釀製或把釀好的酒窖藏起來使它的酒味醇厚叫「醞」。〔註32〕另

〔註31〕王力主編《王力古漢語字典》，中華書局，2000 年，第 608 頁。

〔註32〕王力主編《王力古漢語字典》，中華書局，2000 年，第 1499 頁。

外，與「釀」相比，「醞」用以指釀酒出現得較晚。

三、詞項的演變

上古前期，本類別共有兩個詞項：醴、湑；上古中期只有一個詞項：湑；上古後期共有兩個詞項：釀、醴。在所測查的文獻中，它們的用例都很少。從詞語出現的時間似乎可以推測，早期造酒的主要方式即是簡單地濾去酒糟。隨著社會的進步，出現發酵的造酒方式。由於年代久遠，漢代以前的釀酒技術狀況究竟是如何發展的，恐怕很難還其真實面貌。

綜上所述，上古時期「酒之製造」類詞語均由其源義派生而具有表示「造酒」的意義。其中「醴」與「湑」作為同一意義的不同形式，側重於語音上的關聯；「釀」與其同源詞側重同一意義在不同語義範圍的表述。它們均為單純結構。「釀」在上古後期出現共十二例，其他詞語的使用頻率都很低。

表 11　上古「酒之製造」類詞項屬性分析表

文　獻　　詞　項				釀	醴	湑
語義屬性	表義素			造酒的方式		
	表義素	關涉義素	造酒方式	發酵造酒	濾酒除去酒糟	漉酒
生成屬性	詞義來源			派生	派生	派生
	詞形結構			單純結構	單純結構	單純結構
使用屬性	使用頻率	前期		-	2	1
		中期		-	-	1
		後期		15	1	-
		總計		15	3	2

表 12　上古「酒之製造」類詞頻統計表

屬　　性　　詞　項		釀	醴	湑
上古前期	詩經		2	1
	總計		2	1

上古中期	儀禮			1
	總計			1
上古後期	史記	2		
	漢書	3		
	論衡	5		
	東觀漢記	2	1	
	總計	12	1	

第七節　「酒之買賣」類詞語

遠古時代，由於糧食產量並不穩定，酒的生產和消費主要受糧食產量的影響。因而，酒的買賣並不是那樣普遍與隨意。直到漢代前期，酒才作爲商品顯示出其經濟價值。文獻中關於「酒之買賣」的詞語用例也相應增多。

一、詞項的語義特徵

上古「酒之買賣」類共選取兩個詞項：酤2、酤3。作爲同一詞形，它們可分別用來表示「買酒」和「賣酒」兩個相對的意義。

【酤2】

「酤」指買酒，記作「酤2」。《說文·酉部》：「酤，一宿酒也。一曰買酒也。」

【酤3】

「酤」又可指賣酒，記作「酤3」。《玉篇·酉部》：「酤，賣酒也。」《廣雅·釋詁》：「酤，賣也。」

二、詞項的屬性差異

（一）上古前期

上古前期，本類別僅有一個詞項：酤2。

「酤2」指買酒。在所測查的文獻中，本時期僅見於《詩經》一例：

> 有酒湑我，無酒酤我。（《詩經·小雅·伐木》）
>
> ——鄭玄《箋》：「酤，買也。」孔穎達《疏》：「古買酒爲酤酒。」

（二）上古中期

上古中期，本類別共有兩個詞項：酤₂、酤₃。

「酤₂」在所測查的文獻中，本時期出現共六例。如：

> 嗜酤酒，好謳歌，巷遊而鄉居者乎！吾無望焉耳！（《大戴禮記・曾子立事》）

> ——阮元《注》：「酤，買也。」

「酤₃」指賣酒。在所測查的文獻中，本時期出現共兩例。如：

> 宋人有酤酒者，升概甚平，遇客甚謹，爲酒甚美，縣幟甚高，著然不售，酒酸。（《韓非子・外儲説右上》）

（三）上古後期

上古後期，本類別共有兩個詞項：酤₂、酤₃。

「酤₂」在所測查的文獻中，本時期出現共十一例。如：

> 母散家財以酤酒買兵弩，陰厚貧窮少年，得百餘人，遂攻海曲縣，殺其宰，以祭子墓。（《漢書・王莽傳》）

「酤₃」在所測查的文獻中，本時期出現共十九例。如：

> 夏旱，禁酤酒。（《漢書・景帝紀》）

> ——顏師古《注》：「酤，謂賣酒也。」

「酤」與「沽」、「估」、「賈」、「價」是同源詞。初期，人們對於商品交換的認識是混淪的。產品的價值認定、買進與賣出、從事商品交換的經營者等概念，表現在漢語詞義上，就是用「賈」這一字形來標識的。「賈」原指估定貨物價值以進行交易。《說文・貝部》：「賈，賈市也。……一曰坐賣售也。」這個詞義是與當時人的認識相應的。那時還沒有在交易上把估價行爲和貨物價值明確分開。《論語・子罕》：「求善賈而沽諸。」漢石經《論語》寫作：「求善賈而賈諸。」「價」、「沽（估）」都用「賈」來寫，可以看出「價」、「沽」兩詞和「賈」音節相同而詞義相關，應當是從「賈」分化出來的。《周禮・天官・典婦功》：「辨其苦良，比其大小而賈之。」「分辨貨物的性質好壞、比較貨物的數量大小來定價交易」是「賈」的原始詞義。隨著商業的發展，在交易上逐漸明確估價的行爲和被估定出的價值是有區別的。這種新認識是在舊概念的基礎上確立起來

的，舊概念在這種新的發展下分化爲若干個新概念，從母體中裂變出若干個各自獨立的部分，形成新的內容與形式的統一體，新認識在不同範圍和不同程度上，反映的是同一事物分化前的詞，是事物的整體。分化後，若干獨立成分乃是原整體事物的構成成分。因此，當初適合舊概念的詞——「賈」在這種情況下也就發生了詞義分化。由於詞義的分化，從而引出的詞的形式的分化，在以單音詞佔優勢的時期，詞義分化後，往往是以增加新的書寫形式來實現的。在分工更加明確的前提下，分化出的新字形趨於增多。

賈：經商之人。

價：確定商品價值的行爲與價值。

沽：商品的買入與賣出。

估：評定商品的價值。《荀子・儒效》：「通財貨，相美惡，辨貴賤，君子不如估人；設規矩，陳繩墨，便備用，君子不如工人；不恤是非然不然之情，以相薦樽，以相恥怍，君子不若惠施、鄧析。」

酤：酒的買入與賣出。

這其中的「沽」與「酤」在文獻中可通用。「沽」可泛指物品的買入與賣出，包括酒的買與賣，但「酤」則專指酒的買與賣。因此可以看出，「酤」是從「沽」分化出來的一個專門性的詞，從廣義上來說，「酤」與「賈」、「價」、「沽」、「估」是同源分化的關係，但從直接義源上看，「酤」的近親是「沽」，它具備「沽」所有的詞義特徵和語法特徵，只是所指稱的對象更爲具體。

這種一個詞兼具施事（發出動作行爲）和受事（接受動作行爲）兩個相對的意義即被概括爲「施受同辭」，在訓詁上，也稱爲「反訓」。如「買」與「賣」，這兩個詞的義素完全相同，區別只在聲調上，現代漢語和隋唐音「買」都讀上聲，「賣」都讀去聲。兩個時代的調值可能不全相同，但是這兩個詞用聲調作區別則是相同的。把它們的聲音和詞義以及詞義和事情關係合起來看，可以推知當初是一個詞，是籠統地指買賣一事的整個行爲而說的，並分出買方和賣方。後來，在實際的交易中，明確地分析出買入和賣出的不同，在原詞的基礎上，用改變聲調的方法做出區別來。詞義既然已經發生分化，在書寫形式上就出現了「買」和「賣」兩個字形。這樣的變化不是個別的，是有規律可循的。

上古前期出現了「酤 2」一例，而未見「酤 3」；中、後期二者的用例亦較少，數量上大體趨於平衡。

表 13　上古「酒之買賣」類詞項屬性分析表

文　獻　　　　　詞　項				酤 2	酤 3
語義屬性	類義素			酒之買賣	
	表義素	關涉義素	行爲方式	買酒	賣酒
生成屬性	詞義來源			派生	派生
	詞形結構			單純結構	單純結構
使用屬性	使用頻率	前期		1	-
		後期		6	2
		後期		11	19
		總計		18	21

表 14　上古「酒之買賣」類詞頻統計表

文　獻　　　　　詞　項		酤 2	酤 3
上古前期	詩經	1	
	總計	1	
上古中期	墨子	2	
	韓非子	4	2
	總計	6	2
上古後期	史記	4	
	淮南子	2	1
	鹽鐵論		2
	大戴禮記	1	
	漢書	3	14
	論衡	1	
	東觀漢記		2
	總計	11	19

第八節　「酒之飲用」類詞語

在古代社會，對於統治階級來說，飲酒可以是個人行為。而受意識形態的影響，民眾釀酒、飲酒等飲食行為卻很少可以自由隨意，並且往往脫離了活動本身的物質享受意義，而是向著政治倫理意義轉化。一些表示「酒之飲用」的詞語也顯示出意義上的特徵和差異。

一、詞項的語義特徵

上古「酒之飲用」類共有五個詞項：酒₂、醵、酺、飲、酌。它們都可用來表示「飲酒」的意義。

【酒₂】

「酒」是用糧食或果類發酵製成的飲料（記作「酒₁」），引申出動詞「飲酒」之義。「酒」在甲骨文中有兩例，其中之一便用為動詞，表示「飲酒」[註33]。本書把動詞「飲酒」之義記作「酒₂」。

【醵】

「醵」指湊錢聚飲。《說文・酉部》：「醵，會飲酒也。」《玉篇・酉部》：「醵，合錢酤酒醵會也。」《廣韻・魚韻》：「醵，合錢飲酒也。」《集韻・御韻》：「合錢飲酒曰醵。」《詩經・周頌・良耜》中「以開百室」鄭玄《注》：「又有祭酺合醵之歡。」陸德明《釋文》：「醵，合錢飲酒也。」《周禮・地官・族師》中「春秋祭酺亦如之。」鄭玄《注》：「族長五飲酒之禮。」孔穎達《疏》：「醵，即合錢飲酒。」《禮記・禮器》：「曾子曰：『周禮其猶醵與？』」鄭玄《注》：「合錢飲酒為醵。」陸德明《釋文》：「合錢飲酒曰醵。」

【酺】

「酺」指古代官府特許的表示歡慶的聚會飲酒。《說文・酉部》：「酺，王德布，大飲酒也。」《廣韻・模韻》：「酺，大酺飲酒作樂。」《戰國策・齊策五》：「完者內酺而華樂。」鮑彪《注》：「酺，大飲也。」《漢律》記載：「三人以上無故群飲酒，罰金四兩，惟國家有吉慶事，許民聚飲。」

〔註33〕于省吾《甲骨文字釋林》，中華書局，1979年，第318～319頁。

【飲】

「飲」通常指一般意義上的「喝」。《說文・飲部》:「飲,歠也。」《玉篇・欠部》:「飲,古文飲。」「飲」可專指喝酒,在甲骨文中作「🍶」。《甲骨文簡明詞典——卜辭分類讀本》:「飲,即後代的飲字……象人就著酒壇飲酒。」〔註34〕董作賓謂此字「象人俯首吐舌,捧尊就飲之形。」〔註35〕

【酌】

「酌」指斟酒勸飲或自飲,在金文中作「🍷」。《說文・酉部》、《玉篇・酉部》:「酌,盛酒行觴也。」《廣韻・藥韻》:「酌,酌酒也。」

「勺」與「酌」是名詞和動詞的關係。舀酒的飲器叫做「勺」,舀酒的動作叫做「酌」〔註36〕,二者應為同源詞。

二、詞項的屬性差異

(一)上古前期

上古前期,本類別共有三個詞項:酒2、飲、酌。

「酒」指用糧食或果類發酵製成的飲料,引申為動詞「飲酒」(記作「酒2」)。在所測查的文獻中,本時期僅見於《尚書》一例:

> 文王誥教小子有正有事,無彝酒。(《尚書・酒誥》)
>
> ——孔安國《傳》:「無常飲酒。」

「飲」通常指一般意義上的「喝」,可專指喝酒。在所測查的文獻中,本時期出現共三十六例。如:

> 上九:有孚於飲酒,無咎,濡其首,有孚失是。象曰:飲酒濡
>
> 首,亦不知節也。(《周易・未濟》)
>
> 越庶國,飲惟祀。(《尚書・酒誥》)
>
> ——孔安國《傳》:「於所治眾國,飲酒惟當因祭祀。」

〔註34〕趙誠《甲骨文簡明詞典——卜辭分類讀本》,中華書局,1988年,第369頁。

〔註35〕李圃主編《古文字詁林》,上海教育出版社,2004年,第821頁引董作賓《殷曆譜》。

〔註36〕王力主編《王力古漢語字典》,中華書局,2000年,第83頁。

湛湛露斯，匪陽不晞，厭厭夜飲，不醉無歸。（《詩經・小雅・
南有嘉魚》）

此外，還常作「宴飲」，表示設宴飲酒。如：

爾酒既清，爾肴既馨。公尸宴飲，福祿來成。（《詩經・大雅・
鳧鷖》）

「酌」指斟酒勸飲或自飲。在所測查的文獻中，本時期見於《詩經》九例。
如：

我姑酌彼金罍，維以不永懷。（《詩經・周南・卷耳》）

幡幡瓠葉，採之亨之。君子有酒，酌言嘗之。有兔斯首，炮之
燔之。君子有酒，酌言獻之。有兔斯首，燔之炙之。君子有酒，酌
言酢之。有兔斯首，燔之炮之。君子有酒，酌言酬之。（《詩經・小
雅・瓠葉》）

上古前期，本類別的三個詞項都指「飲酒」。其中「酒₂」指一般意義上的
飲酒；「飲」和「酌」都意在突出飲酒時的某一動作，其中「飲」專指喝酒，突
出「喝」的動作；「酌」指斟酒而飲，還突出「斟酒」的動作。作為表示動作的
詞，「飲」的行為動作指向對象為行為主體（自己）；「酌」的行為動作指向對象
可為行為主體（自己），也可為行為客體（他人）。

用以表示「飲酒」之義，「酒₂」由名詞「酒」引申而來；「飲」由本詞的
「喝」義引申而來；「酌」是由源義派生而具有該義。它們都是單純結構。

本時期使用頻率最高的詞是「飲」，其次是「酌」；而「酒₂」僅一例。其
用例均多見於《詩經》。

（二）上古中期

上古中期，本類別共有三個詞項：酒₂、飲、酌。

「酒₂」在所測查的文獻中，本時期出現共十二例。如：

代君至，酒酣，反斗而擊之，一成腦塗地。（《呂氏春秋・長攻》）

彝酒，常酒也。常酒者，天子失天下，匹夫失其身。（《韓非子・
說林上》）

「飲」在所測查的文獻中，本時期出現共一百二十三例。如：

共賓客之稍禮，共夫人致飲於賓客之禮，清醴、醫、酏、糟，而奉之。（《周禮·天官·冢宰》）

主人坐祭，遂飲，卒爵，興；坐奠爵，遂拜，執爵興。（《儀禮·鄉飲酒禮》）

人主欲觀之，必半歲不入宮，不飲酒食肉。（《韓非子·外儲説左上》）

「酌」在所測查的文獻中，本時期出現共一百三十二例，多見於《儀禮》。如：

贊洗爵，酌醴主人，主人拜受，贊户内北面答拜。（《儀禮·士昏禮》）

贊者酌醴，加角柶面葉，出於房。（《儀禮·士昏禮》）

尸升坐，取爵酌。（《儀禮·有司徹》）

—— 鄭玄《注》：「酌者，將酢主人。」

「酌則誰先？」曰：「先酌鄉人。」（《孟子·告子上》）

—— 朱熹《集注》：「酌，酌酒也。」

尊，酌者眾則速盡。（《呂氏春秋·仲春紀》）

本時期三個成員均繼承於上古前期。其中「飲」與「酌」的使用頻率大大增加，主要見於《儀禮》，這是因爲它們所表示的動作是很多禮儀中必要的程式。「酒₂」的使用頻率則相對少得多。

（三）上古後期

上古後期，本類別共有五個成員：酒₂、醵、酺、飲、酌。

「酒₂」在所測查的文獻中，本時期出現共四十三例。如：

酒酣，高祖擊築，自爲歌詩。（《史記·高祖本紀》）

奴婢歌者數人，酒後耳熱，仰天撫缶而呼鳥鳥。（《漢書·楊惲傳》）

「醵」指湊錢聚飲。在所測查的文獻中，本時期僅見於《史記》一例：

若至家貧親老，妻子軟弱，歲時無以祭祀進醵，飲食被服不足

以自通。(《史記‧貨殖傳》)

　　——裴駰《集解》引徐廣曰:「醵,會聚食。」

「酺」指古代官府特許的表示歡慶的聚會飲酒。在所測查的文獻中,本時期出現共二十例。如:

五月,天下大酺。(《史記‧秦始皇本紀》)

　　——張守節《正義》:「天下歡樂大飲酒也。」

朕初即位,其赦天下,賜民爵一級,女子百戶牛酒,酺五日。(《漢書‧文帝紀》)

　　——顏師古《注》:「文穎曰:『漢律,三人以上無故羣飲酒,罰金四兩,今詔橫賜得令會聚飲食五日也。』酺之爲言布也。王德布於天下而合聚飲食爲酺。」

「飲」在所測查的文獻中,本時期出現共三例:

受珠玉者以掬,受弓劍者以袂,飲玉爵者弗揮。(《禮記‧曲禮上》)

太后令其官屬黑貂,至漢家正臘日,獨與其左右相對飲酒食。(《漢書‧元后傳》)

延壽不忍距逆,人人爲飲,計飲酒石餘。(《漢書‧趙尹韓張兩王傳》)

「酌」在所測查的文獻中,本時期出現共三十例。如:

舉手曰:「請勝者之弟子爲不勝者酌。」酌者曰:「諾。」已酌、皆請舉酒,當飲,皆跪奉抵曰:「賜灌。」勝者跪曰:「敬養」。(《大戴禮記‧孔子閒居》)

杜蕢入寢,歷階而升,酌,曰:「曠飲斯。」又酌,曰:「調飲斯。」又酌,堂上北面自飲之。(《禮記‧檀弓下》)

太后怒,乃令人酌兩卮鴆酒置前,令齊王爲壽。(《漢書‧齊悼惠王劉肥傳》)

與前兩個時期相比,本時期的兩個新成員是「醵」和「酺」,二者均表示

「聚會飲酒」。「釀」表示湊錢聚飲，是民眾行爲；「酺」表示特許聚飲，是官府行爲。與本類別其他成員的詞義相比較，它們更側重描述飲酒的方式。

「釀」和「酺」用以表示「聚會飲酒」這一意義都是約定俗成的。二者都是單純結構。在所測查的文獻中，它們僅見於上古後期，其中，「釀」出現僅一例，「酺」出現共二十例。

三、詞項的演變

（一）詞項數量的演變

在所測查的文獻中，本類別詞語見於上古前期和中期的均爲三個：酒 2、飲、酌；見於上古後期的有五個：酒 2、釀、酺、飲、酌。其中「酒 2」、「飲」、「酌」貫穿於整個上古時期。

（二）詞項屬性的演變

「飲」本指一般意義上的「喝」，可專指「喝酒」，這一意義從前期到中期，其用例明顯增加，因作爲禮儀中必要的程式，大量見於《儀禮》中，到後期又銳減。與此同時，「飲」之「喝」的意義，其對象範圍不斷擴大，除酒以外，還出現了露、藥、泉、血、湯、酪、羹、粥等，而表示「飲酒」的意義則很少。「酌」亦在中期出現了大量用例，多見於《儀禮》，亦是因爲「酌」也是儀禮中的一個重要程式。「酒 2」由名詞引申爲動詞「飲酒」，在三個時期的使用頻率逐漸增加，這與古代漢語詞義的活用引申現象有直接的關係。

綜上所述，上古「酒之飲用」類詞語可大體分爲「泛指飲酒」、「飲酒方式」與「飲酒動作」。這些詞語用以表示「飲酒」的意義，「酒 2」、「飲」均是由本詞的別義引申而產生該義；「釀」、「酺」都是約定俗成而具有該義；「酌」是由源義派生而具有該義。它們都是單純結構。

從使用頻率來看，「酒 2」、「飲」與「酌」這幾個詞自甲骨文而有之，並且貫穿於整個上古時期，其中「飲」與「酌」使用頻率相對更高。「釀」與「酺」作爲表示特定歷史時期的事件的詞，在上古後期文獻中才出現，使用頻率也較低。

表 15　上古「酒之飲用」類詞項屬性分析表

屬　性 ＼ 詞　項			酒2	醲	酺	飲	酌
語義屬性		類義素	飲酒行為				
	表義素	中心義素	泛指	飲酒方式	飲酒方式	飲酒動作	飲酒動作
		關涉義素 行為主體	-	民眾	官府	-	-
		指向對象	-	-	-	行為主體	行為主體或客體
		飲酒方式	-	湊錢聚飲	官府特許	-	-
		飲酒動作	-	-	-	喝	斟酒、勸飲或自飲
生成屬性		詞義來源	引申	約定俗成	約定俗成	引申	派生
		詞形結構	單純結構	單純結構	單純結構	單純結構	單純結構
使用屬性	使用頻率	前期	1	-	-	36	9
		中期	12	-	-	123	132
		後期	43	1	20	3	30
		總計	56	1	20	162	171

表 16　上古「酒之飲用」類詞頻統計表

文　獻 ＼ 詞　項		酒2	醲	酺	飲	酌
上古前期	周易				2	
	尚書	1			3	
	詩經				21	9
	總計	1			36	9
上古中期	周禮				23	4
	儀禮				98	125
	左傳					1
	孟子	1				1
	呂氏春秋	6				1
	韓非子	5			1	
	楚辭				1	
	總計	12			123	132

	史記	20	1	8		2
	淮南子	1				1
	戰國策	5				1
	大戴禮記					4
上古後期	禮記				1	13
	漢書	11		12	2	7
	論衡	1				1
	風俗通義	4				
	東觀漢記	1				1
	總計	43	1	20	3	30

第九節　「酒之貪嗜」類詞語

在中國古代文化的影響下，人們常常用政治形態的某些觀念去審視酒事活動，把飲酒行為與國家治亂現象相聯繫，並由此形成國家政治生活中「飲酒亡國」論或「酒禍」論的認識觀念。這樣，統治者的個人飲食行為──嗜飲縱酒或戒飲禁酒，便成為直接影響王朝統治或興或亡的重大政治因素。〔註37〕個人對飲酒的態度也往往與其道德品質因素緊緊相連。語言中不乏一些詞用來形容對酒的貪嗜。

一、詞項的語義特徵

上古「嗜酒貪嗜」類共選取四個詞項：沉湎／沉湎／湛湎、湎／醞、酖／酗、醟。它們都可用來表示「沉迷於酒、飲酒無度」這一意義。

【沉湎／沉湎／湛湎】

「沉湎」亦作「沉湎」、「湛湎」，猶沉溺於酒。《尚書‧泰誓上》：「沉湎冒色，敢行暴虐。」孔穎達《疏》：「人被酒困，若沈於水，酒變其色，湎然齊同，故沉湎為嗜酒之狀。」

【湎／醞】

「湎」亦作「醞」，指沉迷於酒。《說文‧水部》：「湎，沈於酒也。」段玉裁《注》：「湎，湛於酒也。湛各本作沈。此等皆後人以習用改之耳。沉湎

〔註37〕黃修明《酒文化與中國古代社會政治》，《中華文化論壇》，2002 年第 4 期。

於酒，《周易》所謂飲酒濡首，亦不知節也。《韓詩》云：『飲酒閉門不出客曰
湎。』」

【酗／酌】

「酗」指沒有節制地喝酒，醉後撒酒瘋。《說文》作「酌」，典籍中多作「酗」，
今亦寫作「酗」。《說文》：「酌，醉營也。」《周禮・地官・司救》中「掌萬民之
邪惡過失而誅讓之」鄭玄《注》：「過失亦由邪惡酗營好訟。」孫詒讓《正義》：
「酗即酌句之俗。」《尚書・泰誓中》：「淫酗肆虐，臣下化之。」孔穎達《疏》：
「酗是酒怒。」蔡沈《集傳》：「酗，醉怒也。」

【營】

「營」指酗酒，無節制地喝酒，醉後撒酒瘋。《說文・酉部》：「營，酌也。」
《玉篇・酉部》：「營，酗也。」《廣韻・映韻》、《廣韻・勁韻》：「營，酗酒也。」
《玄應音義・卷十三》中「酗營」注引《通俗文》：「耽酒曰酗，酗酒曰營。」
《尚書・微子》：「我用沈酗於酒。」孔安國《傳》：「酗，營。」陸德明《釋
文》：「營，酌酒也。」

二、詞項的屬性差異

（一）上古前期

上古前期，本類別共有兩個成員：湎／醞、酗／酌。

「湎」指沉迷於酒。在所測查的文獻中，本時期出現共六例。如：

> 羲和湎淫，廢時亂日。（《尚書・胤征》）
>
> ——孔安國《傳》：「沉湎於酒。」
>
> 罔敢湎於酒。（《尚書・酒誥》）
>
> ——孔安國《傳》：「無敢沉湎於酒。」
>
> 封，汝典聽朕毖，勿辯乃司民湎於酒。（《尚書・酒誥》）

「酗」指沉迷於酒，醉而發怒。在所測查的文獻中，本時期見於《尚書》
三例：

> 我用沈酗於酒，用亂敗厥德於下。（《尚書・微子》）
>
> ——孔穎達《疏》：「人以酒亂若沈於水，故以耽酒爲沈也。」

無若殷王受之迷亂，酗於酒德哉。（《尚書·無逸》）

—— 孔安國《傳》：「言紂心迷政亂，以酗酒爲德，戒嗣王無如之。」孔穎達《疏》：「酗爲凶酒之名。」

淫酗肆虐，臣下化之。（《尚書·泰誓中》）

—— 孔穎達《疏》：「酗是酒怒。」蔡沈《集傳》：「酗，醉怒也。」

「湎」和「酗」都指沉迷於酒。「湎」側重沉迷於酒的狀態，「酗」側重沉迷於酒的行爲結果，即「醉而發怒」。用以表示「貪嗜於酒」，二者都是約定俗成而具有該義。它們都是單純結構。

「湎」和「酗」用以表示沉迷於酒時，往往以「淫」來進行修飾。「沈」、「淫」互通，指「放縱、恣肆」。王引之《經義述聞·尚書上》：「孔以沈爲沉溺，非也。沈之言淫也。沈湎猶淫湎也。」這兩個詞後面亦常有「於酒」作爲補充說明。它們在本時期的使用頻率都很低。

（二）上古中期

上古中期，本類別僅有一個成員：湎／醢。

「湎」在所測查的文獻中，本時期見於《穀梁傳》兩例。如：

梁亡。自亡也，湎於酒，淫於色，心昏耳目塞，上無正長之治，大臣背叛，民爲寇盜。梁亡，自亡也。如加力役焉，湎不足道也。（《穀梁傳·僖公十九年》）

（三）上古後期

上古後期，本類別共有三個成員：沉湎／沉湎／湛湎、湎／醢、醟。

「沉湎」猶沉溺於酒。在所測查的文獻中，本時期出現共十四例。如：

維契作商，爰及成湯；太甲居桐，德盛阿衡；武丁得說，乃稱高宗；帝辛湛湎，諸侯不享。（《史記·太史公自序》）

獨使京師知之，四國不見者，若曰，湛湎於酒，君臣不別，禍在內也。（《漢書·五行志》）

—— 顏師古《注》：「湛讀曰沈，又讀曰眈也。」

「湎」在所測查的文獻中，本時期僅見於《史記》一例：

帝仲康時，羲和湎淫，廢時亂日。（《史記·夏本紀》）

「醟」指酗酒，無節制地喝酒，醉後撒酒瘋。明代郎瑛《七修類稿・義理類・酒》：「使酒曰酗，甚亂曰醟。」可見「醟」要比「酗」的醉亂程度更深，更重於酗酒過後的行爲。在所測查的文獻中，本時期僅見於《漢書》一例：

> 魯恭館室，趙敬險詖，中山淫醟。（《漢書・敘傳下》）

> ——顏師古《注》：「醟，酗酒也。」

本時期三個詞中，「沉湎」與「湎」意義相同，都指「沉迷於酒」。「湎」是約定俗成而具有該義，是單純結構；「沉湎」是由語素組合而產生該義，是複合結構。與這二者相比，「醟」側重指酗酒行爲及結果，它亦是約定俗成而具有詞義，是單純結構。

三、詞項的演變

（一）詞項數量的演變

在所測查的文獻中，「酒之貪嗜」類詞語見於上古前期的有兩個：湎／醔、酗／酓；見於上古中期的有一個：湎／醔，「酗」已不見於本時期；見於上古後期的有三個：沉湎／沉湎／湛湎、湎／醔、醟，其中「沉湎／沉湎／湛湎」和「醟」爲新成員。「湎／醔」貫穿於整個上古時期。

（二）詞項屬性的演變

「湎」與「沉湎」都指沉溺於酒。其中「湎」貫穿於上古三個時期，但用例漸少；「沉湎」與「湎」意義相同，但於上古後期才出現。這是詞語形式的單純結構向著複合結構演變的體現。

綜上所述，本類別四個詞都可以指「沉迷於酒、飲酒無度」的行爲。其中「沉湎」、「湎」表示以飲酒爲樂、迷戀飲酒活動，側重於反映飲者的嗜酒態度；「酗」、「醟」表示沒有節制地喝酒以致喝醉撒酒瘋，側重反映飲者的嗜酒行爲及結果。

用以表示「酒之貪嗜」之義，「湎」、「酗」、「醟」是約定俗成而具有該義，它們均爲單純結構；「沉湎」則是由於語素組合而產生該義，是複合結構。

作爲表示行爲動作的詞語，「沉湎」、「湎」、「酗」之後常有「於酒」，作爲行爲狀態的補充說明。如：

> 紂沉湎於酒，以糟爲丘，以酒爲池，牛飲者三千人，爲長夜之

飲，亡其甲子。(《論衡‧語增》)

惟殷之迪諸臣，惟工乃湎於酒，勿庸殺之，姑惟教之。(《尚書‧酒誥》)

天毒降災荒殷邦，方興沈酗於酒，乃罔畏畏，咈其耇長，舊有位人。(《尚書‧微子》)

本類別詞語在上古時期出現的頻率都比較低。

表17　上古「酒之貪嗜」類詞項屬性分析表

詞　項 屬　　性		沉湎／沉湎／湛湎	湎／醖	酗／酌	醟
語義屬性	類義素	貪嗜於酒的行為狀態			
	表義素	沉迷於酒的狀態	沉迷於酒的狀態	飲酒無度的行為	飲酒無度的行為及結果
生成屬性	詞義來源	語素組合	約定俗成	約定俗成	約定俗成
	詞形結構	複合結構	單純結構	單純結構	單純結構
使用屬性	使用頻率 前期	-	6	3	-
	中期	-	2	-	-
	後期	14	1	-	1
	總計	14	9	3	1

表18　上古「酒之貪嗜」類詞頻統計表

詞　項 文　　獻		沉湎／沉湎／湛湎	湎／醖	酗／酌	醟
上古前期	尚書		5	3	
	詩經		1		
	總計		6	3	
上古中期	穀梁傳		2		
	總計		2		
上古後期	史記	3	1		
	春秋繁露	1			
	漢書	5			1
	論衡	4			
	潛夫論	1			
	總計	14	1		1

第十節　「酒後狀態」類詞語

　　因個體酒量的差異,每個人飲酒後的反映會有所不同。如果恰到好處,便身心舒暢;如果大醉無度,則傷己傷人。因此,用以表示「酒後狀態」的詞語也是各有不同地描述了這些差異。

一、詞項的語義特徵

　　上古時期,本類別共有七個詞項:醒、酣、酩酊、酡、醒、醉、醉酶。它們都可用來表示飲酒後的狀態。

【醒】

　　「醒」指醉酒後神志不清、身體困乏的狀態。《說文·酉部》、《玉篇·酉部》:「醒,病酒也。」《急就篇·卷三》中「侍酒行觴宿昔醒」顏師古《注》:「病酒曰醒,謂經宿飲酒故曰醒也。」《管子·地員》:「寡有疥騷,終無痟醒。」尹知章《注》:「醒,酒病也。」

【酣】

　　「酣」謂飲酒盡興、暢快。《說文·酉部》:「酣,酒樂也。」徐鍇《繫傳》:「酣,飲恰也。」《玉篇·酉部》:「酣,樂酒也。」《廣韻·談韻》:「酣,酣飲。」又引張宴曰:「中酒曰酣。」

【酩酊】

　　《玉篇·酉部》:「酩,醉甚也。」《廣韻·迥韻》:「酩,酩酊。」《集韻·迥韻》:「酩,酩酊,醉甚。」《說文新附》:「酩,酩酊,醉也。」《義府·酩酊》:「酩酊二字,古所無。《世說》:『茗苧無所知。』蓋借用字。今俗云懵懂,即茗苧之轉也。」「酩酊」為疊韻聯綿詞,用來形容醉得很厲害的樣子。

【酡】

　　「酡」形容酒後臉紅的樣子。《玉篇·酉部》、《廣韻·歌韻》:「酡,飲酒朱顏貌。」《集韻·戈韻》:「酡,飲而赭色著面。」

【醒】

　　「醒」指酒醉後恢復常態。《玉篇·酉部》、《慧琳音義·卷十七》中「醒悟」引《考聲》:「醒,醉除也。」《玄應音義·卷二十二》中「若醒」《注》引《通

俗文》：「醒，酒歇也。」《說文新附》：「醒，醉解也。」《廣韻‧青韻》：「醒，酒醒。」《廣韻‧迥韻》：「醒，醉歇也。」

【醉】

「醉」指飲酒適量亦或過量，失去自持，直至神志不清。《說文‧酉部》：「醉，卒也，卒其度量，不至於亂也。一曰潰也。」徐鍇《繫傳》：「醉，酒潰也。」王筠《句讀》：「《預覽》引作酒卒曰醉。」朱駿聲《通訓定聲》：「滿其量謂之醉，溢其量謂之酗。」《玉篇‧酉部》：「醉，卒也，卒度也，度其量不至於亂也。」《慧琳音義‧卷二十九》中「酒醉」《注》：「飲酒過度，神識蒙昧曰醉也。」

【醉酗】

「醉酗」指酒醉後撒酒瘋。「酗」指醉而發怒。《周禮‧地官‧司救》中「掌萬民之邪惡過失而誅讓之」鄭玄《注》：「過失亦由邪惡酗酓好訟。」《尚書‧泰誓中》：「淫酗肆虐，臣下化之。」蔡沈《集傳》：「酗，醉怒也。」孔穎達《疏》：「酗是酒怒。」

二、詞項的屬性差異

（一）上古前期

上古前期，本類別共有三個成員：醒、酣、醉。

「醒」指醉酒後神志不清、身體困乏的狀態。在所測查的文獻中，本時期僅見於《詩經》一例：

> 憂心如醒，誰秉國成。（《詩經‧小雅‧節南山》）
>
> ——毛《傳》：「病酒曰醒。」朱熹《集傳》：「酒病曰醒。」

「酣」謂飲酒盡興、暢快。在所測查的文獻中，本時期僅見於《尚書》兩例：

> 敢有恆舞於宮，酣歌於室，時謂巫風。（《尚書‧伊訓》）
>
> ——孔安國《傳》：「樂酒曰酣，酣歌則廢德。」
>
> 我聞亦惟曰：在今後嗣王酣身，厥命罔顯於民，只保越怨不易。
>
> （《尚書‧酒誥》）

「醉」指飲酒適量或飲酒過量，失去自持，直至神志不清。在所測查的文獻中，本時期出現共二十二例，多數見於《詩經》。如：

> 賓之初筵，溫溫其恭，其未醉止，威儀反反。曰既醉止，威儀幡幡，舍其坐遷，屢舞仙仙。其未醉止，威儀抑抑，曰醉既止，威儀怭怭。是曰既醉，不知其秩。賓既醉止，載號載呶，亂我籩豆，屢舞僛僛。是曰既醉，不知其郵，側弁其俄，屢舞傞傞。既醉而出，並受其福，醉而不出，是謂伐德。飲酒孔嘉，維其令儀。凡此飲酒，或醉或否，既立之監，或佐之史。彼醉不臧，不醉反恥，式勿從謂，無俾大怠。匪言勿言，匪由勿語，由醉之言，俾出童羖。三爵不識，矧敢多又。(《詩經·小雅·賓之初筵》)

> 既醉以酒，既飽以德。(《詩經·大雅·既醉》)

「酲」、「酣」、「醉」三個詞語都表示飲酒後的狀態。其中「酣」表示飲酒盡興，要醉而未醉，恰到好處，身心暢快；「醉」表示飲酒適量或過量，以致失去自持，甚至神志不清；「酲」亦表示飲酒過量，著重反映醉後的病態。

這三個詞語用以表示酒後狀態都是約定俗成的，它們都是單純結構。本時期「醉」的用例較多，「酲」與「酣」用例很少。

（二）上古中期

上古中期，本類別共有五個成員：酲、酣、酡、醒、醉。

「酲」在所測查的文獻中，本時期僅見於《莊子》一例：

> 南伯子綦游乎商之丘，見大木焉……嗅之則使人狂酲，三日而不已。(《莊子·人間世》)

> ——陸德明《釋文》：「病酒曰酲。」成玄英《疏》：「酲，酒病也。」王先謙《集解》引李頤曰：「狂如酲也，病酒曰酲。」

「酣」在所測查的文獻中，本時期出現共十例。如：

> 魏襄王與群臣飲，酒酣，王爲群臣祝，令群臣皆得志。(《呂氏春秋·樂成》)

> 今召客者酒酣，歌舞鼓瑟吹竽。(《呂氏春秋·分職》)

> ——高誘《注》：「飲酒合樂爲酣。」

「酡」形容酒後臉紅的樣子。在所測查的文獻中，本時期僅見於《楚辭》一例：

> 美人既醉，朱顏酡些。(《楚辭・宋玉〈招魂〉》)
>
> ——王逸《注》：「酡，著也。言美人飲啗醉飽，則面著赤色而鮮好也。」洪興祖《補注》：「酡，飲而赭色著面。」蔣驥《注》：「酡，酒色著面也。」

「醒」指酒醉後恢復常態。在所測查的文獻中，本時期出現共六例。如：

> 姜與子犯謀，醉而遣之，醒以戈逐子犯。(《左傳・僖公二十三年》)
>
> 醉而怒，醒而喜，庸何傷？君其入也。(《國語・魯語下》)

「醉」在所測查的文獻中，本時期出現共三十九例。如：

> 穀陽豎獻飲於子反，子反醉而不能見。(《左傳・成公十六年》)
>
> 丈人歸，酒醒而誚其子曰：「吾爲汝父也。豈謂不慈哉？我醉，汝道苦我，何故？」(《呂氏春秋・疑似》)
>
> 昔者韓昭侯醉而寢，典冠者見君之寒也，故加衣於君之上。(《韓非子・二柄》)
>
> 子反之爲人也，嗜酒而甘之，弗能絕于口，而醉。(《韓非子・十過》)

本時期的「醒」、「酣」、「醉」三個詞繼承於前期，其中「酣」與「醉」的使用頻率有所增加。

「酡」和「醒」兩個詞新見於本時期。其中「酡」表示醉酒後臉紅的樣子，用以形容美好的狀態；「醒」不是酒醉後即刻呈現出的狀態，而是指酒醉後恢復常態，亦屬於酒後狀態中的一種反應。

「酡」與「醒」用以表示酒後狀態都是約定俗成的，它們都是單純結構，在本時期的用例較少。

（三）上古後期

上古後期，本類別共有六個成員：醒、酣、酩酊、醒、醉、醉酗。

「醒」在所測查的文獻中，本時期出現共六例。如：

百末旨酒布蘭生，泰尊柘漿析朝酲。(《漢書‧禮樂志》)

　　——顏師古《注》引應劭曰：「酲，病酒也。」

勸德畏戒，喜懼交爭，罔然若酲，朝疲夕倦，奪氣褫魄之爲者也。(《文選‧張衡〈東京賦〉》)

「酣」在所測查的文獻中，本時期出現共四十一例。如：

酒酣，高祖擊築，自爲歌詩曰：「大風起兮雲飛揚，威加海內兮歸故鄉，安得猛士兮守四方！」(《史記‧高祖本紀》)

　　——裴駰《集解》引應劭曰：「不醒不醉曰酣。」

荊軻嗜酒，日與狗屠及高漸離飲於燕市，酒酣以往，高漸離擊築，荊軻和而歌於市中，相樂也，已而相泣，旁若無人者。(《史記‧刺客列傳》)

魯有後成叔聘衛，右宰谷留而觴之，陳樂而不樂，酒酣而不飲，送以璧，其妻挈宅而居之，分祿而食之，其子長乃反其璧。(《風俗通義‧卷四》)

「酩酊」形容大醉的樣子。在所測查的文獻中，本時期僅見於《焦氏易林》一例：

醉客酩酊，披髮夜行。(《焦氏易林‧井之師》)

「醒」在本時期出現共三例。如：

醉醒失明，喪其貝囊，臥拜道旁。(《焦氏易林‧謙之蠱》)

「醉」在所測查的文獻中，本時期出現共一百二十五例。如：

齊王怪之，因不敢飲，詳醉去。(《史記‧呂太后本紀》)

臣飲一斗亦醉，一石亦醉。(《史記‧滑稽列傳》)

庭素驕慢不謹嘗以醉酒失臣禮者，悉出勿留。(《漢書‧谷永杜鄴傳》)

「醉酗」指酒醉後撒酒瘋。在所測查的文獻中，本時期出現共五例。如：

賜尊者之前，三觴而退，過於三觴，醉酗生亂。(《論衡‧語增》)

飲酒醉酗，跳躍爭鬥，伯傷叔疆，東家治喪。（《焦氏易林·比之鼎》）

本時期「醒」、「酣」、「醒」、「醉」四個詞繼承於上古中期，其中「酣」與「醉」的使用頻率明顯增加，「醉」的用例最多。

「酩酊」和「醉酗」兩個詞項新見於本時期。二者都表示酒醉後的情態。其中「酩酊」表示喝酒大醉的樣子，側重於狀態，屬於連綿詞，是雙音節的單純結構；「醉酗」表示醉後撒酒瘋，側重於行為，是複合結構。

三、詞項的演變

在所測查的文獻中，本類別詞語見於上古前期的共有三個：醒、酣、醉；見於上古中期的共有五個：醒、酣、酖、醒、醉，其中「酖」、「醒」為新成員；見於上古後期的共有六個：醒、酣、酩酊、醒、醉、醉酗，其中「酩酊」、「醉酗」為新成員。「醒」、「酣」、「醉」貫穿於整個上古時期。

後期出現的「酩酊」、「醉酗」均為複音詞，其中「酩酊」為單純結構，「醉酗」為複合結構。

本類別中「酣」與「醉」在三個時期的用例明顯增多，其他詞語用例均很少。

綜上所述，上古「酒後狀態」類七個詞項都用以表示飲酒後的狀態。「酣」和「醉」側重描述生理狀態的同時也反映出一定的心理狀態；「醒」、「酖」、「酩酊」、「醉酗」是醉酒後的外在表現，其中「醒」、「酖」、「酩酊」側重表示醉酒後的狀態，「醉酗」側重表示醉酒後的行為；「醒」則表示酒醉後恢復的狀態。

用以表示酒後狀態，「酩酊」是雙音節的單純結構；「醉酗」是由語素組合而產生該義，是複合結構。其他詞語都是約定俗成而具有該義，都是單純結構。

本類別詞語中，使用頻率最高的是「醉」，其次是「酣」，它們在三個時期內使用頻率逐步遞增；其他詞語僅見於某一個或兩個時期，且用例較少。

表19　上古「酒後狀態」類詞項屬性分析表

詞項 屬性			醒	酣	酩酊	酡	醒	醉	醉酗
語義屬性	表義素	類義素	飲酒後的狀態						
		中心義素	生理狀態	生理心理狀態	生理狀態	生理狀態	生理狀態	生理心理狀態	行為
		關涉義素 飲酒量	過度	適中	過度	-	-	適中過度	過度
		關涉義素 狀態	病態	身心愉悅	大醉	臉紅	恢復	失去自持	撒酒瘋
生成屬性	詞義來源		約定俗成	約定俗成	約定俗成	約定俗成	約定俗成	約定俗成	語素組合
	詞形結構		單純結構	單純結構	單純結構	單純結構	單純結構	單純結構	複合結構
使用屬性	使用頻率	前期	1	2	-	-	-	22	-
		中期	1	10	-	1	6	39	-
		後期	6	41	1	-	3	125	5
		總計	8	53	1	1	9	186	5

表20　上古「酒後狀態」類詞頻統計表

詞項 文獻		醒	酣	酩酊	酡	醒	醉	醉酗
上古前期	尚書		2				2	
	詩經	1					20	
	總計	1	2				22	
上古中期	儀禮						3	
	左傳					2	6	
	國語					2	2	
	孟子						1	
	莊子	1					2	
	荀子						1	
	呂氏春秋		6			1	7	

	韓非子		4			1	14	
	楚辭					1	3	
	總計	1	10			1	6	39	
上古後期	淮南子		1				3	
	史記		19				47	
	戰國策		5				1	
	鹽鐵論					1	1	
	漢書	1	11			1	49	
	大戴禮記						3	
	禮記						1	
	論衡		1				14	2
	風俗通義		3				1	
	東觀漢記		1				4	
	潛夫論						1	
	《文選》漢人作	5						
	焦氏易林			1		1		3
	總計	6	41	1		3	125	5

第十一節 「酒禮」類詞語

酒以成禮，這也許是酒在遠古時代最重要的作用。無論是祭祀、宴飲中的種種酒禮還是生活中方方面面的酒俗，都折射著遠古禮制文化的深刻內涵和民俗文化的斑斕色彩。而記錄它們的詞語亦負載了這些古老又豐富的意義。

一、詞項的語義特徵

上古「酒禮」類共選取十個詞項：酬／醻／酧、祼 1／灌 1／果、祼 2／灌 2／果、合卺、醮、酢、獻、飲至、醑、酢／醋。它們都可用來表示上古時期禮儀中與酒相關的禮節程式。

【酬／醻／酧】

「酬」指勸酒、敬酒，一般指客人向主人祝酒後，主人再向客人進酒。《說文》：「醻，主人敬客也。」《周禮・天官・酒正》中「凡王之燕飲酒共其計」鄭

玄《注》：「共其計者，獻酬多少度當足也。」孫詒讓《正義》：「主人先飲以勸賓之酒，謂之酬。」

「酬」同「醻」，又作「酧」。《說文》以「酬」爲又體，但古籍中除《詩經》外，大多作「酬」，今多寫作「酬」。它們與「訓」、「譸」同音，是同源詞。《說文·言部》：「訓，譸也。」「譸，訓也。」其中「訓」、「譸」是從言語對答的角度來造字的，「酬」、「醻」、「酧」是從飲酒酬對的角度來造字的，同有「匹配、類儔」之義，實同一詞。〔註38〕

【祼₁／灌₁／果】

「祼」是一種祭祀儀式，指將酒澆灌在白茅上以請神（記作「祼₁」）。古人以天爲陽，以地爲陰。周人先求於陰，因此在祭祀開始時先行灌禮。《說文·示部》：「祼，灌祭也。」朱駿聲《通訓定聲》：「祼，謂始獻尸求神時灌以鬱鬯也。」《玉篇·示部》：「祼，祼鬯告神也。」《廣雅·釋天》：「祼，祭也。」王念孫《疏證》：「祼之言灌也。」

「祼」與「灌」爲同源詞，其源義爲「澆灌」。《說文》：「灌，灌祭也。」「祼」又寫作「果」。徐鍇《繫傳》：「《周禮》祼字多借果字，則古祼、果聲相近也。」《周禮·春官·小宗伯》中「以待果將」鄭玄《注》：「果讀爲祼。」賈公彥《疏》：「果更讀爲祼。」《周禮·秋官·大行人》：「上公之禮……擯者五人，廟中將幣，三享王禮，再祼而酢。」鄭玄《注》引鄭司農云：「祼讀爲灌。故書祼作果。」

【祼₂／灌₂／果】

「祼」本指將酒澆灌在白茅上以求神，引申爲對朝見的諸侯行祼禮，以爵酌香酒而敬賓客（記作「祼₂」）。《周禮·春官·典瑞》：「祼圭有瓚，以肆先王，以祼賓客。」鄭玄《注》：「爵行曰祼。」賈公彥《疏》：「此《周禮》祼皆據祭而言，至於生人飲酒亦曰祼。故《投壺禮》云『奉觴賜灌』，是生人飲酒爵行亦曰灌。」王國維《觀堂集林·再與林博士論〈洛誥〉書》：「《周禮》諸書，祼字兼用神人，事實也；《大宗伯》以肆獻祼爲序，與《司尊彝》之先祼尊而後朝獻，再獻之尊，亦皆事實而互相異者也。」

〔註38〕王力主編《王力古漢語字典》，中華書局，2000年，第1272頁。

【合巹】

「巹」是古代結婚用作酒器的一種瓢。《說文·己部》:「巹,謹身有所承也。」段玉裁《注》:「承者,奉也,受也。」「合巹」是古代婚禮中的一種儀式,即剖一瓠爲兩瓢,新婚夫婦各執一瓢,斟酒以飲。

【醮】

「醮」是古代冠禮、婚禮中的一種儀式,即尊者爲卑者酌酒,卑者接受敬酒後飲盡,不需回敬。《說文·酉部》:「醮,冠娶禮祭。」段玉裁《注》:「詳經文不言祭也,蓋古本作:『冠、娶妻禮也。一曰祭也。』轉寫有奪與?祭者別一義,不蒙冠婚。」錢玄《三禮名物通釋·飲食之禮》:「酌而無酬酢者,用醴曰醴,用酒曰醮。均爲尊者對卑者之禮。」

【醊】

「醊」指把酒灑在地上表示祭奠。《說文·酉部》:「醊,餟祭也。」《玉篇·酉部》:「醊,餟祭也,以酒祭地也。」「醊」即手持杯盞,默念禱詞,將酒先分傾三點,然後將餘酒按半圓形撒於地上。古人用酒在地上醊三點一長鈎的「心」字形以表示心獻之禮。

【獻】

「獻」本指祭宗廟所用之犬,在甲骨文中作「𤜼」,《說文·犬部》:「獻,宗廟犬,名羹獻。犬肥者以獻之。」引申指獻祭,又特指向賓客敬酒。《說文·犬部》朱駿聲《通訓定聲》:「主人酬賓曰獻。」《爾雅·釋詁下》:「酬,報也。」邢昺《疏》:「飲酒之禮,主人酌酒於賓曰獻。」《周禮·天官·酒正》中「共其計」鄭玄《注》:「獻酬多少度當足也。」孫詒讓《正義》:「凡燕飲酒,主人進賓之酒,謂之獻。」

【飲至】

「飲至」指上古時期諸侯朝會盟伐完畢,祭告宗廟並飲酒慶祝的典禮。

【酳】

「酳」是古代祭祀或宴會中的一種禮節,指食畢用酒漱口。《廣韻·震韻》:「酳,酒漱口也。」《禮記·曲禮上》中「客不虛口」鄭玄《注》:「虛口謂酳也。」孔穎達《疏》引《隱義》:「酳,飯畢蕩口也。」

【酢／醋】

「酢」指客人向主人回敬酒。酬酢之「酢」古作「醋」，讀作 zuò；「酢」本是酸醋的用字，讀作 cù。後來互易，它們是同詞異字。《說文‧酉部》：「醋，客酌主人也。」段玉裁《注》：「諸經多以酢爲醋，爲《禮經》尚仍其舊，後人醋酢互易。」《說文‧酉部》徐鍇《繫傳》：「酢，今人以此爲酬醋字，反以醋爲酒酢。時俗相承之變也。」《爾雅‧釋詁下》：「酢，報也。」邢昺《疏》：「飲酒之禮，主人酌酒於賓曰獻，賓既卒爵，洗而酌主人曰酢。」邵晉涵《正義》：「醋、酢古今字也。」《玉篇‧酉部》：「進酒於客曰獻，客答主人曰醋。」《廣韻‧鐸韻》引《倉頡篇》云：「主答客曰酬，客報主人曰酢。」《集韻‧鐸韻》：「醋，或作酢。」《左傳‧莊公十八年》中「王饗醴」孔穎達《疏》：「賓答主人曰酢。」

二、詞項的屬性差異

（一）上古前期

上古前期，本類別共有四個詞項：酬／醻／酧、祼 1／灌 1／果、獻、酢／醋。

「酬」又作「醻」、「酧」。指在祭祀、宴飲等禮儀中勸酒、敬酒，一般指客人向主人祝酒後，主人再向客人進酒。「酬」與「訓」、「儔」是同源詞，其源義是「匹配，類儔」。在所測查的文獻中，本時期見於《詩經》三例。如：

> 鐘鼓既設，一朝醻之。(《詩經‧小雅‧彤弓》)
>
> —— 鄭玄《箋》：「飲酒之禮，主人獻賓，賓酢主人，主人又飲而酌賓謂之醻。」

「酬」亦表示親賓宴飲時相互敬酒。如：

> 君子信讒，如或　之。(《詩經‧小雅‧小弁》)
>
> —— 鄭玄《箋》：「醻，旅醻也。」孔穎達《疏》：「酬酢皆作『酬』，此作『醻』者，古字得通用也。酬有二等：既酢而酬賓者，賓奠之不舉，謂之奠酬；至三爵之後乃舉向者所奠之爵以行之；於後，交錯相酬名曰旅酬，謂眾相酬也。」

「祼」指將酒澆灌在白茅上以求神的祭祀儀式（記作「祼 1」），一般選用

圭瓚和鬯酒。「祼」與「灌」爲同源詞，其源義爲「澆灌」。在所測查的文獻中，本時期僅見於《尚書》一例：

> 王賓殺禋咸格，王入太室，祼。（《尚書・洛誥》）
>
> ——孔穎達《疏》：「祼者，灌也。王以圭瓚酌鬱鬯之酒以獻尸，尸受祭而灌於地，因奠不飲，謂之祼。」蔡沈《集傳》：「祼，灌也。以圭瓚酌秬鬯灌地以降神也。」

「獻」本指祭宗廟所用之犬，引申爲獻祭，又特指向賓客敬酒。在所測查的文獻中，本時期見於《詩經》三例，如：

> 有兔斯首，燔之炮之，君子有酒，酌言獻之。（《詩經・小雅・瓠葉》）
>
> ——鄭玄《箋》：「進酒於客曰獻，客答之曰酢。」
>
> 或獻或酢，洗爵奠斝。（《詩經・大雅・行葦》）

「酢」指客人向主人回敬酒。在所測查的文獻中，本時期見於《詩經》兩例：

> 有兔斯首，燔之炙之，君子有酒，酌言獻之。（《詩經・小雅・瓠葉》）
>
> 或獻或酢，洗爵奠斝。（《詩經・大雅・行葦》）
>
> ——朱熹《集傳》：「客答之曰酢。」

上古前期，本類別共有四個詞項：酬／醻／酧、祼1／灌1／果、獻、酢／醋。它們都是與酒相關的禮儀程式。其中「祼」是一種祭祀禮節；「酬」、「獻」、「酢」主要是宴飲禮節。《說文通訓定聲・乾部》中「獻」字《按》：「主人酌賓曰獻，賓還酌主人曰醋，主人又自飲以酌賓曰酬。」從詞所表達的意義來看，其禮節參與者多爲主人和賓客，從中也體現了禮節中行禮者和受禮者的互動。

用以表示與酒相關的禮儀程序，「酬」與「祼」是由其源義派生而產生該義；「獻」由本詞別義引申而產生該義；「酢」是約定俗成而具有該義。它們都是單純結構。

這四個詞在本時期的使用頻率都很少，其中多數見於《詩經》。「獻」與「酬」常同時出現。

（二）上古中期

上古中期，本類別共有九個詞項：酬／醻／酢、祼 1／灌 1／果、祼 2／灌 2／果、合巹、醮、獻、飲至、酳、酢／醋。

「酬」在所測查的文獻中，本時期出現共七十三例。如：

> 主人實觶酬賓，阼階上北面坐奠觶，遂拜，執觶興。（《儀禮‧鄉飲酒禮》）

> ——鄭玄《注》：「酬，勸酒也。」賈公彥《疏》：「恐賓不飲，示忠信之道，故先自飲，乃飲賓，爲酬也。」

> 賓酬主人，主人酬介，介酬眾賓，少長以齒，終於沃洗者，焉知其能弟長而無遺也。（《荀子‧樂論》）

「酬」在本時期多見於《儀禮》，其動作指向對象一般爲「賓」，還有「大夫」、「士」、「主人」等。亦有大量作「奠酬」，即主人敬酒，賓客置之而不舉。如：

> 舅姑共饗婦，以一獻之禮。舅洗於南洗，姑洗於北洗，奠酬。（《儀禮‧士昏禮》）

> ——鄭玄《注》：「奠酬者，明正禮成不復舉。凡酬酒皆奠於薦左，不舉。」

「祼 1」在所測查的文獻中，本時期出現共二十一例，多見於《周禮》，或寫作「果」。如：

> 祭之日，表齊盛，告展器，陳告備，及果築鬻，相治小禮。誅其怠慢者。（《周禮‧春官‧小宗伯》）

> 以肆獻祼享先王，以饋食享先王，以祠春享先王，以禴夏享先王，以嘗秋享先王，以烝冬享先王。（《周禮‧春官‧大宗伯》）

> ——鄭玄《注》：「祼之言灌，灌以鬱鬯，謂始獻尸求神時也。」

> 春祠、夏禴，祼用雞彝、鳥彝，皆有舟。（《周禮‧春官‧司尊彝》）

> ——鄭玄《注》：「謂以圭瓚酌鬱鬯始獻尸也。」

> 君冠必以祼享之禮行之，金石之樂節之，以先君之祧處之。（《左

傳・襄公九年》）

　　——杜預《注》：「祼，謂灌鬯酒也。」孔穎達《疏》：「祼是祭初之禮。」

　　子曰：「禘自既灌而往者，吾不欲觀之矣。」（《論語・八佾》）

　　——何晏《集解》引孔安國曰：「灌者，酌鬱鬯灌於太祖以降神也。」皇侃《疏》：「灌者，獻也，酌鬱鬯酒獻尸灌地以求神也。」

　　劉寶楠《正義》：「灌者，祭禮之始。」

可見祼禮中所用鬱鬯。

「祼₂」指對朝見的諸侯行祼禮，以爵酌香酒而敬賓客。這一意義由「祼₁」引申而來。在所測查的文獻中，本時期見於《周禮》七例，或寫作「果」。如：

　　大賓客，則攝而載果。（《周禮・春官・大宗伯》）

　　——鄭玄《注》：「載，爲也。果讀爲祼。代王祼賓客以鬯。君無酌臣之禮，言爲者攝酌獻耳。」賈公彥《疏》：「祼，王不親酌，則皆使大宰宗伯攝而爲之。」

　　上公之禮，廟中將幣，三享王禮，再祼而酢。（《周禮・秋官・大行人》）

　　——鄭玄《注》：「祼讀爲灌。再灌，再飲公也；而酬，報飲王也。」

「合卺」是古代婚禮中的一種儀式。「卺」是古代舉行婚禮用的酒器，以瓢爲之。「合卺」即剖一瓠爲兩瓢，新婚夫婦各執一瓢，斟酒以飲。在所測查的文獻中，本時期僅見於《儀禮》一例：

　　尊於房戶之東，無玄酒，篚在南，實四爵合卺。（《儀禮・士昏禮》）

「醮」是古代冠禮、婚禮中的一種儀式，即尊者爲卑者酌酒，卑者接受敬酒後飲盡，不需回敬。在所測查的文獻中，本時期見於《儀禮》十六例。如：

　　若不醴，則醮，用酒。（《儀禮・士冠禮》）

　　——鄭玄《注》：「酌而無酬酢曰醮。」

加皮弁，如初儀。再醮，攝酒，其他皆如初。（《儀禮·士冠禮》）

適子冠於阼，以著代也。醮於客位，加有成也。（《儀禮·士冠禮》）

父醮子用酒，又在寢。（《儀禮·士昏禮》）

「獻」在所測查的文獻中，本時期出現共五十八例，多見於《儀禮》。如：

主人揖升，坐取爵於西楹下；降洗，升實爵，於西階上獻眾賓。
（《儀禮·鄉飲酒禮》）

主人獻之於西階上。（《儀禮·鄉飲酒禮》）

主人洗觚，升實散，獻卿於西階上。（《儀禮·大射禮》）

工入升歌三終，主人獻之，笙入三終，主人獻之，間歌三終，
合樂三終，工告樂備，遂出。（《荀子·樂論》）

「飲至」指上古時期諸侯朝會盟伐完畢，祭告宗廟並飲酒慶祝的典禮。在
所測查的文獻中，本時期出現共八例。如：

三年而治兵，入而振旅，歸而飲至，以數軍實。（《左傳·隱公
五年》）

凡公行，告於宗廟。反行，飲至、舍爵、策勳焉。禮也。（《左
傳·桓公二年》）

夫舍諸侯於漢陽而飲至者，其以義進退邪？強不足以成此也。
（《呂氏春秋·行論》）

「酳」是古代祭祀或宴會中的一種禮節，指食畢用酒漱口。在所測查的文
獻中，本時期見於《儀禮》十五例。如：

卒爵皆拜。贊受拜受爵。再酳如初，無從。（《儀禮·士昏禮》）

婦贊成祭。卒食一酳，無從。（《儀禮·士昏禮》）

贊洗爵，酌，酳主人，主人受拜。（《儀禮·士昏禮》）

——鄭玄《注》：酳，漱也。酳之言演也，安也。漱所以潔口，
且演安其所食。

主人洗角升，酌酳尸，尸受拜。（《儀禮·特牲饋食禮》）

　　——鄭玄《注》：「酳，猶衍也，是獻尸也。謂之酳者，尸既卒食又欲頤衍養樂之。」

　　主人降洗爵，升，北面酳酒乃酳尸。（《儀禮‧少牢饋食禮》）

　　——鄭玄《注》：「酳，猶羨也。既食之而又飲之，所以樂之。」

「酳尸」是古代的一種祭禮。「尸」代表受祭者的活人，「酳尸」即尸食畢，主人獻酒使少飲或漱口。可見，「酳」不僅可以表示自身發出的動作，還可以指示別人（如「主人」、「尸」等）發出動作。

「酢」在所測查的文獻中，本時期出現共三十九例，多見於《禮儀》，或寫作「醋」。如：

　　賓升，實爵主人之席前，東南面酢主人。（《儀禮‧鄉射禮》）

　　賓受爵，易爵於篚，洗酌醋於主人。（《儀禮‧有司徹》）

上古中期，本類別共有九個詞項：酬／醻／酧、祼1／灌1／果、祼2／灌2／果、合巹、醮、獻、飲至、酳、酢／醋。其中「酬／醻／酧」、「祼1／灌1／果」、「獻」、「酢／醋」繼承於前期，「祼2／灌2／果」、「合巹」、「醮」、「飲至」、「酳」為本時期新成員。從這些詞所表達的意義來看，「祼2」是宴飲禮儀；「合巹」是婚禮中的儀禮；「醮」是冠禮或婚禮中的禮儀；「酳」是祭祀或宴飲中禮儀；「飲至」指諸侯朝會盟伐完畢，祭告宗廟並飲酒慶祝的典禮，因此亦包含祭祀和宴飲的過程。

本時期的新成員用以表示與酒相關的禮儀程式，「醮」和「酳」都是約定俗成而具有該義。「祼2」由「祼1」的意義引申而來，它與「祼1」所表示的行禮場合、對象和方式都有所不同：「祼1」主要用於祭祀，「祼2」主要用於祼禮；「祼1」的行禮對象是神，「祼2」的行禮對象是賓客；「祼1」是將酒灌於白茅，「祼2」是將酒敬獻給賓客。它們都是單純結構。「合巹」和「飲至」則是由於語素組合而產生該義。它們為複合結構。

本時期使用頻率最高的詞是「酬／醻／酧」，其次為「獻」、「酢／醋」；「祼1／灌1／果」、「醮」、「酳」的使用頻率也較高。這些詞多數見於《儀禮》，這與它們表示相應的禮儀程序有關。

（三）上古後期

上古後期，本類別共有九個詞項：酬／醻／酧、祼1／灌1／果、祼2／

灌2／果、合卺、醮、酳、獻、酢、酌／醋。

「酬」在所測查的文獻中，本時期出現共十八例，多見於《禮記》。如：

曾子問曰：「祭如之何則不行旅酬之事矣？」（《禮記·曾子問》）

孔子曰：「聞之，小祥者，主人練祭而不旅，奠酬於賓，賓弗舉，
禮也。」（《禮記·曾子問》）

賓酬主人，主人酬介，介酬眾賓。（《禮記·鄉飲酒義》）

獻君，君舉旅行酬而後獻卿，卿舉旅行酬而後獻大夫，大夫舉
旅行酬而後獻士，士舉旅行酬而後獻庶子。（《禮記·燕義》）

「祼1」在所測查的文獻中，本時期見於《禮記》十一例，或寫作「灌」。
如：

君執圭瓚祼尸，大宗執璋瓚亞祼。」（《禮記·祭統》）

——鄭玄《注》：「圭瓚、璋瓚，祼器也。以圭璋爲柄，酌鬱鬯
曰祼……天子諸侯之祭禮，先有祼尸之事，乃後迎牲。」

諸侯相朝，灌用鬱鬯，無籩豆之薦。（《禮記·禮器》）

——鄭玄《注》：「灌，獻也。」

諸侯爲賓，灌用鬱鬯，灌用臭臭。（《禮記·郊特牲》）

——鄭玄《注》：「灌，酌鬱鬯以獻也。」

灌用玉瓚大圭。（《禮記·明堂位》）

——鄭玄《注》：「灌，謂以圭瓚酌鬯始獻神也。」孔穎達《疏》：
「灌，猶獻也。」

君執圭瓚祼尸。（《禮記·祭統》）

——鄭玄《注》：「以圭璋爲柄，酌鬱鬯曰祼。」

「祼2」在所測查的文獻中，本時期見於《禮記》兩例，寫作「灌」：

諸侯相廟，灌用鬱鬯。（《禮記·禮器》）

——鄭玄《注》：「灌，獻也。」

諸侯爲賓，灌用鬱鬯。灌用臭也，大饗，尚腶修而已矣。（《禮
記·郊特牲》）

可知，裸禮用鬱鬯。

「合卺」在所測查的文獻中，本時期僅見於《禮記》一例：

婦至，壻揖婦以入，共牢而食，合卺而酳。(《禮記‧昏義》)

——孔穎達《疏》:「卺，謂半瓢，以一瓠分爲兩瓢，謂之卺。壻之與婦，各執一片以酳，故云『合卺而酳』。」

「酳」在所測查的文獻中，本時期出現共六例，其中多數見於《禮記》。如：

孔子曰:「天子賜諸侯大夫冕弁服於大廟，歸設奠，服賜服，於斯乎有冠醮，無冠醴。(《禮記‧曾子問》)

——鄭玄《注》:「酒爲醮。」孔穎達《疏》:「酌酒爲醮。」

醮於客位。加有成也。(《禮記‧郊特牲》)

父親醮子而命之迎，男先於女也。(《禮記‧昏義》)

——鄭玄《注》:「酌而無酬酢曰醮。醮之禮如冠醮與？其異者於寢耳。」

求之於白蛇蟠杅林中者，齋戒以待，誕然，狀如有人來告之，因以醮酒佗發，求之三宿而得。(《史記‧龜策列傳》)

「酹」指把酒灑在地上表示祭奠。在所測查的文獻中，本時期出現共三例：

爲人有材略，善事人，下至宮人左右，飲酒酹地，皆祝延之。(《漢書‧外戚傳》)

——顏師古《注》:「酹，以酒沃地也。」

上闕奠酹，下困糊口，非孝道也。(《風俗通義‧卷五》)

奐召主簿張祁入，於羌前以酒酹地曰:「使馬如羊，不得以入廄；使金如粟，不得以入懷。」(《東觀漢記‧卷十七》)

「獻」在所測查的文獻中，本時期出現共九例，多數見於《禮記》。如：

工入升歌三終，主人獻之；笙入三終，主人獻之；間歌三終，合樂三終，工告樂備，遂出。(《禮記‧鄉飲酒義》)

獻君，君舉旅行酬而後獻卿，卿舉旅行酬而後獻大夫，大夫舉旅行酬而後獻士，士舉旅行酬而後獻庶子。(《禮記‧燕義》)

　　田狩有三驅之制，飲食有享獻之禮。(《漢書・五行志上》)

　　　　——顏師古《注》：「以禮飲食謂之享，進爵於前謂之獻。」

「酳」在所測查的文獻中，本時期出現共九例，多數見於《禮記》。如：

　　其齊衰之祭也，尸入，三飯，不侑，酳不酢而已矣。(《禮記・
曾子問》)

　　天子袒而割牲，執醬而饋，執爵而酳。(《禮記・樂記》)

　　　　——孔穎達《疏》：「謂食訖天子親執爵而酳口也。」

　　親執醬而饋，執爵而酳。(《漢書・賈山傳》)

　　　　——顏師古《注》：「酳者，少少飲酒，謂食已而蕩口也。」

　　食三老五更於太學，天子袒而割牲，執醬而饋，執爵而酳，冕
而總幹，所以教諸侯之悌也。(《史記・樂書》)

「酢」二在所測查的文獻中，本時期出現共十二例，多數見於《禮記》。如：

　　介爵，酢爵，僎爵皆居右。(《禮記・少儀》)

　　　　——鄭玄《注》：「酢，所以酢主人也。」孔穎達《疏》：「酢謂
客酌，還答主人也。」

　　尸酢夫人執柄，夫人授尸執足。(《禮記・祭統》)

　　本類別九個詞項中，只有「酹」新見於本時期。「酹」指把酒灑在地上表示
祭奠。它用以表示這一意義是約定俗成的，是單純結構。

　　本時期亦有「獻」、「酬」、「酳」、「酢」中的兩個或四個詞語連用的情況。

　　本時期使用頻率最高的詞是「酬／醻／酧」；其次是「酢／醋」、「祼 1／果
／灌 1」、「獻」、「酳」。其他詞語的使用頻率都很低。

三、詞項的演變

（一）詞項數量的演變

　　在所測查的文獻中，「酒禮」類詞語見於上古前期的有四個：酬／醻／酧、
祼 1／灌 1／果、獻、酢／醋；見於上古中期的有九個：酬／醻／酧、祼 1／
灌 1／果、祼 2／灌 2／果、合巹、醮、獻、飲至、酳、酢／醋；其中「祼 2／
灌 2／果」、「合巹」、「醮」、「飲至」、「酳」為本時期新成員；見於上古後期的

有九個：酬／醻／酹、祼1／灌1／果、祼2／灌2／果、合卺、醮、酳、獻、酢、酢／醋，其中「酳」爲本時期新成員，「飲至」已不見於本時期。「酬／醻／酹」、「祼1／灌1／果」、「獻」、「酢／醋」貫穿於整個上古時期；「飲至」只見於中期；「酳」只見於後期；其他詞語見於中、後期。

（二）詞項屬性的演變

上古前期，「酒禮」類四個詞項中，「酬」表示祭祀禮儀，「祼1」、「獻」、「酢」表示宴飲儀禮。隨著歷史的發展，祭祀禮儀又有「酹」、宴飲儀禮又有「祼2」，還有同時包含祭祀與宴飲禮儀的「飲至」、「酳」，婚禮中的「合卺」以及婚禮與冠禮中的「醮。」這些詞都用以表示與酒相關的各種禮儀程式，並負載著相應的禮義。

由詞義生成可以看出，早期用以表示酒禮的詞語主要由約定俗成、引申或派生而產生該義；隨著語言的發展，語素組合亦是生成此類意義的重要方式。其詞形亦相應地出現複合結構。

同時，從使用中同義詞連用情況亦可以看出，上古前期，「酒禮」類詞語中同義詞連用的情況是偶然的，一般爲兩個同義詞並用。如：

> 爲賓爲客，獻酬交錯。（《詩經・小雅・楚茨》）
>
> —— 鄭玄《箋》：「主人又自飲酌賓曰酬。」

上古中期，用例亦不是很多。如：

> 主人降，拜眾賓，洗，獻眾賓。其薦脀，其位，其酬醋，皆如儐禮。（《儀禮・有司徹》）
>
> 四曰薦賓，所以安靖神人，獻酬交酢也。（《國語・周語下》）

上古後期，兩個或四個同義詞連用的現象大大增多。如：

> 此所以祭先王之廟也，所以獻酬酳酢也，所以官序貴賤各得其宜也，此所以示後世有尊卑長幼序也。（《禮記・樂記》）
>
> 子曰：「師，爾以爲必鋪几筵，升降酌獻酬酢，然後謂之禮乎？」（《禮記・孔子閒居》）
>
> 獻酬之禮畢，齊有司趨而進曰：「請奏四方之樂。」（《史記・孔子世家》）

　　然後鍾磬竽瑟以和之，干戚旄狄以舞之，此所以祭祀先王之廟
也，所以獻酬酳酢也，所以官序貴賤各得其宜也。(《史記‧樂書》)

　　觴酌俎豆酬酢之禮，所以傚善也。(《淮南子‧主術》)

　　用以表示「酒禮」之義，在上古後期的文獻用例中，「獻」已基本不單獨出現，而是與「酬」、「酳」、「酢」等連用，同時「酬」、「酳」、「酢」單獨出現的比例也在降低。這體現了該時期詞語構成的複合化趨勢已較為明顯。

　　上古前期，各詞語的使用頻率很低；中期，大部分詞語的使用頻率明顯提高，多見於《儀禮》，這與它們用以表示相關的禮儀程序有關；後期，大部分詞語均見於《禮記》，但其使用頻率已遠遠不及中期，這是因為隨著社會的發展，一些遠古的禮儀程序已經退出歷史的舞臺，用以標誌它們的詞語也在文獻中相應地減少。

　　綜上所述，上古「酒禮」類詞語用以表示與酒相關的儀禮程式。具體又可分為表示「祭祀儀禮」、「宴飲禮儀」、「婚禮」、「冠禮」等，其中有些禮儀可能兼用於多種場合。以酒行禮，自然承載著特定的禮義。其中祭祀之禮主要用以體現對神靈或祖先的虔誠；宴飲之禮主要用以體現賓主互敬；包括婚禮、冠禮中的禮儀程序，無不體現出古代社會君臣、父子、賓主、夫婦之間尊卑有序的正統觀念。

　　本類別十個詞用以表示相應的「酒禮」之義，其中「醮」、「酳」、「酳」、「酢」是約定俗成而具有此義；「祼2／灌2／果」、「獻」是由本詞的別義引申而產生該義；「酬」、「祼1」是由源義派生而產生該義；「合巹」、「飲至」是由語素組合而產生該義。可見「酒禮」類詞語詞義生成途徑的多樣化。

　　本類別詞語中，除「合巹」與「飲至」外，均為單純結構。隨著社會和語言的發展，一些單純結構的同義詞連用的現象日益增多，這是詞語複合化趨勢的反映。

　　本類別詞語總體使用頻率最多的是「酬／醻／酧」、其次是「獻」、「酢／醋」。作為詞素，它們在構成新詞方面也顯示出極大的優勢。本類別詞語多數見於《儀禮》和《禮記》。

表21　上古「酒禮」類詞項屬性分析表

詞項 屬性				酬／醻／酢	祼1／灌1果	祼2／灌2果	合巹	醮	酳	獻	飲至	酌	酢／醋
語義屬性	表義素	類義素		與酒相關的禮儀程序									
		中心義素		宴飲禮儀	祭祀禮儀	宴飲禮儀	結婚禮儀	婚冠禮儀	祭祀禮儀	宴飲禮儀	祭祀宴飲禮儀	祭祀宴飲禮儀	宴飲禮儀
		關涉義素	行禮者	主人	-	-	夫婦	尊者	-	主人	將士	-	客人
			受禮者	賓客	神靈	賓客	夫婦	卑者	-	賓客	宗廟祖先	-	主人
			禮義	賓主互敬	求神降臨	賓主互敬	成婚	體現尊卑	祭奠	賓主互敬	祭告慶祝	獻尸	賓主互敬
生成屬性	詞義來源			派生	派生	引申	語素組合	約定俗成	約定俗成	引申	語素組合	約定俗成	約定俗成
	詞形結構			單純結構	單純結構	單純結構	複合結構	單純結構	單純結構	單純結構	複合結構	單純結構	單純結構
使用屬性	使用頻率	前期		3	1					3			2
		中期		73	21	7	1	16		58	8	15	39
		後期		18	11	2	1	6	3	9		9	12
		總計		94	33	9	2	22	3	70	8	24	53

表22　上古「酒禮」類詞頻統計表

文獻	詞項	酬／醻／酢	祼1／灌1果	祼2／灌2果	合巹	醮	酳	獻	飲至	酌	酢／醋
上古前期	尚書		1								
	詩經	3						3			2
	總計	3	1					3			2
上古中期	周禮	2	18	7				4			3
	儀禮	65			1	16		53		15	33
	左傳		1						5		
	國語	1	1								2
	論語		1								
	荀子	4						1			1
	呂氏春秋	1							3		
	總計	73	21	7	1	16		58	8	15	39

上古後期	史記	2				1		2		2	1
	淮南子	1									1
	禮記	15	11	2	1	4		6		6	10
	漢書						1	1		1	
	公羊傳					1					
	風俗通義						1				
	東觀漢記						1				
	總計	18	11	2	1	6	3	9		9	12

小　結

　　本章從五個認知角度將上古時期涉酒詞語按其語義歸納爲十一個類別，共形成八十一個詞項進行討論。這些詞語基本上來源清晰、詞義明確、用例可靠。從認知角度分類從而選取相應的詞項以及根據適當的語料進行分析歸納這兩種方式結合起來對詞語進行描寫，在理論上，與從義徵角度歸納類別具有一致性，同時體現出分類的認知思維。涉酒詞語所構成的並非一個封閉的語義系統，其語義分類也存在著見仁見智的角度。因此，本書所歸納的類別以及選取的詞語並不能窮盡所有的涉酒詞語，但是，它們大體上可以較爲全面地反映出上古涉酒詞語的主要面貌及特徵。

　　本章所討論的十一個類別中，多數類別中的詞項語義相對較近，同類別中的許多詞語互爲同義詞或近義詞。其中「酒之飲用」、「酒禮」中的一些詞語還可繼續分類，爲體現認知角度的整體性而使其歸爲一類。

　　語義屬性是詞語本身固有的不可缺少的意義成分，它是詞語屬性中最核心的部分。通過表示詞義類屬的「類義素」來說明人們對詞義所反映的客觀事物的認知範疇；通過詞義固有的可感知意義成分的「表義素」來描寫詞義的主要特徵與實質內容。如本章所涉及的詞語，表示名物詞語的關涉義素可從其原料、形制、功能等方面來體現；表示行爲詞語的關涉義素可從其主體、客體、工具、方式等方面來體現；表示性狀詞語的關涉義素可從其範圍、性質、程度等方面來體現。通過這樣由抽象到具體的逐層描寫，則體現了詞義的特徵，從而可見同一類別中一詞義區別於另一詞義的實質。

　　生成屬性指詞的來源，包括詞義生成和詞形結構。對本章所討論的詞而言，詞義生成主要有四種途徑：一是約定俗成而產生的意義；二是由本詞的別義引

申而產生的意義；三是由源義派生而產生的意義；四是由語素組合而產生的意義。就表示涉酒意義的詞義生成而言，由約定俗成而產生該義的詞有四十四個：由別義引申而有該義的詞有十個；由源義派生而產生該義的詞有十二個；由語素組合而產生該義的詞有十五個。可見，上古涉酒詞語多爲基本詞語，它們在初期則有了表示與「酒」有關的意義，但同時其詞義來源亦呈現多元化的途徑。這些詞語中，其詞形多數爲單純結構，其中除「酩酊」外，均爲單音節；在複合結構的詞語中，多數集中於「酒官」類，均爲復音節。

使用屬性指詞語在語言實際使用中所需要的條件或臨時產生的信息，包括使用語境、使用語體、使用語意、使用範圍和使用頻率等。本章中少數詞語體現出使用語義和使用地域等方面的特殊性。從使用頻率來看，「酒之名稱」、「酒器」、「酒之飲用」、「酒禮」等類別中的詞語普遍分佈於上古三個時期。其他一些類別中的詞語，其分佈時期較爲單一，特別是「酒類飲料」、「酒官」類詞語，帶有明顯的時代色彩。這些詞語許多都見於三《禮》，特別是中期的《儀禮》與後期的《禮記》，較爲集中地出現了大量的涉酒詞語。這是因爲酒之名稱、酒類飲料、酒器、酒官、酒禮等，都是上古時期禮儀文化中不可缺少的要素。因而，涉酒詞語所蘊涵的意義不僅是「酒」，還無時無刻不顯示出中國古代特有的「禮」。

從語義屬性、生成屬性、使用屬性三個主要方面對詞語進行個別描寫，繼而比較同類詞語在同一時期的異同，可以橫向地看出詞與詞之間的聯繫與差異；對個別詞語以及同類詞語從上古三個時期進行分析，可以看出它們在不同時期的演變規律。本章在語義分類的基礎上，對涉酒詞語進行逐一描寫和相互比較，可初步得出以下結論：

（一）上古前期，涉酒詞語已形成系統。這個時期多爲表示具體概念的詞，如酒名稱、酒器名稱等。單音節的單純詞占絕對優勢。

（二）上古中期，產生了大量的新詞，除《周禮》的酒類飲料名稱、酒官名稱這些帶有明顯時代色彩的詞語外，還有一些表示較爲抽象的意義的詞語，並且帶有一定的文學傾向，如表示酒之貪嗜、酒後狀態等詞。複合結構詞語的比例較前期明顯增大。

（三）上古後期，涉酒詞語系統較爲完善。除一些特定時代的詞語（如表示酒類飲料、酒官等名稱的詞語）消失外，其他類別的多數詞語在這一時期較

為系統。其中亦有反映當時社會歷史事件的詞語出現，如「醵」、「酺」等。詞語的複合化趨勢已較為明顯，主要體現在它們實際使用中的同義詞或近義詞組合併用的情況。

表 23　上古涉酒詞語分類系統及其成員分佈

認知角度	類別名稱及詞項數目	成　員
酒	「酒之名稱」類（14）	盎/醠、醪/暢、酤₁、酒₁、秬鬯、醪₁、醪₂、醨、醴、醭/溲、鬱鬯、糟、鴆/酖、酎
	「酒之性味」類（3）	醇、釀、醹
與酒相關的事物	「酒屬飲料」類（5）	漿、涼、醫、酏、醷
	「酒器」類（19）	杯/桮/柸、盃、斗、缶/瓶、觥/觵、觚、壺、罍、爵、角、罍、匏、勺/杓、甒、卣、瓚、盞/醆、珱、卮/卮、觶、尊/樽/罇
與酒相關的人物	「酒官」類（9）	鬯人、大酋、漿人、酒人、酒士、酒正、萍氏、司尊彝、鬱人
與酒相關的行為及狀態	「酒之製作」類（3）	釀、釃、湑
	「酒之買賣」類（2）	酤₂、酤₃
	「酒之飲用」類（5）	酒₂、釃、酺、飲、酌
	「酒之貪嗜」類（4）	沉湎/沉湎/湛湎、湎/酗、酖/酕、酱
	「酒後狀態」類（7）	醒、酣、酩酊、酡、醒、醉、醉醺
與酒相關的活動	「酒禮」類（10）	酬/醻/酢、裸₁/灌₁/果、裸₂/灌₂/果、合卺、醮、酢、獻、飲至、醋、酢/醋

第三章　上古涉酒詞語的詞義引申

　　詞義的發展變化，是詞彙發展變化的一個重要方面。從上古漢語詞義發展的情況來看，其主要途徑是詞義引申。所謂詞義引申，就是以詞的本來意義爲基礎，通過聯想而產生新義的一種詞義發展。[註1] 它可以從一個方面，反映詞彙發展變化的情況。

第一節　上古涉酒詞語詞義引申描寫

　　本章探討上古涉酒詞語的詞義引申問題，以第一章進行語義分類的詞語爲例，它們可能通過各種途徑（約定俗成、引申、派生、語素組合）而生成相關的涉酒意義。以「涉酒意義」作爲起點 [註2]，上古時期作爲主要時間斷限，討論它們在一定的規律下，如何按照某些途徑生成相關的新義。它們之間的關係是可以說明的，試簡要描寫如下：

【酒】

　　「酒」指用糧食或果類發酵製成的飲料（「酒 1」）。引申爲動詞「飲酒」（「酒 2」）。如：

〔註 1〕徐朝華《上古漢語詞彙史》，商務印書館，2003 年，第 206 頁。

〔註 2〕本章以詞的涉酒意義爲起點討論詞義引申，而對於與涉酒意義無關的本義及其引申義則不做具體討論。

> 文王誥教小子，有正有事，無彝酒。（《尚書‧酒誥》）
>
> 今惡死亡而樂不仁，是猶惡醉而強酒。（《孟子‧離婁上》）
>
> 常酒者，天子失天下，匹夫失其身。（《韓非子‧說林上》）

後來，「酒 1」又引申爲酒席、酒筵。如：

> （吳大郎）只託汪錫辦下兩桌酒。（《初刻拍案驚奇‧卷二》）
>
> 高公喜歡得無可如何，送了八兩銀子謝儀，還在北柱樓辦了一
> 席酒。（《老殘遊記‧第三回》）

「酒」的詞義引申路徑可簡單表示爲：

酒：用穀類或果類發酵製成的飲料（酒 1）
→ 飲酒（酒 2）
↘ 酒席、酒筵

【醪】

「醪」即醪糟，又稱「酒釀」、「江米酒」，是汁滓混合的酒，屬於濁酒（「醪 1」）。引申用以泛指酒（「醪 2」）。如：

> 及袁盎使吳見守，從史適爲守盎校尉司馬，乃悉以其齎裝置二
> 石醇醪，會天寒，士卒飢渴，飲酒醉，西南陬卒皆臥。（《史記‧袁
> 盎晁錯列傳》）

後來的文獻用例中，則更少見「醪」用作本義，而更多用於泛指。如：

> 又野王歲獻甘醪、膏餳。（《後漢書‧樊儵傳》）
>
> 從讜以饋醪犒軍。（《新唐書‧鄭從讜傳》）
>
> 不如且置之，飲我玉色醪。（宋 蘇軾《讀孟郊詩‧之一》）

「醪」的詞義引申路徑可簡單表示爲：

醪：汁渣混合的酒（醪 1）→泛指酒（醪 2）

【醨】

「醨」本指薄酒。段玉裁《說文注》：「薄對厚言，醇謂厚酒，故謂厚薄爲醇醨。」後來，還引申爲酒味薄。如：

> 三年，復禁民酤，以佐軍費，置肆釀酒，斛收直三千，州縣總

領，醨薄私養者論其罪。(《新唐書・食貨志》)

今酒之至醨者，每秔一斛不過成酒一斛五斗。(宋　沈括《夢溪筆談・辯證》)

由「酒味薄」這一意義又引申為淡薄。如：

雲屏屏兮，吹使醨之。(唐　韓愈《訟風伯》)

文中子之末，降及貞觀開元，其傳者醨，其繼者淺。(唐　皮日休《請韓文公配饗太學書》)

古道益遠交情醨，朝思暮怨雲遷移。(金　龐鑄《田器之燕子圖》)

三閭弟子，唱吟於湘楚之涯，其菁英益肆於漢，至唐之末葉而醨。(金　松岑《文學觀》)

「醨」的詞義引申路徑可簡單表示為：

醨：薄酒→酒味薄→淡薄

【醴】

「醴」本指甜酒。引申為甘甜的泉水。如：

蔭西海與幽都兮，湧醴汨以生川。(《文選・揚雄〈甘泉賦〉》)

　　——李善《注》：「湧醴，醴泉湧出也。」

飲青芩之玉醴兮，餐沆瀣以為粮。(《漢　張衡《思玄賦》)

後來，由「甜酒」這一意義又引申為液汁。如：

初，覆舟山及蔣山松柏林，冬日恒出木醴，後主以為甘露之瑞。

(唐許嵩《建康實錄・陳後主長城公叔寶》)

仰攀青青枝，木醴何所直？(宋　王安石《同沈道源遊八功德水》)

「醴」的詞義引申路徑可簡單表示為：

醴：甜酒 ↗ 甘甜的泉水
　　　　↘ 液汁

【糟】

「糟」本指未漉清的帶滓的酒。「糟」也用以指濾去酒剩下的酒渣。如：

> 桀爲酒也，足以運舟；糟丘，足以望七里。（《新序·節士》）

後來，由「未漉清的帶滓的酒」這一意義又引申爲動詞，指以酒或酒糟浸漬食物。如：

> 不見糟肉乃更甚久？（南朝 宋 劉義慶《世說新語·任誕》）

> 寶玉因誇前日在那府裏珍大嫂子的好鵝掌鴨信。薛姨媽聽了，
> 忙也把自己糟的取了些來與他嘗。（《紅樓夢·第八回》）

「糟」的詞義引申路徑可簡單表示爲：

```
                        ┌─▶ 酒渣
糟：未漉清的帶滓的酒 ─┤
                        └─▶ 用酒或糟浸漬食物
```

【鴆】

「鴆」本指傳說中的一種毒鳥。引申爲以鴆羽浸製的毒酒，又寫作「酖」。這一意義又引申爲以毒酒殺害人。如：

> 成季使以君命命僖叔，待於鍼巫氏，使鍼季酖之。（《左傳·莊公三十二年》）

> 晉人執衛成公歸之於周，使醫鴆之，不死，醫亦不誅。（《國語·魯語上》）

> 閏月甲申，大將軍梁冀潛行鴆弒，帝崩於玉堂前殿，年九歲。（《後漢書·質帝紀》）

> 劉裕以禕帝之故吏，素所親信，封藥酒一罌付禕，密令鴆帝。禕既受命而歎曰：「鴆君而求生，何面目視息世間哉，不如死也！」（《晉書·忠義傳·張禕》）

> 假詔到園陵，把佳人酖死。（明 陸采《明珠記·提綱》）

「鴆」的詞義引申路徑可簡單表示爲：

鴆：（毒鳥→）鴆羽浸製的毒酒→以鴆酒殺人

【醇】

「醇」指酒味濃厚。引申爲（風俗、教化、道德、品質等）淳厚、質樸。如：

> 古者人醇工龐，商機女重，是以政教易化，風俗易移也。（《淮南子‧氾論》）
>
> ——高誘《注》：「醇厚不虛華也。」
>
> 吾非西方教，憐子狂且醇。（唐　韓愈《送惠師》）
>
> 酒勿嫌濁，人當取醇。（宋　蘇軾《濁醪有妙理賦》）
>
> 人心由此而正，風俗由此而醇。（《老殘遊記‧第九回》）

現在，這一意義多寫作「淳」。

由「酒味濃厚」這一意義又引申爲純粹、不摻雜別的成分。如：

> 惟厥攸居，政治惟醇。（《尚書‧說命》）
>
> ——僞孔《傳》：「其所居行皆如所言，則王之政事純粹。」
>
> 自天子不能具醇駟，而將相或乘牛車。（《漢書‧食貨志》）
>
> ——顏師古《注》：「醇，不雜也。無醇色之駟，謂四馬雜色也。」
>
> 殷殷鍾石羽鑰鳴，河龍供鯉醇犧牲。（《漢書‧禮樂志》）
>
> 宋人謂卿之學不醇，故一傳於李斯，即有坑儒焚書之禍。（明　李贄《宋人譏荀卿》）
>
> 式庵學醇行端，年未五十竟亡。（清　袁枚《隨園詩話‧卷八》）
>
> 周末諸子，秦漢以來文章之士，號爲善晰理、紀事、抒情之文者，雖有駁有醇，而要皆各有其本。（清　方宗誠《〈古文簡要〉序》）

現在，這一意義多寫作「純」。

後來，由「酒味濃厚」這一意義又引申爲味道淳正的酒。如：

> 酩、酨、醇，漿也。（唐　段成式《酉陽雜俎‧酒食》）
>
> 老夫本無侶，嗜書如嗜醇。（宋　方岳《別蒙倅》）
>
> 含章簷下肌理勻，春夢未醒香醪醇。（元　舒頔《落梅歌》）

「醇」的詞義引申路徑可簡單表示爲：

醇：酒味醇厚 → 淳厚、質樸
　　　　　　 → 純粹、不摻雜別的成分
　　　　　　 → 味道淳正濃厚的酒

【醲】

「醲」指「酒味濃厚」。引申為濃厚、深重。如：

夫有盛雲醲霧之勢而不能乘遊者，螾螘之材薄也。（《韓非子·難勢》）

夫明主醲於用賞，約於用刑。（《後漢書·馬援傳》）

仁澤醲於惠風，喜色饒於淑氣。（宋　司馬光《樞密院開啓聖節道場排當詞作語》）

現在，這一意義多寫作「濃」。

「醲」由「酒味濃厚」這一意義又引申為味道濃厚的酒。如：

黍稷醇醲，敬奉山宗。（《焦氏易林·艮之謙》）

後來，「醲」還引申為醞釀、薰陶。如：

栽培教化，翻正治亂，變醨養瘵，堯醲舜薰。（唐　裴延翰《〈樊川文集〉序》）

蓋冶容豔態，多出於膏腴甲族薰醲含浸之下。（明　楊慎《升菴詩話·洵美且都》）

「醲」的詞義引申路徑可簡單表示為：

醲：酒味濃厚 → 濃厚、深重
　　　　　　 → 味道濃厚的酒
　　　　　　 → 醞釀、薰陶

【漿】

「漿」本指古代一種帶酸味兒的飲料。引申為汁液。如：

胹鼈炮羔，有柘漿些。（《楚辭·招魂》）

——王逸《注》：「取諸蔗之汁為漿飲也。」

後來，由「帶酸味兒的飲料」這一意義又引申為動詞，指用米湯浸潤衣服，

使乾後平挺。如：

> 敗絮薰還曝，麁綌洗更漿。（元　方回《日長三十韻寄趙賓》）

> 你且放心，與我們漿漿衣服，曬曬關文。（《西遊記·第四八回》）

「漿」的詞義引申路徑可簡單表示爲：

漿：古代一種微酸的飲料 → 汁液
漿：古代一種微酸的飲料 → 用米湯浸潤衣服，使乾後平挺

【杯】

「杯」本是一種飲具，最初用來喝水，後用以飲酒。「杯」除盛水、盛酒，還可用以盛湯、茶等飲品。上古時期，可見「杯」作爲量詞的用例，其限制的名詞多爲酒或水。如：

> 今之爲仁者，猶以一杯水救一車薪之火也。（《孟子·告子上》）

> 此天下壯士，非有大惡，爭杯酒，不足引他過以誅也。（《史記·魏其武安侯列傳》）

後來，「杯」作爲量詞的用例則顯著增多，其限制名詞的範圍也越來越廣。如：

> 吾翁即若翁，必欲烹而翁，則幸分我一杯羹。（《史記·項羽本紀》）

> 牛浦自己吃了幾杯茶，走回下處來。（《儒林外史·第二三回》）

「杯」的詞義引申路徑可簡單表示爲：

杯：古代盛水及注酒之器→量詞

【斗】

「斗」又稱「羹斗」，是古代挹酒器。「斗」又可指容量爲一斗的量器。如：

> 掊斗折衡，而民不爭。（《莊子·胠篋》）

由「量器」這一意義又申爲稱糧食的量詞。如：

> 五食，終歲十四石四斗。（《墨子·雜守》）

> 百姓殘於兵盜，米斗至錢七千。（《新唐書·食貨志一》）

後來，「斗」由挹酒器名稱又引申爲用於量酒的量詞。如：

> 我歸宴平樂，美酒斗十千。(三國 魏 曹植《名都篇》)

「斗」的詞義引申路徑可簡單表示爲：

斗：古代挹酒器 → 量器 → 稱糧食的量詞

斗：古代挹酒器 → 量酒的量詞

【缶】

「缶」指古代用以盛酒漿的瓦器。「缶」還可作爲量詞。

其一說「一缶爲十六斗」。如：

> 其歲收，田一井出稷禾、秉芻、缶米，不是過也。(《國語·魯語下》)
>
> ——韋昭《注》：「缶，庾也。《聘禮》曰：『十六斗曰庾。』」

另一說爲「一缶爲三十二斗」。如：

> 釜二有半謂之藪，藪二有半謂之缶。(《小爾雅·廣量》)
>
> ——宋咸《注》：「缶，四斛也。」胡承珙《義證》：「此『有半』二字疑衍。十六斗曰藪，二藪爲三斛有二斗……《御覽》八百三十引作『藪二謂之缶』是也。」

「缶」的詞義引申路徑可簡單表示爲：

缶：盛酒漿的瓦器→量詞

【觥】

「觥」是古代一種盛酒器，亦用作飲酒器。「觥」的容量較大，故引申爲大、豐盛。如：

> 王召范蠡而問焉，曰：「諺有之，曰：觥飯不及壺飧。今歲晚矣，子將奈何？」(《國語·越語下》)
>
> ——韋昭《注》：「觥，大也。大飯謂盛饌。盛饌未具，不能以虛待之，不及壺飧之救饑疾。」
>
> 次七，觥羊之毅，鳴不類。測曰：觥羊之毅，言不法也。(漢 揚雄《太玄·毅》)

　　——范望《注》：「觥羊，大羊也。」

「觥」的詞義引申路徑可簡單表示爲：

觥：飲酒器→大、豐盛

【觚】

「觚」是古代一種飲酒器，又是禮器。因本身多棱角，引申爲多角棱形的器物。如：

　　漢興，破觚而爲圜，斲雕而爲樸。（《史記·酷吏列傳序》）

　　——司馬貞《索隱》引應劭曰：「觚，八棱有隅者。」

「觚」也指器物的邊角。如：

　　甘泉泰畤紫壇，八觚宣通象八方。（《漢書·郊祀志下》）

　　——顏師古《注》：「觚，角也。」

　　仲尼讀《春秋》，老聃踞竈觚而聽。觚，竈額也。（《太平御覽·卷一八六》引《莊子·逸篇》）

　　韻鐸翻天籟，危觚駐夕紅。（宋 蘇舜欽、王瑋《薦福塔聯句》）

由「多棱角的器物」這一意義又引申爲棱角分明。如：

　　與乎其觚而不堅也，張乎其虛而不華也。（《莊子·大宗師》）

　　——王先謙《集解》：「王云：『觚，特立不群也。』崔云：『觚，稜。』」

「觚」的詞義引申路徑可簡單表示爲：

觚：古代飲酒器→多角棱形的器物（器物的邊角）→棱角分明

【爵】

「爵」是古代一種飲酒器。段玉裁《說文注》：「爵引伸爲爵秩字。」

「爵」是古代表示社會地位和物質待遇的一種尊號，多根據血緣親疏或功勞大小授與，可長期保有，通常可以世襲。《埤雅》：「大夫以上與燕賞。然後賜爵，以章有德，故謂命秩爲爵祿、爵位。」所以「爵」引申爲爵位、官位。如：

　　民之無良，相怨一方，受爵不讓，至於已斯亡。（《詩經·小雅·角弓》）

——孔穎達《疏》：「受其官爵，不以相讓。」

故君子無爵而貴。（《荀子·儒效》）

二月癸未，令民除秦社稷，立漢社稷。施恩德，賜民爵。（《漢書·高帝紀上》）

——顏師古《注》引臣瓚曰：「爵者，祿位。民賜爵，有罪得以減也。」

階為特進，勳為上柱國，爵為清邊郡王，食虛邑自三百戶至三千戶，眞食五百戶終焉。（唐 韓愈《清邊郡王楊燕奇碑文》）

故辭封侯之爵，介不同俗，清不悖倫，忠在樹功，義不苟合。（明 方孝孺《田疇贊》）

爵者，公侯伯子男也。（清 袁枚《隨園隨筆·爵官職秩之分》）

由「爵位、官位」這一意義又引申為授爵或授官。如：

論定然後官之，任官然後爵之，位定然後祿之。（《禮記·王制》）

——孔穎達《疏》：「謂堪任此官，然後爵命之。」

乃出而爵之。（《國語·魯語上》）

——韋昭《注》：「出，出之於隸也。爵，爵為大夫也。」

古之進士也，鄉擇而里選，論其才能，然後官之，勝職任然後爵而祿之。（《鹽鐵論·除狹》）

後來，「爵」由飲酒器名稱又引申為量詞。如：

樂飲過三爵，緩帶傾庶羞。（三國 魏 曹植《箜篌引》）

皇帝、皇后各與酒二爵，肉二器，再奠。（《遼史·禮志一》）

「爵」的詞義引申路徑可簡單表示為：

爵：古代盛酒禮器 　爵位、官位 ➡ 授爵或授官

　　　　　　　　　　量詞

【勺】

「勺」是古代用以舀酒的器具。後來，又可作為量詞。如：

石墨一研爲鳳尾，寒泉半勺是龍睛。（唐　皮日休《以紫石硯寄魯望兼酬見贈》）

願求南宗一勺水，往與屈賈湔餘哀。（宋　蘇軾《西山詩和者三十餘人再用前韻爲謝》）

一勺西湖水。渡江來，百年歌舞，百年酣醉。（宋　文及翁《賀新郎・西湖》）

「勺」的詞義引申路徑可簡單表示爲：

勺：古代挹酒器→量詞

【卣】

「卣」是古代一種中型酒罇。在文獻用例中，特別是上古時期，「卣」多用作量詞。如：

乃命寧予以秬鬯二卣。（《尚書・洛誥》）

釐爾圭瓚，秬鬯一卣。（《詩經・大雅・江漢》）

賜之大輅之服、戎輅之服、彤弓一、彤矢百、玈弓矢千、秬鬯一卣、虎賁三百人。（《左傳・僖公二十八年》）

天子使王子虎命晉侯爲伯，賜大輅，彤弓矢百，玈弓矢千，秬鬯一卣，圭瓚，虎賁三百人。（《史記・晉世家》）

於是莽稽首再拜，受綠韍袞冕衣裳，瑋琫，句履，鸞路乘馬，龍旗九斿，皮弁素積，戎路乘馬，彤弓矢，盧弓矢，左建朱鉞，右建金戚，甲胄一具，秬鬯二卣，圭瓚二，九命青玉珪二，朱戶納陛。（《漢書・王莽傳》）

賜秬鬯一卣，珪瓚副焉。（《北史・于謹傳》）

「卣」的詞義引申路徑可簡單表示爲：

卣：古代酒罇→量詞

【尊】

「尊」是古代常用的盛酒器，亦是祭祀和宴飲中不可缺少的禮器。引申爲高。如：

天尊地卑，乾坤定矣。(《周易‧繫辭上》)

——虞翻《注》：「天貴，故尊；地賤，故卑。」

十分寸之一謂之枚，部尊一枚。(《周禮‧考工記‧輪人》)

——鄭玄《注》：「尊，高也。蓋斗上隆高，高一分也。」賈公彥《疏》：「高者必尊，故尊爲高也。」

由「高」這一意義引申爲地位或輩分高。如：

曰：卻之卻之爲不恭，何哉？曰：尊者賜之。(《孟子‧萬章下》)

法審則上尊而不侵。(《韓非子‧有度》)

養尊者必易服，養卑者否。(《禮記‧喪服小記》)

一族之中，惟李清年齒最尊，推爲族長。(《醒世恒言‧李道人獨步雲門》)

由「高」這一意義又引申爲尊重、重視。如：

夏，莒牟夷以牟妻及防茲來奔。非卿而書，尊地也。(《左傳‧昭公五年》)

——杜預《注》：「尊，重也。」

君子尊賢而容眾。(《論語‧子張》)

莫如貴德而尊士。(《孟子‧公孫丑上》)

後來，「尊」由酒器名稱又引申爲用以稱盛酒器的量詞。如：

何時一尊酒，重與細論文？（唐 杜甫《春日懷李白》）

幾年千里外，今夜一尊同。(清 方文《喜八弟爾孚見訪即送其楚遊》)

作爲量詞又用以稱佛像。如：

符堅遣使送外國金箔倚像高七尺，又金坐像，結珠彌勒像，金縷繡像織成像各一尊。(《高僧傳‧義解篇》)

「尊」的詞義引申路徑可簡單表示爲：

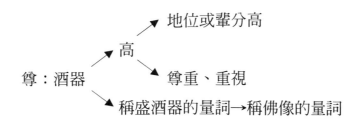

尊：酒器　高　地位或輩分高
　　　　　　　　尊重、重視
　　　　稱盛酒器的量詞→稱佛像的量詞

【釀】

「釀」指發酵造酒。申爲利用發酵作用製造蜜、醋、醬油等其他事物。如：

清者爲酒，濁者爲醴。清者聖明，濁者頑騃，皆麴涓丘之麥，釀野田之米。（漢　鄒陽《酒賦》）

時天旱禁酒，釀者有刑。（《三國志・蜀志・簡雍傳》）

雨過殘紅濕未飛，疏籬一帶透斜暉，遊蜂釀蜜竊香歸。（宋　周邦彥《浣溪沙》）

殘花釀蜂兒蜜脾，細雨和燕子香泥。（元　盧摯《沉醉東風・春情》）

由「釀酒」的工序特點，又引申爲雜拌、雜合。如：

鶉羹、雞羹、駕，釀之蓼。（《禮記・內則》）

── 鄭玄《注》：「釀，謂切雜和之。言鶉羹、雞羹及炙之等三者皆釀之以蓼。」

後來，由「雜拌、雜合」這一意義又引申爲摻雜、雜湊。如：

以孔穎達《正義》繁釀，故掎摭其疵，當世諸儒服其精。（《新唐書・儒學傳上・馬嘉運》）

爾後有孫愐之徒，更以字書中閒字釀於《切韻》（唐　封演《封氏聞見記・聲韻》）

因用發酵作用製造食物是一個逐漸變化的過程，「釀」又引申爲事物逐漸形成。如：

善以化渥，釀其教令，變更爲善。（《論衡・率性》）

釀成千頃稻花香，夜夜費、一天風露。（宋　辛棄疾《鵲橋仙・己酉山行書所見》）

後來，「釀」由「發酵造酒」這一意義又引申爲名詞「酒」。如：

劉尹云：「見何次道飲酒，使人欲傾家釀。」（南朝 宋 劉義慶《世說新語・賞譽》）

充能飲酒，雅爲劉惔所貴。惔每云：「見次道飲，令人欲傾家釀。」（《晉書・何充傳》）

亦到龍馬溪，茆屋沽村釀。（宋 蘇軾《出峽》）

那裡有鳳凰杯滿捧瓊花釀，他安排著巴豆、砒霜！（元 關漢卿《單刀會・第三折》）

是日，客飲而甘之，固索清釀。（清 蒲松齡《聊齋誌異・寒月芙蕖》）

「釀」的詞義引申路徑可簡單表示爲：

釀：釀酒
- 製造蜜、醋、醬油等
- 雜拌、雜合 → 攙雜、雜湊
- 逐漸形成
- 酒

【釃】

「釃」指濾酒，除去酒糟。引申爲分流、疏導。如：

乃釃二渠以引其河。（《漢書・溝洫志》）

—— 顏師古《注》引孟康曰：「釃，分也。分其流，泄其怒也。」

釃五湖而定東海。（《說苑・君道》）

河溢瓠子，東泛滑……乃籍民田所當者易以它地，疏道二十里，以釃水悍。（《新唐書・薛平傳》）

自城東南導滻至長樂坡，釃爲二渠。（宋 趙彥衛《雲麓漫鈔》卷八）

雙湖之外，支流甚多，皆湖之所釃也。（清 全祖望《重濬鄞三喉水道議》）

「釃」的詞義引申路徑可簡單表示爲：

釃：濾酒→分流、疏導

【酤】

「酤」指買酒（「酤2」）。引申爲名詞「酒」（「酤1」）。如：

　　既載清酤，賚我思成。（《詩經・商頌・烈祖》）

　　——毛《傳》：「酤，酒。」

　　傾酤繫芳醑，酌言豈終始。（南朝　宋　謝靈運《擬魏太子「鄴中集」詩・阮瑀》）

　　金橘香甜，玉俎浮酤，綠醅醇釅。（元　曾瑞《醉春風・清高》）

　　金樽泛清酤，滿酌不容辭。（清　張元升《坐友人東軒對月》）

後來，「酤2」又引申爲謀取。如：

　　非至性安能趨就此行，故非教之習之之至者矣，非牽於世尚以酤榮利者矣。（宋　蘇舜欽《杜誼孝子傳》）

「酤2」的詞義引申路徑可簡單表示爲：

酤：買酒（酤2）　　酒（酤1）

　　　　　　　　　謀取

【酤】

「酤」又指賣酒（「酤3」）。引申爲賣。如：

　　知我者希，韞櫝未酤。（漢　劉楨《處士國文甫碑》）

　　牧羊酤酪，以俟伏臘之費。（《文選・潘岳〈閑居賦〉》）

　　——李善《注》引《廣雅》：「酤，賣也。」

【醵】

「醵」指湊錢聚飲。後來，引申爲聚眾湊錢。如：

　　有屬邑令，因科醵拒命，密以束素募人陰求其過，後竟停其職，人甚非之。（《舊五代史・晉書・鄭阮傳》）

　　盧山白鹿洞遊士輻湊，每冬寒釀金市烏薪爲禦冬備，號黑金社。
（宋陶穀《清異錄·器具·黑金社》）

「醵」的詞義引申路徑可簡單表示爲：

醵：湊錢聚飲→聚眾湊錢

【酺】

「酺」指古代官府特許的表示歡慶的聚會飲酒。後來，用以泛指聚飲。如：

　　遨遊廛里，酣酺卒歲。（南朝　梁　丘遲《永嘉郡教》）

「酺」的詞義引申路徑可簡單表示爲：

酺：古代官府特許的表示歡慶的聚會飲酒→聚飲

【酌】

「酌」本指斟酒勸飲或自飲。引申爲名詞「酒」。如：

　　酒曰清酌。（《禮記·曲禮下》）

　　蘭氣薰春酌，松聲韻野弦。（唐　王勃《聖泉宴》）

　　持甘酌芬饎以交神，神在聰明正直，豈許之乎！（唐　盧恕《楚州新修吳太宰伍相廟記》）

由「斟酒勸飲或自飲」這一意義又引申爲舀取。如：

　　酒醴維醹，酌以大斗。（《詩經·大雅·行葦》）

　　酌貪泉而覺爽，處涸轍以猶歡。（唐　王勃《滕王閣序》）

　　璉清介士也，行至吳，謂人曰：「吾聞張融與慧曉並宅，其間有水，此必有異味。」故命駕往酌而飲之。（《南史·良吏傳·陸慧曉》）

　　酌清泉者必惜其源，蔭巨枝者必護其根。（清　陳夢雷《絕交書》）

由「舀取」這一意義又引申爲考慮取捨。如：

　　子爲大政，將酌於民者也。（《左傳·成公六年》）

　　——杜預《注》：「酌，取民心以爲政。」

　　上酌民言，則下天上施。（《禮記·坊記》）

　　——鄭玄《注》：「酌，猶取也。取眾民之言以爲政，則得民心。」

　　漢初，天下創定，朝制無文，叔孫通頗採經禮，參酌秦法。（《後

漢書・曹褒傳論》）

　　樂酌虞典，禮從周制。（宋　王安石《皇帝還大次憩安之曲樂章》）

「酌」的詞義引申路徑可簡單表示爲：

酌：斟酒勸飲

酒

舀取→考慮取捨

【沉湎】

「沉湎」指沉溺於酒。後來，比喻潛心於某種事物或處於某種境界或思想活動中。如：

　　上誦周孔書，沉湎至酕醄。（唐　陸龜蒙《村夜・之二》）

　　僕沉湎於印章一道者，蓋三十餘年。（清　周亮工《與黃濟叔論
印章書》）

「沉湎」的詞義引申路徑可簡單表示爲：

沉湎：沉溺於酒→潛心於某種事物或處於某種境界或思想活動中

【湎】

「湎」指沉迷於酒。引申爲沉溺。如：

　　慢易以犯節，流湎以忘本。（《禮記・樂記》）

「湎」的詞義引申路徑可簡單表示爲：

湎：沉迷於酒→沉溺

【酣】

「酣」指飲酒盡興、暢快。引申爲盡興、暢快，行動進入高潮。如：

　　酣戰之時，司馬子反渴而求飲，豎穀陽操觴酒而進之。（《韓非
子・十過》）

　　先酣遊而後聽斷，數苦役而疏犒賜。（晉　葛洪《抱朴子・外篇・
君道》）

同時，又引申形容事物的狀態旺盛、濃烈。如：

　　魯陽公與韓構難，戰酣日暮，援戈而撝之，日爲之反三舍。（《淮

南子・覽冥》）

何事業之始酣，而志力之方剛。（唐 皇甫湜《傷獨孤賦》）

江路灘聲壯，雲停雪意酣。（宋 陸游《郫縣道中思故里》）

「酣」的詞義引申路徑可簡單表示為：

酣：飲酒盡興、暢快

盡興、暢快，行動進入高潮

事物的狀態旺盛、濃烈

【酡】

「酡」本指酒後臉紅的樣子。後來，可泛指臉紅。如：

顏酡春暈顯，花月好難眠。（明 湯顯祖《紫釵記・花朝合卺》）

蒼然古貌，鶴髮酡顏。（《水滸傳》五三回）

「酡」的詞義引申路徑可簡單表示為：

酡：飲酒臉紅的樣子→臉紅

【醒】

「醒」指酒醉後恢復常態。引申為清醒、覺悟。如：

故未治也知所以治，未亂也知所以亂，未安也知所以安，未危也知所以危，故昭然先寤乎所以存亡矣，故曰「先醒」。（漢 賈誼《新書・先醒》）

陸賈說以漢德，懼以帝威，心覺醒悟，蹷然起坐。（《論衡・佚文》）

獨醒翻引笑，直道不容身。（唐 劉長卿《謫居於越亭作》）

後來，由「酒醉後恢復常態」又引申為睡眠狀態結束，也指未入睡。如：

頹倚睡未醒，僕夫問盥櫛。（唐 杜甫《早發》）

朝曦入牖來，鳥喚昏不醒。（唐 韓愈《東都遇春》）

「醒」的詞義引申路徑可簡單表示為：

醒：酒醉消除恢復常態　→　清醒、覺悟

→　睡眠狀態結束或未入睡

【醉】

「醉」指飲酒適量或過量，失去自持，直至神志不清。引申爲沉迷、過分愛好。如：

> 列子見之而心醉。（《莊子·應帝王》）

> 目斷南浦雲，心醉東郊柳。（唐　宋之問《送趙六貞固》）

> 與其醉聲色，何如與學士論文。（宋　錢愐《錢氏私志》）

後來，「醉」還引申爲以酒泡製的。如：

> 甕中去醉蟹，最忌用燈。（清　李漁《閒情偶寄·飲饌·蟹》）

> 堂官上來問菜，季恬逸點了一賣肘子，一賣板鴨，一賣醉白魚。

（清　吳敬梓《儒林外史·二八回》）

「醉」的詞義引申路徑可簡單表示爲：

醉：飲酒適量或過量，失去自持，直至神志不清　→　沉迷，過分愛好

→　以酒泡製的

【酬】

「酬」本指勸酒、敬酒，一般指客人向主人祝酒後，主人再向客人進酒。引申爲酬報、報答。如：

> 令尹將必來辱，爲惠已甚，吾無以酬之，若何？（《左傳·昭公二十七年》）

> 殷幼孤貧，養曾祖母以孝聞。人以縠帛遺之，殷受而不謝，直云：「待後貴當相酬耳。」（《資治通鑑·晉惠帝永寧元年》）

> 長揖蒙垂國士恩，壯心剖出酬知己。（唐　李白《走筆贈獨孤駙馬》）

後來，由「酬報、報答」這一意義又引申爲償付、報酬。如：

故得不酬失，功不半勞。（《後漢書·西羌傳論》）

後九月九日大會射，設標的，高出百數十尺，令曰：中，酬錦與金若干。（唐 韓愈《薛君墓誌銘》）

休將包袱做枕頭，怕油脂膩展污了恐難酬。（元 王實甫《西廂記·第五本第一折》）

常使君縱然行善，只好功過相酬耳，恐不能獲福也。（《初刻拍案驚奇·卷二十》）

由「勸酒、敬酒」這一意義又引申爲酬對，贈答。如：

有無言而不酬兮，又何往而不復。（漢 張衡《思玄賦》）

問一言則酬數百，責其指歸，或無要會。（北齊 顏之推《顏氏家訓·勉學》）

昂聞惶駭，蹶起，不知所酬，乃訴於執政，謂權風狂不遜。（五代 王定保《唐摭言·進士歸禮部》）

後來，「酬」由「勸酒、敬酒」這一意義又引申爲實現志願。如：

其言既酬，福亦隨之。（三國 魏 曹丕《典論·奸讒》）

壯志未酬三尺劍，故鄉空隔萬重山。（唐 李頻《春日思歸》）

與人交遊，有所期諾，時刻不違；或言不及酬，必先期告之。（宋 俞文豹《吹劍四錄》）

倉卒黃袍酬素志，綢繆金匱負遺盟。（清 王恪《寄題陳橋驛》）

「酬」的詞義引申路徑可簡單表示爲：

酬：勸酒、敬酒 ⟶ 酬報、報答→償付、報酬
酬：勸酒、敬酒 ⟶ 酬對，贈答
酬：勸酒、敬酒 ⟶ 實現志願

【祼】

「祼」又作「灌」或「果」，是一種祭祀儀式，指將酒澆灌在白茅上以請神（「祼1」）。引申爲對朝見的諸侯行祼禮，以爵酌香酒而敬賓客（「祼2」）。如：

大賓客，則攝而載果。（《周禮·春官·大宗伯》）

　　——鄭玄《注》：「載，為也。果讀為祼。代王祼賓客以鬯。君無酌臣之禮，言為者攝酌獻耳。」賈公彥《疏》：「祼，王不親酌，則皆使大宰宗伯攝而為之。」

　　上公之禮，廟中將幣，三享王禮，再祼而酢。（《周禮·秋官·大行人》）

　　——鄭玄《注》：「祼讀為灌。再灌，再飲公也；而酬，報飲王也。」

　　諸侯相廟，灌用鬱鬯。（《禮記·禮器》）

　　——鄭玄《注》：「灌，獻也。」

　　諸侯為賓，灌用鬱鬯。灌用臭也，大饗，尚腶修而已矣。（《禮記·郊特牲》）

「祼」的詞義引申路徑可簡單表示為：

祼：將酒澆灌在白茅上以請神（祼1）→以爵酌香酒而敬賓客（祼2）

【醮】

「醮」是古代冠禮、婚禮中的一種儀式，即尊者為卑者酌酒，卑者接受敬酒後飲盡，不需回敬。「醮」由冠、娶祭禮程式名稱引申為祭神。如：

　　醮諸神，禮太一。（《文選·宋玉〈高唐賦〉》）

　　——李善《注》：「醮，祭也。」

　　（黃帝）遊於洛水之上，見大魚，殺五牲以醮之。（《竹書紀年·卷上》）

　　吾家巫覡禱請，絕於言議；符書章醮，亦無祈焉。（北齊 顏之推《顏氏家訓·治家》）

　　——王利器《集解》引盧文弨曰：「道士設壇伏章祈禱曰醮。」

後來，由「祭神」這一意義又引申為道士設壇祈禱。如：

　　原來馮紫英家聽見賈府在廟裏打醮，連忙預備豬羊香燭茶食之類的東西送禮。（《紅樓夢·第二九回》）

由「尊者為卑者酌酒，卑者接受敬酒後飲盡」這一意義又引申為盡、完。如：

利爵之不醮也，成事之俎不嘗也。(《荀子‧禮論》)

——楊倞《注》:「醮，盡也。」

因「醮」爲婚禮中的一種儀式，後來又引申爲女子嫁人。如:

烏傷陳氏，有女未醮，著屐徑上大楓樹顛，了無危懼。(南朝 宋 劉敬叔《異苑‧卷五》)

大凡士族女郎，無改醮之禮。(宋 孫光憲《北夢瑣言‧卷五》)

「醮」的詞義引申路徑可簡單表示爲:

醮:尊者爲卑者酌酒，卑者接受敬酒後飲盡 ┬→ 祭神→道士設壇祈禱
　　　　　　　　　　　　　　　　　　　　├→ 盡、完
　　　　　　　　　　　　　　　　　　　　└→ 女子嫁人

【飲至】

「飲至」指上古諸侯朝會盟伐完畢，祭告宗廟並飲酒慶祝的典禮。後來又指出征奏凱，至宗廟祭祀宴飲慶功之禮。如:

三月庚午，飲至長安，六軍解嚴，四方和會。(唐 張說《上黨舊宮述聖頌》)

上先有旨，命阿以九月至熱河行飲至之禮。(清 昭槤《嘯亭雜錄‧西域用兵始末》)

由「慶功典禮」這一意義又可指歡樂的宴飲。如:

飲至臨華沼，遷坐登龍坻。(晉 潘岳《金谷集作詩》)

「飲至」的詞義引申路徑可簡單表示爲:

飲至:諸侯朝會盟伐完畢，祭告 ┬→ 出征奏凱，至宗廟祭祀宴飲慶功之禮
　　　宗廟並飲酒慶祝的典禮　 └→ 歡樂的宴飲

【酳】

「酳」是古代祭祀或宴會中的一種禮節，指食畢用酒漱口。亦引申用作使動，表示「獻酒使少飲或漱口」。如:

贊洗爵酌醋主人，主人拜受，贊戶內北面答拜。醋婦亦如之。
（《儀禮‧士昏禮》）

主人洗角，升，酌醋尸。（《儀禮‧特牲饋食禮》）

—— 鄭玄《注》：「醋，猶衍也，是獻尸也。謂之醋者，尸既卒食又欲頤衍養樂之。」

主人降洗爵，升，北面酌酒乃醋尸。」（《儀禮‧少牢饋食禮》）

—— 鄭玄《注》：「醋，猶羨也。既食之而又飲之，所以樂之。」

「醋」的詞義引申路徑可簡單表示爲：

醋：食畢以酒漱口→獻酒使少飲或漱口

【酢】

「酢」指客人向主人回敬酒。引申泛指回報、報答。如：

報以介福，萬壽攸酢。（《詩經‧小雅‧楚茨》）

對客輒坐睡，有問莫能酢。（宋 陸游《書感》）

又指報祭、謝神的祭祀，如：

秉璋以酢。（《尚書‧顧命》）

—— 孔安國《傳》：「報祭曰酢。」孔穎達《疏》：「酢訓報也，故報祭曰酢。」

酢瓊漿以緬渺兮，乘雲旗以來止。（明 夏完淳《湘巫賦》）

「酢」的詞義引申路徑可簡單表示爲：

酢：客人向主人回敬酒 → 回報、報答
　　　　　　　　　　　 → 報祭、謝神的祭祀

第二節　詞義引申分析對上古涉酒詞語語義描寫的作用

詞義引申是客觀世界和人類思維不斷發展在語言變化中的體現。從本義和引申義所表示的內容來看，詞義引申的基本規律是由具體到抽象，由個別到一般，由混亂到清晰，由簡單到複雜。同時，分析詞義的引申現象對於同一義類

成員的意義及相互關係的說明有著重要的補充作用。

一、辨析詞的本義

「本義」一般指詞的本來意義。但這裡所說的本義，只是取習慣的叫法或理解爲一種操作概念，是指現代人們所能找到的有文獻根據或字形根據的最遠古的意義，但並不一定是最初的意義。它只是一個相對的概念，對後代的演變來說，它是本義；對文字記錄以前的長期使用來說，它可能是演變的某一種結果，而不是起點。

江沅《〈說文解字注〉敘》：「本義明而後餘義明，引申義亦明。」詞的本義，除可以從字形上推求以外，還可以運用詞義發展變化的規律，從多個義項中歸納求得。因爲一個詞的各個意義之間是相互關聯的，詞義的產生及其引申是有先後順序的，有規律可循的。

如本書所涉及的「酤」，《說文·酉部》：「酤，一宿酒也。一曰買酒也。」一些辭書認爲「酤」的本義爲「一宿之酒」，引申爲「酒」，或又引申爲「買酒」及「賣酒」之義。「酤」在上古時期及後來的文獻用例中，都沒有表示「一宿之酒」的意義。《群經評議·毛詩三》中「無酒酤我」俞樾《按》：「酤與鹽苦同聲，亦有急義，故一宿之酒謂之酤。」這說明，「一宿之酒」可能並非「酤」的詞義，而只是以相關聯的語音來表示的意義。同時可知，《詩經》中即有含「酤」的兩個例句，其一《小雅·伐木》：「有酒湑我，無酒酤我。」孔穎達《疏》：「古買酒爲酤酒。」其二《商頌·烈祖》：「既載清酤，賚我思成。」毛《傳》：「酤，酒。」「酤」用作動詞時，與「沽」、「賈」是同源詞，都有「買」和「賣」兩個相對的意義。上古時期的文獻典籍中，「酤」表示「買酒」、「賣酒」的意義相對較多，表示「酒」的意義只見於《詩經》中一例，而到魏晉以後才逐漸增多。通過對「酤」各義項的梳理以及文獻測查，本書從研究詞彙意義及其實際用例的角度出發，認爲「酤」的本義應是由源義派生出「買酒」及「賣酒」之義，既而引申爲名詞「酒」。

又如表示酒之性味的「醲」。多數辭書及注釋均認爲「醲」的本義爲「味濃的酒」。《說文·酉部》、《廣韻·鍾韻》、《集韻·江韻》：「醲，厚酒也。」《文選·枚乘〈七發〉》：「飲食則溫純乾脆，腥醲肥厚」呂延濟《注》：「醲，酒之上者。」在所測查的文獻中，上古時期「醲」作爲名詞「味厚的酒」和形容詞「酒味濃

厚」的用例各僅見於《焦氏易林》一例。但同時期，已有不少「醲」由「酒味濃厚」引申爲一般意義上的「濃厚」的用例。如《韓非子‧難勢》：「夫有盛雲醲霧之勢而不能乘遊者，蟥蟺之材薄也。」而後來亦鮮有「醲」作爲「味厚的酒」的用例。「濃」、「醲」、「襛」、「穠」、「膿」五字同音。露水多爲濃，酒厚爲醲，衣厚爲襛，花木厚爲穠，汁厚爲膿。〔註3〕它們應爲同源詞。因此，本書認爲，將「酒味濃厚」看作「醲」的本義，從而引申爲「味醲之酒」，似乎更爲合理。

另如關於「尊」，有觀點認爲它的本義是酒器名稱，有觀點則認爲它的本義是尊卑之「尊」。清陳澧《東塾讀書記‧小學》：「《說文》有說轉義不及本義者，舉『尊』字酒器（爲例）……本義是尊卑之尊。」黃侃《文字聲韻訓詁筆記‧訓詁》：「其一，但說字形之誼而不及本誼。如『尊，酒器也……』是也。夫酒器所以名爲尊者，奉酒以所尊故也。是尊卑之義在前，乃『尊』字之本誼。」通過對「尊」的詞義梳理可知，大致可歸納爲以下一些義項：

1. 古盛酒器。用作祭祀或宴享的禮器。早期用陶製，後多以青銅澆鑄。鼓腹侈口，高圈足，形制較多，常見的有圓形及方形。盛行於商及西周。字亦作「樽」、「罇」。

2. 引申爲高。

3. 輩分、地位高或年紀大。亦用以稱輩分、地位高或年紀大的人。

4. 尊重；尊奉。

5. 重視。

6. 稱別人的父親、稱自己的父親。稱伯叔、稱呼對方的敬詞。

7. 置酒；放置。

8. 量詞。稱盛酒器、稱塑像、稱大炮。

由於詞義引申的基本規律是從具體到抽象、從個別到一般，本書認爲「尊」的本義應爲盛酒器，引申爲高，從而又引申爲輩分、地位高或年紀大，進而引申出稱輩分、地位高或年紀大的人（進一步引申爲一系列敬稱）以及尊重、尊奉（進而引申爲重視）；由「盛酒器」這一意義又可引申作爲動詞「置酒、放置」以及稱盛酒器的量詞（進而引申爲稱塑像、大炮的量詞）。

〔註3〕王力主編《王力古漢語字典》，中華書局，2000年，第637頁。

二、辨析同義詞

本書對涉酒詞語的歸納描寫，主要基於語義的分類。每一類別中的詞語均為同義詞或近義詞。特別是對於一些同義詞，從訓詁材料或辭書的解釋中，其詞義差異似乎並不特別分明。而對其詞義引申脈絡的梳理，亦是區別同義詞一個很好的方式。

如「酒之性味」類共有三個詞語：醇、醲、醹。其解釋性的文字常常以它們進行互訓，從較少的文獻用例中，也很難看出其具體差別。如：

> 曾孫維主，酒醴維醹。（《詩經·大雅·行葦》）

> ——毛《傳》：「醹，厚也。」陸德明《釋文》：「醹，厚酒也。」

> 孔穎達《疏》：「醹，厚，謂酒之醇者。《說文》云：『醹，厚酒也。』」

> 乃悉以其裝齎置二石醇醪。（《漢書·爰盎傳》）

> ——顏師古《注》：「醇者不雜，言其醲也。」

> 南國茂盛，黍稷醲酒。可以享老，樂我嘉友。（《焦氏易林·大有之同人》）

但從各詞詞義的引申脈絡可以尋找出其意義的細微差異。「醇」由「酒味濃厚」引申為（風俗、教化、道德、品質等）淳厚、質樸。同時又引申為純粹、不摻雜別的成分，後來又指「味道淳正濃厚的酒」。「醲」由「酒味濃厚」引申為用以形容其他事物的濃厚、深重，同時又可指味道濃厚的酒，後來還引申為動詞醞釀、薰陶。通過兩個詞語相似的詞義引申路徑可知，它們都具有表示「濃厚」這一意義，在這一前提下，「醇」與「醲」相比，更側重於「純粹」之義。

同時，對於意義相近的詞語，可能存在著相同的引申路徑。如表示「造酒」之義的「釀」，《說文·酉部》：「釀，醞也，作酒曰釀。」它與「醞」為同義詞，《說文·酉部》：「醞，釀也。」《玉篇·酉部》：「醞，釀酒也。」只是在文獻用例中，「醞」比「釀」的出現略晚一些。它們的來源雖不同（「釀」與「囊」、「瓤」等同源，「醞」與「溫」、「蘊」等同源〔註4〕），但在詞義上，二者都指造酒，後來又都可泛指酒，還都引申比喻事物逐漸形成，並可互訓，是關係密切的同義詞。所以，在詞語的發展過程中，逐漸形成了同義複合詞，用以表示一個完整

〔註4〕王力主編《王力古漢語字典》，中華書局，2000年，第1499頁。

的意義，並且亦有著與二者相似的引申路徑。

「醞釀」指造酒的發酵過程，亦借指造酒。如：

> 布禁酒而卿等醞釀，爲欲因酒共謀布邪？（《後漢書・呂布傳》）

> 以時雨沾足，稍弛酒禁，民之衰疾飲藥者，官爲醞釀量給之。（《元史・世祖紀七》）

也泛指類似發酵製造的過程。如：

> 距日冬至四十六日，天含和而未降，地懷氣而未揚，陰陽儲與，呼吸浸潭，包裹風俗，斟酌萬殊，旁薄宜眾，以相嘔咐醞釀而成育群生。（《淮南子・本經》）

> ——高誘《注》：「醞釀，猶和調也。」

> 殘花醞釀蜂兒蜜，細雨調和燕子泥。（元　胡祗遹《陽春曲・春景》）

> 花露者，摘取花瓣入甑，醞釀而成者也。（清　李漁《閒情偶寄・聲容・薰陶》）

又比喻事情逐漸達到成熟的準備過程。如：

> 豈徒霍氏之自禍哉？亦孝宣醞釀以成之也。（《資治通鑒・漢宣帝地節四年》）

> 然後博取盛唐名家，醞釀胸中，久之自然悟入。（宋　嚴羽《滄浪詩話・詩辨》）

還比喻涵育、薰陶。如：

> 道也者，所以陶冶百氏，範鑄二儀，胎胞萬類，醞釀彝倫者也。（晉　葛洪《抱朴子・明本》）

> 菁英貴醞釀，蕪蔓宜抉別。（清　龔自珍《題王子梅盜詩圖》）

小　結

以第一章所描寫的上古涉酒詞語爲例，許多詞語的意義都不是單一的。本章所描寫的雖然只是理論上的一種詞義演變路徑，抑或對於個別詞的引申存在

著見仁見智的觀點，但總體上可以反映出上古涉酒詞語詞義引申的大體規律。從中不難看出，其中有些詞在上古時期則有了詞義引申，有些詞引申義的用例則出現得較晚。

涉酒詞語的詞義引申，豐富了該詞所在類別的詞語，如《酒之名稱》類，「醪」由「汁滓混合的酒」（醪1）引申為泛指「酒」（醪2）；「酒禮」類，「祼」由「將酒澆灌在白茅上以請神」（祼1）引申為「對朝見的諸侯行祼禮，以爵酌香酒而敬賓客」（祼2）。涉酒詞語的引申，也豐富了其他語義類別的詞語，如「酒」由「酒之名稱」類「用糧食或果類發酵製成的飲料」（酒1）引申為「酒之飲用」類動詞「飲酒」（酒2）；「酤」由「酒之買賣」類動詞「買酒」（酤2）引申為「酒之名稱」類泛指酒（酤1）。這些引申使同一語義類別的詞語有著相似性與差異性，使不同語義類別的詞語相互關聯、彼此牽涉。

同時，通過涉酒詞語詞義引申的整理和分析可以看出，在詞義發展中，它們引申出諸多涉酒之外的意義，有些詞語直至今日，依然是漢語中的非常活躍的常用詞。而作為它們的源頭——與酒相關的詞義，則有著非常重要的意義。

第四章 上古涉酒詞語的隱喻認知分析

從發生學的角度來說，詞義的發展演變首先是社會交際的需要，它也一定有其具體原因。這個原因可能是語言內部的，也可以是自然、社會及思維等語言外部的。本章從其外部原因的一個角度——隱喻認知來分析上古涉酒詞語的詞義演變及語用特點。

「隱喻」本來屬於修辭學的範疇，亞里士多德在《修辭論》中把隱喻定義爲「將屬於一事物的名稱用來指稱另一事物。」新興的認知語義學將「隱喻觀」作爲主要觀點之一，認爲隱喻可通過人類的認知和推理將一個概念域系統地、對應地映合到另一個概念域。〔註1〕隱喻的實質就是通過另一類事物來感知和理解某一類事物。

酒物質的產生和酒字的創造，以及社會對酒的關注和利用範圍的擴大，帶動了一大批酒語詞的出現。作爲一種成詞的模式，這些詞語在結構上和語義上都帶上了隱喻化的修辭意味，並且蘊含著無限的酒文化內涵。〔註2〕

第一節 上古「酒之稱謂」的隱喻認知分析

早期，人們根據酒的原料、釀時、性味、功用等特點爲其進行了不同的命

〔註 1〕王寅《認知語義學》，《四川外語學院學報》，2002 年第 2 期。

〔註 2〕王勇衛《簡析酒語詞語義演化生成與修辭認知》，《泉州師範學院學報》，2012 年
第 1 期。

名。如李時珍《本草綱目‧穀四‧酒》引《飲膳標題》：「酒之清者曰釀，濁者曰盎；厚曰醇，薄曰醨；重釀曰酎，宿曰醴；美曰醑，未榨曰醅；紅曰醍，綠曰醽，白曰醝。」隨著時代和社會的變化，人們不再無限制地創造更多的文字和詞語來標誌各種各樣的酒名稱，取而代之的是以現有的詞語表示酒，酒的稱謂也從繁多的具體專名逐漸演變爲較爲籠統的指稱。這是人們對「酒」這一事物認識深入的結果，也是語言發展變化的必然趨勢。

一、以酒、飲專名指稱酒

本書「酒之名稱」及「酒屬飲料」類中，多數詞爲酒或飲之專名，用以表示各具特色的酒之名稱。其中的某些詞語，由指稱一種具體的酒發展爲用以泛指「酒」這一事物名稱。

（一）以酒之專名泛指酒。

1、醪

「醪」本指汁滓混合的酒。它可用來泛指酒，常以表示酒之性味的詞修飾限制。如：

「醇醪」指味厚的美酒。如：

> 乃悉以其裝齎置二石醇醪。(《史記‧袁盎晁錯列傳》)

「單醪」猶言樽酒。單，通「簞」。《呂氏春秋‧察微》中「凡戰必悉熟配備」高誘《注》：「古之良將，人遺之單醪，輸之於川，與士卒從下流飲之，示不自獨享其味也。」如：

> 單醪投川，可使三軍告捷。(《文選‧張協〈七命〉之七》)
>
> ——李善《注》引《黃石公記》：「昔良將之用兵也，人有饋一簞之醪，投河，令眾迎流而飲之。夫一簞之醪，不味一河，而三軍思爲致死者，以滋味及之也。」

「甘醪」指美酒、醇酒。如：

> 旨酒甘醪，所以養生也。(《潛夫論‧思賢》)
>
> 野王獻甘醪膏餳，每作大發，吏以爲饒利。(《東觀漢記‧卷十二》)

「醪」又稱「酒醪」，「酒醪」亦用以泛指酒。如：

其在腸胃，酒醪之所及也。(《史記‧扁鵲倉公列傳》)

爲酒醪以靡穀者多。(《漢書‧文帝紀》)

——顏師古《注》：「醪，汁滓酒也。」

2、醴

「醴」本是一宿而熟、未去糟的甜酒。它可用來泛指酒，常以表示酒之原料、性質的詞來修飾限制。如：

「春醴」指春酒，即冬釀春熟之酒，亦表示春釀秋冬始熟之酒。如：

春醴惟醇，燔炙芬芬。(漢　張衡《東京賦》)

「醇醴」指味厚的美酒。如：

何以標異？醇醴殊味。(漢　劉向《列仙傳‧酒客》)

「甘醴」指甜酒、美酒。如：

甘醴惟厚，嘉薦令芳。(《儀禮‧士冠禮》)

「蜜醴」指甜酒。如：

蘭茝、槁木，漸於蜜醴，一佩易之。(《荀子‧大略》)

「黍醴」指以黍米釀製的酒。如：

飲：重醴，稻醴清、糟，黍醴清，糟，梁醴清、糟。(《禮記‧內則》)

——陳澔《集說》：「醴者，稻、黍、梁三者各爲之。已沛者爲清，未沛者爲糟，是三醴各有清有糟也。以清與糟相配重設，故云重醴。蓋致飲於賓客，則兼設之也。」

上述「醪」、「醴」在演變中都逐漸用以泛指酒，它們常被意義相近的詞所修飾限制，如「甘醪」、「蜜醴」；甚至被完全相同的詞所修飾限制，如「醇醪」、「醇醴」。根據二者與其他詞的搭配來看，「醪」、「醴」常用以指稱美酒，形式上多爲以表示酒之性質的詞加以修飾。漢代以後的文獻典籍中，這一現象更是增多：以「醪」泛指酒的詞語如「酥醪」、「村醪」、「凍醪」、「芳醪」、「宮醪」、「綠醪」、「內醪」、「秋醪」、「松醪」、「仙醪」、「香醪」、「新醪」等；

以「醴」泛指酒的詞語如「丹醴」、「凍醴」、「渾醴」、「芳醴」、「金醴」、「釀醴」、「醹醴」、「玄醴」等。

（二）表示酒、飲專名的詞語組成聯合結構，用以泛指酒。

1、酒漿

「酒漿」本指酒與漿。「酒漿」逐漸用以泛指酒。如：

> 維北有斗，不可以挹酒漿。（《詩經·小雅·大東》）

> 芻豢、稻粱、酒醴，饘鬻、魚肉、菽藿、酒漿，是吉凶憂愉之情發於食飲者也。（《荀子·禮論》）

2、酒醴

「酒醴」本指酒和醴。「醴」與「酒」相比味薄，又具有甜味，有異於其他酒。「酒醴」可用以泛指酒。如：

> 曾孫維主，酒醴維醹。（《詩經·大雅·行葦》）

> 問所欲而敬進之，柔色以溫之，饘酏、酒醴、芼羹、菽麥、蕡稻、黍粱、秫唯所欲，棗、栗、飴、蜜以甘之，堇、荁、枌、榆免槁薧滫以滑之，脂膏以膏之，父母舅姑必嘗之而後退。（《禮記·內則》）

3、醪醴

「醪醴」本指醪酒和醴酒，都是口味較甜的酒。「醴」中的米粒是融化在酒液中的，酒液成黏稠狀；「醪」中米渣飄在酒面上，眾多如同浮蟻。而且「醪」的釀造時間略長於「醴」、度數也較「醴」稍高。但在連稱時，「醪」、「醴」往往同義。[註3]「醪醴」可用以泛指酒。如：

> 今富人耳營鐘鼓筦籥之聲，口嗛於芻豢醪醴之味。（《莊子·盜跖》）

4、酏醴

「酏醴」本指酏和醴。「酏」是薄粥，與「漿」都是古代四飲之物之一。「酏醴」可用以泛指酒。如：

[註3] 周攷勝《〈說文解字〉酉部酒文化初探》，《湘潭師範學院學報（社會科學版）》，2006年第3期。

其爲飲食酏醴也，足以適味充虛而已矣！（《呂氏春秋‧重己》）

不難看出，在酒、飲專名聯合結構泛指酒的詞語中，「醪」、「醴」依然是常用詞素。

從以上詞語及用例可以看出，在表示酒之專名的某些詞語中，它們的本義是表示具有某種特性的酒的名稱，但逐漸發展爲泛指酒的意義，或與語義相近的詞素組合爲聯合結構用以泛指酒，如「醪」、「醴」。它們所指稱的酒通常具有以下特點：以米穀釀成，製作相對簡單，口味香甜，可於日常飲用。這與製作較爲複雜的「酎」、口味淡薄的「醨」以及專門用於祭祀的「鬯」、「鬱鬯」等相比，更容易使人接受和親近。因此，以這些詞作爲「酒」的代名詞就很容易理解了。特別在用於指稱美酒時，它們更具有典型的意義。當然，有時很難說在某一個例句中，它們是專指還是泛指，體現在語言中也是一個逐漸發展的過程。

二、以酒之性味指稱酒

上古時期，用以形容酒之性味的詞語主要有「醇」、「醲」、「醨」。其中「醇」與「醲」都用以形容酒味濃厚。更細緻地說，「醇」側重形容精純不雜，「醲」側重形容味道厚，二者又都可指稱味道濃厚的酒。

1、醲

「醲」指味濃之酒。但上古時期的文獻典籍中，「醲」用以指「味濃之酒」的用例極少。如：

況直眇小煩懑，酲醲病酒之徒哉！（《文選‧枚乘〈七發〉》）

——李周翰《注》：「酲醲，中酒也。」

2、醇

「醇」指「味道淳正濃厚的酒」，從文獻用例來看，出現的時間要晚一些。如：

酪、酨、醇，漿也。（唐　段成式《酉陽雜俎‧酒食》）

老夫本無侶，嗜書如嗜醇。（宋　方岳《別蒙倅》）

含章簷下肌理勻，春夢未醒香醪醇。（元　舒頔《落梅歌》）

一旦運窮福艾，顛沛生於不測，而不知醉醇飫肥之腸，不可以
實疏糲；藉柔覆溫之軀，不可以御蓬藋。（明　劉基《苦齋記》）

　　上古時期，用以專門形容「酒之性味」的詞語不算很多，其中「醇」與「醲」的使用最爲普遍。因此，以表示酒之性味特徵的詞語來指稱酒，是人們對酒之性味的認識深化過程，也使酒的稱謂變得充滿文學色彩。「醇」與「醲」在詞義的發展上都由「酒味濃厚」向著「味道濃厚的酒」這一意義演變，但「醇」的這一用法在後來較爲普遍地固定下來，而「醲」的這一用法則沒有更深地發展。正如現今許多酒亦稱作「～醇」，但這種現象卻極少見於「醲」。

三、以酒器名稱指稱酒

　　上古時期，以酒器名稱指稱酒的現象並不算多見。

　　「爵」是古代一種飲酒器。又可指酒。如：

> 赫如渥赭，公言錫爵。（《詩經‧邶風‧簡兮》）
>
> ──高亨《注》：「錫爵，賞賜一杯酒。」
>
> 發彼有的，以祈爾爵。（《詩經‧小雅‧賓之初筵》）

　　漢代以後的文獻典籍中，以酒器代指酒的現象較多。

　　以「杯」代指酒。如：

> 去留交軫，舞詠相喧，管召魚樂，杯薰鶯醉。（唐　宋之問《餞永昌獨孤少府序》）
>
> 饑藉家家米，愁徵處處杯。（唐　杜甫《秋日荊南述懷三十韻》）

　　以「尊（罇）」代指酒。如：

> 偶得名罇當痛飲，涼州那得眞蒲萄？（宋　陸游《六日雲重有雪意獨酌》）

四、以涉酒行爲、動作指稱酒

　　一些表示與酒相關的行爲、動作的詞語，也可用以指稱酒。

　　1、酤

　　「酤」本指「買酒」。引申爲酒。如：

> 既載清酤，賚我思成。（《詩經‧商頌‧烈祖》）
>
> ──毛《傳》：「酤，酒。」

　　「清酤」在後代的文獻典籍中亦常出現。如：

對清酤而不酌，抑嘉肴而不享。（三國　魏　吳質《答東阿王書》）

陳瑤席，湛清酤。（唐　王維《魚山神女祠歌・迎神曲》）

《白雪》篇篇麗，清酤盞盞深。（前蜀　韋莊《對酒贈友人》）

又「行酤」指買酒。如：

舍中有客，提壺行酤，汲水作餔，滌杯整案。（《初學記・卷十九》引漢代王褒《僮約》）

「榷酤」指漢以後歷代政府所實行的酒業專賣制度，也泛指一切管製酒業取得酒利的措施。天漢三年（公元前九十八年），開始實行榷酒酤，壟斷酒的產銷。後歷代沿之，或由政府設店專賣；或對酤戶及酤肆加徵酒稅；或將榷酒錢勻配，按畝徵收等等，用以增加政府財政收入。〔註4〕宋周輝《清波雜志・卷六》記載：「榷酤創始於漢，至今賴以佐國用。」

「酤」指稱酒，還可用以修飾限制其他詞。

「酤家」指酒家、酒店。如：

酤家不讎其酒。（漢　賈誼《新書・春秋》）

2、酌

「酌」本指斟酒勸飲或自飲。又可用以指稱酒。如：

凡祭宗廟之禮……酒曰清酌。（《禮記・曲禮下》）

—— 孔穎達《疏》：「言此酒甚清澈，可斟酌。」

漢代以後出現更多以「酌」指稱「酒」的詞語，如「佳酌」、「山酌」、「野酌」等。「酌」還可用於行為動作的指向對象，如「賞酌」、「引酌」等。

3、飲

「飲」的本義是「喝」，特指喝酒。喝的東西可稱作「飲」，如《論語・雍也》：「一簞食，一瓢飲。」「酒」亦可稱作「飲」。如：

王聞之，召子反謀穀陽豎獻飲於子反，子反醉而不能見。（《左傳・成公十六年》）

「飲」作為「酒」義，又可修飾限制其他詞，如「飲杯」指酒杯。如：

〔註4〕《漢語大詞典》，漢語大詞典出版社，1993年。

知伯無度，從韓康、魏宣而圖以水灌滅其國，此知伯之所以國

亡而身死，頭爲飲杯之故也。（《韓非子·難三》）

漢代以後，「飲」用以指「酒」的詞語如「啐飲」等。

4、釀

「釀」指造酒。與「釀」關係非常密切的同義詞爲「醞」。二者後來都可用以指酒。漢代以後，表示造酒的動詞「釀」與「醞」用以指稱酒的例子比比皆是。

「釀」、「醞」均可被表示酒之性質的詞所修飾限制。以「釀」構成的詞語如「楚釀」、「春釀」、「醇釀」、「村釀」、「佳釀」、「家釀」、「郫釀」、「千日釀」、「市釀」、「新釀」、「野釀」等；以「醞」構成的詞語如「春醞」、「杜醞」、「官醞」、「佳醞」、「家醞」、「臘醞」、「良醞」、「內醞」、「美醞」、「醲醞」、「仙醞」、「新醞」、「玉醞」等。「釀」亦可作爲「酒」義修飾限制其他詞，如「釀肆」、「釀甕」等。

「釀」、「醞」常常被意義相近的詞所修飾限制，如「醇釀」、「醲醞」，甚至被完全相同的詞所修飾限制，如「春釀」、「春醞」，「家釀」、「家醞」，「新釀」、「新醞」、「野釀」、「野酌」，「佳釀」、「佳醞」、「佳酌」等。其中，「釀」與「醞」的關係非常密切，它們的本義都是造酒，又都可指酒，詞義引申的方向也趨於一致，並可互訓，是關係密切的同義詞，它們組合在一起亦指稱酒。如：

二人因攜釀醞，陟芙蓉峰，尋異境，憩於大松林下，因傾壺飲。

（唐 裴鉶《傳奇·陶尹二君》）

從以上詞語及用例可以看出，在表示涉酒動作的詞中，「酤」、「飲」、「酌」、「釀」等都可用以指酒。其中，「酌」、「飲」都指一般意義上的所飲之酒，「酤」多指買賣之酒，漢代以後的文獻典籍中，以「酤」泛指酒的詞語如「酤肆」、「酤買」、「酤賣」、「市酤」等，更能夠說明這一問題。同時期，「釀」與「醞」的用例也較多，它們的本義都是「造酒」，都可用以指酒，而且多指美酒，與「酌」、「飲」相比，更充滿文學色彩。因爲造酒的原料、方法、過程對酒的性味形成有著直接而重要的關係，因此，以表示造酒的動詞來指酒則更加生動。

五、以與酒相因的詞語指稱酒

漢語言中，「酒」還常常被一個風趣的雅號或別名所代替，作為酒的別稱。酒的許多別稱在民間流傳甚廣，亦在文學典籍中常常使用。

1、歡伯

因為酒能消憂解愁，給人們帶來歡樂，故稱「歡伯」。如：

> 酒為歡伯，除憂來樂。（《焦氏易林·坎之兌》）
>
> 愁邊正無奈，歡伯一相開。（宋 楊萬里《題湘中館》）
>
> 浮生作伴皆歡伯，白眼看人即睡鄉。（清 錢謙益《次韻徐叟文虹七十自壽》）

2、黃流

《詩經·大雅·旱麓》：「瑟彼玉瓚，黃流在中。」毛《傳》：「黃金所以飾流鬯也。」孔穎達《疏》：「釀秬為酒，以鬱金之草和之，使之芬香條鬯，故謂之秬鬯。草名鬱金，則黃如金色；酒在器流動，故謂之黃流。」因以「黃流」指酒。如：

> 我鬱載馨，黃流乃注。（南朝 梁 沈約《梁宗廟登歌·之四》）
>
> 晝存真火溫枵腹，夜挽黃流灌病骸。（宋 陸游《題齋壁》）

3、流霞

「流霞」亦作「流瑕」、「流椴」，本指浮動的彩雲。《文選·揚雄〈甘泉賦〉》：「吸清雲之流瑕兮，飲若木之露英。」李善《注》：「『霞』與『瑕』古字通。」《舊唐書·劉洎傳》：「綜寶思於天文，則長河韜映；摛玉字於仙箚，則流霞成彩。」又指傳說中天上神仙的飲料。漢代王充《論衡·道虛》：「（項曼都）曰：『有仙人數人，將我上天，離月數里而止……口饑欲食，仙人輒飲我以流霞一杯，每飲一杯，數月不饑。』」從而用以指美酒。如：

> 愁人坐狹邪，喜得送流霞。（北周 庾信《衛王贈桑落酒奉答》）
>
> 雪花釀流霞滿壺，烹葵韭香浮朝露。（明 徐復祚《投梭記·敘飲》）

4、天祿

「天祿」指天賜的福祿。《尚書·大禹謨》：「四海困窮，天祿永終。」可用

作酒的代稱。如：

> 酒者，天之美祿，帝王所以頤養天下，享祀祈福，扶衰養疾。
> （《漢書·食貨志下》）

> 東坡先生曰：酒，天祿也。其成壞美惡，世以兆主人之吉凶，
> 吾得此，豈非天哉！（宋 蘇軾《桂酒頌·序》）

5、玉液

「玉液」本指瓊樹花蕊的汁液。《楚辭·王逸〈九思·疾世〉》：「從卬邀兮棲遲，吮玉液兮止渴。」洪興祖《補注》：「玉液，瓊蕊之精氣。」用以泛指甘美的漿汁。南朝梁庾肩吾《答陶隱居齎術蒸啓》：「味重金漿，芳踰玉液。」從而喻指美酒。如：

> 忽值瓶瀉椒芳，壺開玉液。（南朝 梁 劉潛《謝晉安王賜宜城酒啓》）

> 開瓶瀉罇中，玉液黃金脂。（唐 白居易《效陶潛體詩》）

> 玉液斟來晶影動，珠璣賦就峽雲收。（《警世通言·假神仙太鬧華光廟》）

從以上酒的別稱可以看出，人們對酒的瞭解和認識是多元化的。不僅能夠創造一些新的詞語，還可以從典故中總結出與酒有關的事件來作爲酒的別稱，從酒的性味、功用等各種角度來指稱「酒」這一事物。上古時期，酒之別稱的出現基本是偶然的、相對淺顯的，但對後來這一現象的發展起到了很多啓示作用。漢代以後的文獻典籍中又有「杜康」、「白墮」、「酒兵」、「紅友」、「狂藥」、「忘憂物」、「浮蟻」、「綠蟻」、「香蟻」、「杯中醁」、「杯中物」、「壺中物」、「釣詩鈎」、「掃愁帚」等詞語用以指代酒。其別稱明顯增多，命名的角度也更加多元，這與社會生活的發展以及人們的對酒的認知是分不開的。如以「黃封」稱酒是宋代特有的產物；又如以「醍醐」、「般若湯」稱酒都是由佛教用語演化而來，這與當時社會生活狀況是息息相關的。豐富多彩的酒之別稱，也是語言和文學日益發展的產物。

上古時期，用以表示酒之名稱的詞語已經不算少，它們用以標誌不同特色的酒。然而，隨著社會和語言的發展，人們的認知思維日益開闊，對詞語

的駕馭能力也顯著提高。因此，會在這類詞語以及其他各類意義相關詞語的基礎上，創造出豐富多彩的酒名稱。可以看出，隨著時間的推移，酒的稱謂在形式上由單純結構向著複合結構發展，其意義也由簡單變得充滿文學色彩。這些變化，使酒的命名來源更廣泛，意義更加豐富，形式也更爲靈活。在特定語境下，對酒所寄寓的感情色彩淋漓盡致地呈現在詞語之中。這是漢語言的特點，也是酒文化的特色。

第二節　上古「酒器名稱」的隱喻認知分析

酒器文化是中國古代酒文化中非常重要的一部分。本書第一章從語義分類角度進行描寫時，「酒器」這一類別的詞語也是數量最多的。儘管它們所記載的關於各種酒器的實際物質形態及功用可能還存有一些爭議，但從各種資料的描述中能夠看到早期酒器文化的概貌。儘管上古時期的某些酒器已經成爲歷史的遺物，但標誌它們的詞語在語言的發展中卻沒有隨之消亡，甚至許多已隨著人們認知的深化，增添了許多新義，廣泛地應用於後代的語言中。

一、以酒器合稱泛指酒器

上古時期的文獻典籍中，常有兩個表示酒器名稱的詞組合在一起，用以泛指酒器。

1、醆斝

「醆」是一種淺而小的酒杯；「斝」是古代盛酒器。「醆斝」可用以泛指酒器。如：

> 醆斝及尸君，非禮也。(《禮記・禮運》)
>
> ── 鄭玄《注》：「醆斝，先王之爵也。…… 夏曰醆，殷曰斝，周曰爵。」
>
> 罇俎既陳，肴羞惟時，醆斝序行，獻酬有容。(唐 韓愈《上巳日燕太學聽彈琴詩》序)
>
> 宜命醆斝之醇，復致瓜華之侑。(宋 蘇軾《賜大遼國賀坤成節使副時花酒果口宣》)

2、尊彝

「尊」、「彝」均爲古代酒器，金文中每連用爲各類酒器的統稱。因祭祀、朝聘、宴享之禮多用之，亦以泛指禮器。如：

> 出其尊彝，陳其俎豆。(《國語・周語中》)
>
> ——韋昭《注》：「尊、彝皆受酒之器也。」
>
> 載登壇阼，載酌尊彝。(《宋史・樂志八》)

3、尊觶

「觶」是古代飲酒器，同一般平民喝酒用的「角」。「尊觶」可泛指酒器。如：

> 辟之若尊譚，未勝其本，亡流而下。(《管子・侈靡》)
>
> ——于省吾《雙劍誃諸子新證・管子二》：「尊譚係以酒器爲喻。張佩綸謂尊譚當作尊觶，近是。從覃與從單，形、音並近。要之，譚必爲酒器，於義方符。言尊譚之爲物，如末勝其本，必上重下輕，傾側易倒，故云『亡流而下』也。」

以酒器合稱指代酒器這一現象在漢代以後的文獻典籍中尤爲常見，如「杯斝」、「觥觴」、「罍瓿」、「罍斝」、「罍觴」、「尊罍」等，都可用以泛指酒器。「杯盞」、「觥盞」、「觥爵」、「盞斝」等酒器的合稱亦可用以泛指酒杯。

二、以酒器合稱指飲酒

上古時期的文獻典籍中，常有兩個表示酒器名稱的詞組合在一起，用以代指飲酒。如：

「杯杓」亦作「杯勺」、「桮勺」、「桮杓」，指酒杯和杓子，借指飲酒。如：

> 張良入謝，曰：「沛公不勝桮杓，不能辭。」(《史記・項羽本紀》)
>
> 霍顯之謀，將行於杯杓；荊軻之變，必起於幃幄。(《漢書・息夫躬傳》)
>
> 屏山掩，沉水倦薰，中酒心情怕杯勺。(宋 張元幹《蘭陵王》)
>
> 天人之糧不多得，桮杓未可驅塵囂。(清 曹寅《月涼茗飲歌》)

漢代以後的文獻典籍中，以酒器合稱代指飲酒這一現象有所增多。如「杯

觴」、「杯斝」等都可指飲酒。

三、以酒器名稱指稱其他相似事物

上古時期的酒器名稱,很多都不是單一的意義。它們除用以標誌酒器,還常常作爲量器以及材質、形狀、功用等方面與酒器相似的其他事物的名稱。

1、斗

「斗」又稱「羹斗」,是古代挹酒器,一種容量爲一斗的量器亦稱作「斗」。如:

> 掊斗折衡,而民不爭。(《莊子・胠篋》)

某些星宿因象「斗」形,故以爲名。

北斗七星稱作「斗」。如:

> 豐其蔀,日中見斗。(《周易・豐》)
>
> ——李鼎祚《集解》引虞翻曰:「斗,七星也。」

二十八宿之一,即北方玄武七宿的第一宿,又稱「南斗」,有星六顆。因象斗形,故以爲名。如:

> 維南有箕,不可以簸揚。維北有斗,不可以挹酒漿。(《詩經・小雅・大東》)
>
> ——孔穎達《疏》:「箕斗並在南方之時,箕在南而斗在北,故云南箕北斗。」

天市垣小斗五星,因象斗形,故以爲名。如:

> 斗五星,在宦星西南,主稱量度。(《星經・斗》)

漢代墓闕上供鑴塑人物圖像的突出部分,上大下小,其形如斗,故稱。如:

> 闕之兩角有斗,斗上鑴耐童兒。(《隸續・〈王稚子二闕畫像〉・附文》)

由多數環形線、螺形線組成的斗形指紋,簡稱「斗」。如:

> 十指九斗,不作就有。(《中國諺語資料》)

還有一些形狀像斗的器物,稱作「～斗」。

「刁斗」是古代行軍用具,斗形,有柄,銅質,白天用作炊具,晚上擊以

巡更。如：

> 及出擊胡，而廣行無部伍行陳，就善水草屯，舍止，人人自便，
> 不擊刁斗以自衛。(《史記・李將軍列傳》)

也有些形狀像斗的事物，以「斗」加以修飾，稱作「斗～」。

「斗胸」即胸部隆起如斗狀。據《帝王世紀》，大禹出生時，胸有玉斗。後因以「斗胸」爲聖君之象。《史記・高祖本紀》：「高祖爲人，隆準而龍顏，美鬚髯，左股有七十二黑子。」張守節《正義》引《河圖》：「帝劉季口角戴勝，斗胸，龜背，龍股；長七尺八寸。」

「斗帳」是一種小帳。形如覆斗，故稱。《釋名・釋床帳》：「小帳曰斗帳，形如覆斗也。」如：

> 紅羅復斗帳，四角垂香囊。(《玉臺新詠・古詩爲焦仲卿妻作》)

漢代以後的文獻典籍中，亦有很多形似的事物以「斗」相稱，如「熨斗」、「巴斗」、「煙斗」以及「斗筆」、「斗筆」、「斗門」等。

2、缶

「缶」又作「缻」，是古代用以盛酒漿的瓦器名稱。

古代一種量器亦稱作「缶」。一缶爲十六斗。如：

> 其歲收，田一井出稯禾、秉芻、缶米，不是過也。(《國語・魯語下》)

> ——韋昭《注》：「缶，庾也。《聘禮》曰：『十六斗曰庾。』」

《小爾雅・廣量》：「釜二有半謂之籔，籔二有半謂之缶。」宋咸《注》：「缶，四斛也。」胡承珙《義證》：「此『有半』二字疑衍。十六斗曰籔，二籔爲三斛有二斗……《御覽》八百三十引作『籔二謂之缶』是也。」

一種入水容易傾斜的特製汲水器亦稱作「缶」。段玉裁《說文解字注》：「缶有小有大。如汲水之缶，蓋小者也。」如：

> 水缻，容三石以上，大小相雜。(《墨子・備城門》)

> 具綆、缶，備水器。(《左傳・襄公九年》)

一種陶製的打擊樂器稱作「缶」。《說文・缶部》：「缶，瓦器，所以盛酒漿，秦人鼓之以節歌。」如：

不鼓缶而歌。(《周易・離》)

坎其擊缶，宛丘之道。(《詩經・陳風・宛丘》)

趙王竊聞秦王善為秦聲，請奏盆缶秦王，以相娛樂。(《史記・廉頗藺相如列傳》)

——裴駰《集解》引《風俗通義》曰：「缶者，瓦器，所以盛酒漿，秦人鼓之以節歌也。」

於是秦王不懌，為一擊瓴。(《史記・廉頗藺相如列傳》)

仰天拊缶，而呼烏烏。(《漢書・楊惲傳》)

——顏師古《注》引應劭曰：「缶，瓦器也；秦人擊之以節歌。」

3、壺

「壺」是一種用以盛酒漿或糧食的容器。

與其材質、形制相似的一些器具可用於其他場合，亦稱作「壺」。

古代滴水計時的器俱稱作「壺」。如：

凡喪，縣壺以代哭者，皆以水火守之，分以日夜。(《周禮・夏官・挈壺氏》)

——鄭玄《注》引鄭司農云：「縣壺以為漏。」賈公彥《疏》：「以壺為漏，分更相代。」

後代又稱作「壺漏」。如：

勢與月輪齊朔望，信如壺漏報晨昏。」(宋 米芾《詠潮》)

古代宴飲時投壺的用俱稱作「壺」。如：

投壺之禮，主人奉矢，司射奉中，使人執壺。(《禮記・投壺》)

——陸德明《釋文》：「投壺，壺，器名，以矢投其中射之類。」

古代一種瓦鼓，敲擊以驅水蟲，稱作「壺」。《周禮・秋官・司寇》：「壺涿氏下士一人，徒二人。」鄭玄《注》：「壺謂瓦鼓；涿，擊之也。」賈公彥《疏》：「壺乃盛酒之器，非可涿之物，故知是瓦鼓。必知是瓦者，雖無正文，《考工記》有陶人、瓬人，造瓦器驅水蟲，非六鼓，故知是瓦鼓也。」《周禮・秋官・壺涿氏》：「壺涿氏掌除水蟲，以炮土之鼓驅之，以焚石投之。」

漢代以後的文獻典籍中，還有一些形狀似壺的器物稱作「～壺」，如「箭壺」等。

4、觚

「觚」是古代飲酒器。

因有棱角，一些棱角分明的器物亦稱作「觚」。

古人用以書寫或記事的木簡稱作「觚」。《急就篇・卷一》中「急就奇觚與眾異」顏師古《注》：「觚者，學書之牘，或以記事，削木爲之，蓋簡之屬也……其形或六面，或八面，皆可書。觚者，棱也，以有棱角，故謂之觚。」如：

> 或操觚以率爾，或含毫而邈然。（《文選・陸機〈文賦〉》）

> ——李善《注》：「觚，木之方者，古人用之以書，猶今之簡也。」

漢代以後，又稱作「觚牘」、「觚木」、「觚簡」、「觚槧」等。如：

> 孔子作《春秋》，千五百年……秉觚牘，焦思慮，以爲論注疏說者，百千人矣。（唐 柳宗元《唐故給事中皇太子侍讀陸文通先生墓表》）

> 觚者，棱也，學書之牘，或以記事，削木爲之。其形或六面，或八面，面面皆可書，以有棱角，遂謂之觚。今或呼小兒學書簡爲觚木。（唐 蘇鶚《蘇氏演義・卷下》）

> 彼所閱者，不越篇章觚簡之間。（明 張居正《贈霽翁尊師吳老先生督學山東序》）

> 苟有逸賢野史爲之書數字於觚槧間，亦足以信後。（明 徐渭《贈沈母序》）

古代有棱角的劍柄亦稱作「觚」。如：

> 操其觚，招其末，則庸人能以制勝。（《淮南子・主術》）

> ——高誘《注》：「觚，劍拊。」

有些有棱角的事物，以「觚」加以修飾，稱作「觚～」。

「觚稜」即宮闕上轉角處的瓦脊成方角棱瓣之形。宋代王觀國《學林・觚角》：「所謂觚稜者，屋角瓦脊成方角棱瓣之形，故謂之觚稜。」如：

> 設璧門之鳳闕，上觚稜而棲金爵。（《文選・班固〈西都賦〉》）

—— 呂向《注》：「舺稜，闕角也。」

《後漢書‧班固傳上》作「柧棱」。李賢《注》引《說文》：「柧棱，殿堂上最高之處也。」

5、角

「角」是古代飲酒器。

一種罰失禮者酒的酒俱稱作「角」。如：

> 侍射則約矢，侍投則擁矢，勝則洗而以請，客亦如之，不角，不擢馬。（《禮記‧少儀》）

—— 鄭玄《注》：「角謂觥，斝爵也。」孫希旦《集解》：「蓋觥以兕角爲之，故亦名爲角，而非四升曰角之角也。」

後來，一種貯茶器亦稱作「角」。如：

> 角開香滿室，爐動綠凝鐺。（五代　齊己《詠茶十二韻》）

上古時期，酒器是器皿中較爲重要的一類。以材質、形狀、功用等方面的認知角度對其進行推而廣之，產生了相類似的其他事物名稱。一些酒器名稱亦是量器名稱；有些酒器名稱亦作爲與之材質、形狀、功用等方面相似的事物名稱。這些與酒器相關的事物名稱，都是基於人們對酒器這一事物的認識，並通過類比而延伸到其他事物上，從而產生與酒器相關的名稱。

同時，亦可見一些表示酒器名稱的詞在詞義上更加突出事物特點，在對其他事物命名時，更多地起到描述與修飾的作用，如「斗胸」、「斗帳」、「壺漏」、「舺牘」、「舺木」、「舺簡」、「舺槧」、「舺稜」等。這是漢語詞彙由單純結構向複合結構過度階段的產物，亦反映了人們的認知思維在語言發展上的隱喻色彩。

四、酒器名稱中的「大」、「小」、「多」、「少」之義

上古時期的酒器，因其形制與容量的不同，有著相對而言的形體大小與容量多少的差異。基於對這些的比較，人們賦予了表示酒器名稱的詞語以相應的「大」、「小」、「多」、「少」之義，並用以形容其他事物。

1、杯

「杯」最初用以喝水。商代的青銅杯體積較大，用以飲酒的杯，其形制相對較小。《方言》卷五：「閻，桮也。」錢繹《箋疏》引《藝文類聚》載李尤《杯

銘》云：「小之爲杯，大之爲閜。」「杯」有「小」和「少」義。以後，又有「杯池」謂小池塘、「杯酌」爲一杯所盛等，用以比喻「少量」。

2、斗

「斗」是古代挹酒器名稱，亦是容量一斗的量器名稱。常用以形容事物之「小」、「少」。

「斗糧」即一斗之糧，形容極少的糧食。如：

> 不費斗糧，未煩一兵，未戰一士，未絕一弦，未折一矢，諸侯相親，賢於兄弟。（《戰國策·秦策一》）

「斗水」即少量之水，亦喻指少量的資助。如：

> （鮒魚）對曰：「我，東海之波臣也。君豈有斗升之水而活我哉？」（《莊子·外物》）

漢代以後的文獻典籍中，又出現「斗船」、「斗祿」、「斗舍」、「斗室」、「斗粟」等以「斗」喻「小」之義的詞語。同時，「斗」又可用以形容事物之「大」、「多」。如「斗膽」（亦作「膽如斗」或「膽大如斗」）、「斗量」、「斗目」、「斗印」、「八斗才」（又作「才高八斗」）等。

由「斗」構成的同一個詞語，還可能同時兼有「大」、「多」和「小」、「少」之義。如：

「斗筲」即斗與筲。斗容十升；筲，竹器，容一斗二升。二者皆是量小的容器。如：

> 田疇不修，男女矜飾，家無斗筲，鳴琴在室。」（《鹽鐵論·通有》）

「斗筲」可用以比喻微小、些微。如：

> 百姓或無斗筲之儲，官奴累萬金。（《鹽鐵論·散不足》）

由「微小、些微」用以喻低微、卑賤。如：

> 早孤，母欲使給事縣廷。林宗曰：「大丈夫焉能處斗筲之役乎？」遂辭。（《後漢書·郭太傳》）

還進而用以比喻人的才識短淺，氣量狹窄。如：

> 噫！斗筲之人，何足算也？（《論語·子路》）

「斗量筲計」指用斗量、用筲計，則形容數量很多。如：

> 南渡後，江湖流派，斗量筲計，風軌蕩然矣。（明　胡應麟《詩
> 藪‧雜編》）

又如「斗大」，指大如斗。對小的物體，形容其大。如：

> 周曰：「今年殺諸賊奴，當取金印如斗大繫肘後。」（南朝　宋　劉
> 義慶《世說新語‧尤悔》）

用於對大的物體，則形容其小。如：

> 斗大一城，尚如海上神山之可望不可即。（清　陳康祺《郎潛紀
> 聞‧卷八》）

由此可見，「斗」既有形容事物之「大」、「多」的意義，又有形容事物之「小」、「少」的意義。這都是相對而言形成的意義。

3、觥

「觥」是古代一種盛酒或飲酒器。其體積相對較大，因此「觥」具有「大、豐盛」之義。

「觥飯」指豐盛的肴饌。如：

> 王召范蠡而問焉，曰：「諺有之，曰：『觥飯不及壺飧。今歲晚
> 矣，子將奈何？』」（《國語‧越語下》）
> ——韋昭《注》：「觥，大也。大飯謂盛饌。盛饌未具，不能以
> 虛待之，不及壺飧之救饑疾。」

「觥羊」即大羊。如：

> 次七，觥羊之毅，鳴不類。測曰：觥羊之毅，言不法也。（漢　揚
> 雄《太玄‧毅》）
> ——范望《注》：「觥羊，大羊也。」

4、勺

「勺」是古代用以舀酒的器具。又作爲容量單位名，歷代有所不同。《孫子算經》卷上：「十撮爲一抄，十抄爲一勺，十勺爲一合。」李時珍《〈本草綱目〉序例》引南朝梁陶弘景《名醫別錄合藥分劑法則》：「十撮爲一勺，十勺爲一合，十合爲一升。」因容量較少，「勺」有形容「少量、細微」之義。

「勺水」即一勺水，指少量的水。如：

> 今夫水一勺之多，及其不測，黿鼉蛟龍魚鼈生焉，貨財殖焉。(《禮記‧中庸》)

「勺飲」即一勺湯水，言湯水量少。如：

> 申包胥如秦乞師……立依於庭牆而哭，日夜不絕聲，勺飲不入口，七日。(《左傳‧定公四年》)

「勺」亦可與其他表示容量較少的單位名稱組合在一起，用以比喻微小、量少。

「升勺」謂一升一勺之量，比喻數量很少。如：

> 夫水勢勝火，章華之臺燒，以升勺沃而救之，雖涸井而竭池，無奈之何也。(《淮南子‧兵略》)

漢代以後，又有「涓勺」、「圭勺」、「勺水一攣」等詞語，以「勺」喻「少」之義。

各種酒器的材質、形狀、功用等方面各不相同，相對而言，它們有著各自的特點。以其特點出發，可引出「大」、「小」、「多」、「少」之義。一方面，是人們對酒器本身的認識所決定的，如「觥」的容量相對較大，非常人能夠一飲而盡，因而具有「大、豐盛」之義；「杯」、「勺」的容量較少，因而具有「少量、細微」之義；「斗」作為酒器用以舀酒，因容量較小，所以具有「小、少」之義；隨著它們意義的形成和固定，人們對這種意義又有著更深的認識，如以「斗」構成的詞語，本來用以形容「小、少」，但在某些時候又用以形容其「大、多」。相對於「大、多」則表示其「小、少」，反之則形容其「大、多」，這是一種相對化的辯證思維在語用中的反映。另一方面，語言的發展使詞語在使用過程中不斷豐富其含義，如「斗」由「小、少」之義引申出「微小、些微」以及「短淺、狹窄」之義等。

五、酒器名稱的社會歷史意義

有些酒器名稱，借助社會、歷史條件，與其他一些事物、事件產生關聯，因而亦可用以表示其他事物或事件。

1、爵

「爵」是古代一種飲酒器。亦是上古時期非常重要的禮器，其用途相當於現在莊重宴飲場合的酒杯。

《埤雅》：「大夫以上與燕賞。然後賜爵，以章有德，故謂命秩爲爵祿、爵位。」這是說賜爵時要舉行隆重的慶祝飲宴活動，飲酒用爵，敬酒時要有次第，故用「爵」作爲表示社會地位和物質待遇的一種尊號，多根據血緣親疏或功勞大小授與，可長期保有，通常可以世襲。《周禮・天官・冢宰》：「以八柄詔王馭群臣，一曰爵，以馭其貴。」周代爵位分爲五等，《禮記・王制》：「王者之制爵祿，公侯伯子男凡五等」。據《春秋會要》「世系」條，所表大小國家一百七十四個，其中公爵四，侯爵二十三，伯爵二十五，子爵三十七，男爵三。春秋戰國時期，除沿襲按血緣關係封爵的舊制外，還出現了按軍功、職位授爵的新制度。戰國時各國的爵稱有君、侯、卿、大夫等，執珪爲楚國獨有的爵稱。秦國還有專門獎勵軍功的二十等軍功爵。漢代宗室封爵只有王侯二等。漢代初期異姓也可封王，後來「非劉氏不王」。〔註5〕如：

> 民之無良，相怨一方，受爵不讓，至於己斯亡。（《詩經・小雅・
> 角弓》）
>
> ——孔穎達《疏》：「受其官爵，不以相讓。」
>
> 故君子無爵而貴。（《荀子・儒效》）
>
> 二月癸未，令民除秦社稷，立漢社稷。施恩德，賜民爵。（《漢
> 書・高帝紀上》）
>
> ——顏師古《注》引臣瓚曰：「爵者，祿位。民賜爵，有罪得
> 以減也。」
>
> 階爲特進，勳爲上柱國，爵爲清邊郡王，食盧邑自三百戶至三
> 千戶，眞食五百戶終焉。（唐　韓愈《清邊郡王楊燕奇碑文》）

2、尊

「尊」是古代盛酒器。因尊屬於待祭祀賓客之禮器，其地位之高以及所待賓客之高貴，所以用以形容尊貴、高貴。如：

〔註 5〕陳高春主編《中國古代軍事文化大辭典》，長征出版社，1992 年，第 489 頁。

> 天子者，執位至尊。(《荀子·正論》)

> 始吾讀孟軻書，然後知孔子之道尊。(唐 韓愈《讀〈荀子〉》)

還用以指輩分、地位高或年紀大。如：

> 養尊者必易服，養卑者否。(《禮記·喪服小記》)

> 曰：卻之卻之爲不恭，何哉？曰：尊者賜之。(《孟子·萬章下》)

後來，「尊」常用以指「輩分、地位高或年紀大的人」，以及進而形成許多諸如「尊慈」、「尊大人」、「尊夫人」、「尊甫」、「尊閣」、「尊庚」、「尊公」、「尊行」、「尊號」、「尊侯」、「尊駕」、「尊累」、「尊門」、「尊嫂」、「尊壽」、「尊宿」、「尊臺」、「尊堂」、「尊章」、「尊姓」、「尊兄」、「尊萱」、「尊儀」、「尊寓」等對人物或事物的敬稱，形成漢民族語言的鮮明特色。

第三節　其他涉酒詞語的隱喻認知分析

除「酒之名稱」與「酒器名稱」，本書所討論的其他涉酒詞語在隱喻認知方面亦有其豐富的內涵。歸納起來，即由表示涉酒方面的意義而形成用以表示其他方面的意義。

一、涉酒性狀用以形容其他事物性狀

上古「酒之性味」類詞語與「酒後狀態」類詞語均用以描述與酒相關的性質、狀態。前者用以形容事物（酒）的性質，後者用以形容人物（飲酒人）的狀態。它們在演變中具有相似的軌跡和特徵，亦體現了類似的認知思維和語用特點。

（一）酒之性味用以形容其他事物形狀

1、醇

「醇」用以形容酒味濃厚。更細緻地說，側重形容酒味精純不雜。亦可形容其他事物的性質特徵。如：

> 惟厥攸居，政治惟醇。(《尚書·説命中》)

> ——孔安國《傳》：「其所居行皆如所言，則王之政事醇粹。」

> 殷殷鍾石羽鑰鳴，　河龍供鯉醇犧牲。(《漢書·禮樂志》)

　　　　　—— 顏師古《注》：「醇謂色不雜也。」

「醇」可用以直接修飾形容表示事物名稱的詞語。

「醇德」謂厚德。如：

　　誠信著乎天下，醇德流乎四海。（《鹽鐵論・世務》）

　　含光醇德，爲士作程。（漢 蔡邕《陳太丘碑文》）

「醇駟」謂四匹馬的毛色一樣。如：

　　天下既定，民亡蓋藏，自天子不能具醇駟，而將相或乘牛車。（《漢書・食貨志上》）

　　　　　—— 顏師古《注》：「醇，不雜也。無醇色之駟，謂四馬雜色也。」

「醇儒」指學識精粹純正的儒者。如：

　　所言涉獵書記，不能爲醇儒。（《漢書・賈山傳》）

「醇醯」指純醋。如：

　　收忠宗族，以醇醯毒藥、尺白刃叢棘並一坎而埋之。（《漢書・王莽傳》）

「醇」又常與意義相同或相近的詞構成聯合結構，用以形容相關的意義。

「醇備」指淳厚完美。如：

　　孝悌忠恕，敬上愛下，博通舊聞，德行醇備，至於黃髮，靡有愆失。（《漢書・王莽傳下》）

「醇粹」指精純不雜。如：

　　玉色頩以脕顏兮，精醇粹而始壯。（《楚辭・遠遊》）

「醇淡」指純正淡泊。如：

　　夫小事者味甘，而大道者醇淡，近物者易驗，而遠數者難效，非大明君子則不能兼通者也。（漢 徐幹《中論・務本》）

「醇和」指純正平和。如：

　　夫子生清穆之世，稟醇和之靈。（漢 蔡邕《釋誨》）

「醇謹」指淳厚謹愼。如：

建陵侯衛綰者，代大陵人也……事文帝，功次遷為中郎將，醇謹無他。(《史記‧萬石張叔列傳》)

「醇素」指淳厚素樸。如：

公承家崇軌，受天醇素。(漢 蔡邕《漢太尉楊公碑》)

「醇壹」亦作「醇一」，指純一、純正。如：

左將軍丹往時導朕以中正，秉義醇壹，舊德茂焉。(《漢書‧史丹傳》)

漢代以後的文獻典籍中，「醇」用以修飾形容其他事物的詞語如「醇風」、「醇毆」、「醇俗」、「醇學」、「醇源」等；又有「醇白」、「醇篤」、「醇古」、「醇固」、「醇和」、「醇厚」、「醇潔」、「醇精」、「醇峻」、「醇良」、「醇眊」、「醇茂」、「醇美」、「醇明」、「醇樸」、「醇愨」、「醇確」、「醇善」、「醇深」、「醇溫」、「醇熙」、「醇香」、「醇雅」、「醇懿」、「醇鬱」、「醇質」等聯合結構的詞語；同時「醇」又與其意義相對或相反的詞構成聯合結構，用以形容一些相關領域的事物，如「醇薄」、「醇駁」、「醇疵」、「醇澆」、「醇醨」等。可見，「醇」用以形容的事物範圍是非常廣的，只是在現代漢語中，這一意義多數已被「淳」和「純」所替代。

2、醲

「醲」用以形容酒味濃厚。與「醇」的「精純、不雜」相比，「醲」更側重形容酒味濃厚、濃重。「醲」亦可形容其他事物的性質特徵。如：

夫有盛雲醲霧之勢而不能乘遊者，螾蟻之材薄也。(《韓非子‧難勢》)

「醲」可與意義相同或相近的詞構成聯合結構，用以形容相關的意義。

「醲實」指豐滿。如：

素質幹之醲實分，志解泰而體閒。(戰國 楚 宋玉《神女賦》)

漢代以後的文獻典籍中，「醲」用以修飾形容其他事物的詞語如「醲綠」、「醲賞」等；又有「醲粹」、「醲厚」、「醲秀」、「醲鬱」等聯合結構的詞語。但相對於「醇」，「醲」所形容的事物範圍則小得多，在現代漢語中，這一意義多數已被「濃」所替代。

值得注意的是，隨著語言的發展，「醇」與「醲」亦可構成聯合結構，作「醇醲」和「醲醇」，用以形容酒味濃厚甘美。如：

> 惟思近醇醲，未敢窺璨瑳。（宋 蘇軾《病中大雪數日未嘗起觀虢令趙薦以詩相囑戲用其韻答之》）

> 和羹茞醳，旨酒醲醇。（晉 潘尼《火賦》）

又可形容風氣、教化淳樸、寬厚。如：

> 不鬻邪而豫賈，著馴風之醇醲。（晉 左思《魏都賦》）

> 播皇澤以熙世，揚茂化之醲醇。（《三國志・蜀志・郤正傳》）

又可喻富貴尊榮。如：

> 然合前賦而觀之，誠見其嗜醇醲而姑言寂寞也。（明 徐渭《涉江賦》序）

> 要爲東南植元氣，萬家臞癏還醲醇。（清 馮桂芬《戚觀察貞咬菜根圖》）

人們通過釀酒、飲酒的經歷，會對酒之性味有著不斷深入的瞭解。而以具體的、熟悉的事物的性狀去比喻抽象的、難以描述的事物的性狀，是認知思維發展的普遍規律。以「醇」、「醲」爲例，它們除用以形容酒味濃厚，還可用以形容其他事物特別是一些較爲抽象的事物（如風俗、教化、道德、品質等）的性狀。如今，在漢語中，也更多地使用它們的比喻義。

（二）酒後狀態用以形容其他狀態

1、酣

「酣」謂飲酒盡興、暢快。還可用以形容其他事物盡興、暢快或行動進入高潮。

「酣戰」猶激戰。如：

> 酣戰之時，司馬子反渴而求飲，豎穀陽操觴酒而進之。（《韓非子・十過》）

> 褒公鄂公毛髮動，英姿颯爽來酣戰。（唐 杜甫《丹青引贈曹將軍霸》）

漢代以後的文獻典籍中，用以形容其他事物盡興、暢快或行動進入高潮的詞語如「酣鏖」、「酣鬥」、「酣歌」、「酣叫」、「酣謳」、「酣醉」、「酣寢」、「酣臥」、「酣笑」、「酣宴」、「酣飲」、「酣遊」等；「酣」還多用以指其他事物的狀態旺盛、濃烈，如「酣春」、「酣眠」、「酣色」、「酣紫」、「酣夢」；「酣」與其同義詞或近義詞構成聯合結構用以形容相關意義的詞語如「酣飽」、「酣暢」、「酣放」、「酣恰」、「酣適」、「酣肆」、「酣豔」、「酣悅」、「酣恣」等。

2、醒

「醒」指酒醉後恢復常態。可用以形容人或事物從一種狀態恢復到常態。

「醒」多用以形容清醒、覺悟。如：

「先醒」猶先覺。《韓詩外傳・卷六》：「古謂知道者曰先生，猶言先醒也。」

如：

> 故未治也知所以治，未亂也知所以亂，未安也知所以安，未危也知所以危，故昭然先寤乎所以存亡矣，故曰「先醒」。（漢 賈誼《新書・先醒》）

「醒悟」亦作「醒寤」。指在認識上由模糊而清楚，由錯誤而正確。如：

> 趙佗王南越，倍主滅使，不從漢制…… 陸賈說以漢德，懼以帝威，心覺醒悟，蹶然起坐。（漢 王充《論衡・佚文》）

漢代以後的文獻典籍中，以「醒」用以形容認識狀態的詞語如「醒心」、「醒素」、「醒點」、「醒豁」等。

隨著人們認知的深化，「醒」還可用以形容更多事情的狀態變化。

可指睡眠狀態結束或尚未睡著。如：

> 頹倚睡未醒，僕夫問盥櫛。（唐 杜甫《早發》）

> 簷影頻移暝雲動，曲枕悠然醒午夢。（明 王韋《閣試春陰詩》）

又可指動植物恢復生機或由蟄伏而活動。如：

> 姜枯以膏，燠暍以醒。（唐 韓愈《唐故江南西道觀察使王公神道碑銘》）

> 莫怨春歸，莫愁柘老，蠶已三眠將醒。（宋 趙以夫《二郎神・次陳唯道》）

還可指病癒或從昏迷、麻醉中恢復正常。如：

> 使人久滯念，霍如病已醒。（宋 沈遼《贈有道者》）

> 連陰如病醒，耿耿乍離索。（元 劉詵《春懷》）

3、醉

「醉」指飲酒適量或過量，神志不清，失去自持。還可用以形容沉迷、陶醉。如：

> 列子見之而心醉。（《莊子‧應帝王》）

> 與其醉聲色，何如與學士論文。（宋 錢愐《錢氏私志》）

又可用以形容昏沉、糊塗。如：

> 舉世皆濁我獨清，眾人皆醉我獨醒。（《楚辭‧漁父》）

> 此皆能乘王之醉昏而求所欲於王者也。（《戰國策‧趙策四》）

漢代以後的文獻典籍中，以「醉」構成而用以比喻昏沉、糊塗的詞語如「醉夢」、「醉生夢死」等。

以「酣」、「醒」、「醉」為例，它們除用以形容飲酒後的狀態，還可用以形容其他事件的狀態，特別是一些與飲酒狀態有著極其相似之處的事件。從詞語的生成和用例可以發現，「酣」與「醉」都可用來比喻做事沉迷、盡興，「酣」與「醒」都可用來形容睡眠，而「醒」與「醉」又都可用來比喻精神、認識上的一對相反狀態。可見，這是基於人們對飲酒這一事件及其可能產生的狀態的一種認識：飲酒可以使人酣暢或迷醉；入睡、睡覺到醒來與飲酒、酒醉到酒醒的過程與狀態相似；人們對事物的精神狀態亦如飲酒，酒醉則昏憒，醉解則清醒。

這些認識的深入與拓展，使本來僅限於涉酒領域的「酒之性味」與「酒後狀態」的詞語充滿了隱喻色彩。從所測查的文獻來看，上古時期，它們的比喻義只是剛剛萌芽，但後來，這些意義則具有更廣泛的使用空間和更豐富的文學色彩。

二、涉酒行為、活動用以指稱其他行為、活動

本書所描寫的涉酒行為及活動主要有「酒之製造」、「酒之買賣」、「酒之飲

用」、「酒之貪嗜」以及「酒禮」類，其中的詞語用以表示與酒相關的一些具體的行爲動作，但後來亦廣泛用於形容其他與之相似的行爲或事件。

（一）涉酒行爲用以指稱其他行爲

1、釀

「釀」指釀酒，即利用發酵的方法製造酒。又指利用發酵作用製造蜜、醋、醬油等其他事物。如：

> 清者爲酒，濁者爲醴。清者聖明，濁者頑騃，皆麴糱丘之麥，釀野田之米。（漢 鄒陽《酒賦》）

「釀飯」指使飯發酵。如：

> 蒸穀爲飯，釀飯爲酒，酒之成也，甘苦異味。（漢 王充《論衡·幸偶》）

「釀蜜」謂蜜蜂做蜜。如：

> 雨過殘紅濕未飛，疏籬一帶透斜暉，遊蜂釀蜜竊香歸。（宋 周邦彥《浣溪沙》）

因「釀」是一個循序漸進的過程，又形容事情逐漸形成、造成。如：

> 善以化渥，釀其教令，變更爲善。（漢王充《論衡·率性》）

後來，又有「釀寒」、「釀花」、「釀雪」等詞形容自然中某種狀態逐漸形成。而「釀亂」則指人爲地製造禍亂。

2、酌

「酌」本指斟酒勸飲或自飲。又用以指挹取、舀取。如：

> 酒醴維醹，酌以大斗。（《詩經·大雅·行葦》）

> 泂酌彼行潦，挹彼注茲，可以濯罍。（《詩經·大雅·泂酌》）

> ——鄭玄《箋》：「流潦，水之薄者也，遠酌取之，投大器之中，又挹之注之此小器。」

由「挹取、舀取」這一特點，又用以指斟酌、考慮取捨。如：

> 子爲大政，將酌於民者也。（《左傳·成公六年》）

> ——杜預《注》：「酌，取民心以爲政。」

上酌民言，則下天上施。(《禮記・坊記》)

—— 鄭玄《注》：「酌，猶取也。取眾民之言以爲政，則得民心。」

後來形成一些複合詞用以表示這一意義。其中側重於「考慮、衡量」之義的詞語如「酌辦」、「酌裁」、「酌定」、「酌度」、「酌估」、「酌核」、「酌量」、「酌擬」、「酌情」、「酌商」、「酌議」等；側重於「選擇取捨」之義的詞語如「酌古御今」、「酌和」等。

最爲常見的同義複合詞爲「斟酌」。「斟」、「酌」都是從一個容器中舀取酒注入另一容器。一般「斟」是用斗，「酌」是用勺；斗大勺小，「酌」一般是舀酒注入飲器，「斟」往往是舀酒注入貯酒器。「斟」的工具較大，舀取的不限於酒，也可以是羹湯等別的液體；「酌」的對象很少不是酒的。[註6]「斟酌」指倒酒、注酒。如：

陳輕騎以行炰，騰酒車以斟酌。(《文選・班固〈西都賦〉》)

一說倒酒不滿曰「斟」，太過曰「酌」，貴適其中。故凡事反覆考慮、擇善而定，亦稱「斟酌」，用以形容可慮可否。如：

耆艾修之，而後王斟酌焉。(《國語・周語上》)

至於斟酌損益，進盡忠言，則攸之、褘、允之任也。(三國 蜀諸葛亮《出師表》)

（二）涉酒活動用以指稱其他活動

上古時期「酒禮」類中一些詞語所表示的內容並非一個單純的動作，而是一系列的行爲程序。隨著社會的發展，這些禮儀程式已經消亡，但標誌它們的詞語，卻負載著其中的涵義，傳承到其他領域中。

1、酬

「酬」指勸酒，敬酒。具體來說指客人向主人祝酒，主人再向客人進酒。由「主人向客人進酒」這一特徵，用以比喻酬報、報答。如：

令尹將必來辱，爲惠已甚，吾無以酬之，若何？(《左傳・昭公

[註6] 王力主編《王力古漢語字典》，中華書局，2000年，第1490頁。

二十七年》)

漢代以後的文獻典籍中，以「酬」組成的複合詞用以比喻酬報、報答之義的如「獻酬」、「酬報」、「酬恩」、「酬德」等。

「酬報、報答」這一意義又可用於多個方面。

指應對、答應。如：

有無言而不酬兮，又何往而不復。（漢 張衡《思玄賦》）

又如「酬辯」、「酬答」、「酬決」、「酬奉」、「酬復」、「酬納」、「酬接」、「酬物」、「酬許」、「酬應」、「酬咨」等。

指抵償、賠償。如：

故得不酬失，功不半勞。（《後漢書・西羌傳論》）

又如「酬償」、「酬贖」「酬賀」、「酬願」等。

指償付、贈予。如：

監臨之官出行，不得過百姓飲食。有者，即數錢酬之。（《北史・陽休之傳》）

又如「酬謝」、「酬贈」等。

指賞賜、獎賞。如：

後九月九日大會射，設標的，高出百數十尺，令曰：中，酬錦與金若干。（唐 韓愈《薛君墓誌銘》）

又如「酬功」、「酬功給效」、「酬獎」、「酬犒」、「酬勞」、「酬賞」、「酬勳」等。

指對答、詩文贈答。如：

問一言則酬數百，責其指歸，或無要會。（北齊 顏之推《顏氏家訓・勉學》）

擲筆落郢曲，巴人不能酬。（唐 李群玉《洞庭驛樓雪夜燕集奉贈前湘州張員外》）

又如「酬唱」、「酬對」、「酬賡」、「酬和」等。

指報復。如：

生能酬楚怨，死可報吳恩。（宋 范仲淹《蘇州十詠・伍相廟》）

2、酢

「酢」指客人以酒回敬主人。可用以比喻報答。如：

> 報以介福，萬壽攸酢。(《詩經・小雅・楚茨》)
>
> ——毛《傳》：「酢，報也。」

「酢報」指報答。如：

> 成功然後可以獨名，事道然後可以言名，然後可以承致酢。(《管子・侈靡》)

「酬」與「酢」本身就是一種行爲中相對的兩個方面。主客相互敬酒，主敬客稱「酬」，客還敬稱「酢」，因此二者也常常連用。如：

> 觴酌俎豆酬酢之禮，所以儆善也。(《淮南子・主術》)
>
> 強飲客，客辭，即自引滿，客不得已，與酬酢，或醉僕席上。
> (《新唐書・卓行傳・陽城》)
>
> 怎當他酬酢處兩三巡，揭席時五六杯，醉的我將宮錦淋漓。
> (元　王實甫　《麗春堂・第二折》)

而「酢酬」的出現則要更晚一些。如：

> 醉醒非酢酬，滄浪待鼓枻。(清　曹寅《秋飲》)
>
> 鳳舞鸞歌自酢酬，蟪蛄莫漫話春秋。(清　丘逢甲《秋懷疊前韻》之一)

　　無論是表示性質、狀態的詞語，還是表示行爲、活動的詞語，隨著社會和語言的發展，它們相應地用以形容其他事物的性質、狀態以及指稱其他的行爲、活動，眞實地再現了涉酒詞語中所包含的意義精髓。前者主要運用類比，體現了其他事物性質、狀態與涉酒性狀的相似性；後者主要運用概括，把涉酒行爲、活動中的某一點意義提取出來，進而用以指稱較爲抽象的行爲活動。它們在詞語生成方面，都使原有的單純結構向著複合結構轉變。

第四節　上古涉酒成語的隱喻認知分析

　　「成語」作爲一種特殊的語言形式，其來源、形成、思想內容、歷史沿用和發展演變等方面的特點，都反映了人們認知思維的進步和語言創造及使用上

的發展。涉酒成語是涉酒詞語的一部分，其語義、生成、使用等特殊性，又使之有異於一般的詞語。同時，涉酒成語的屬性更加突出人們在創造、使用、發展它的過程中的隱喻認知思維。

一、上古涉酒成語的判定

關於「成語」一詞，最早稱為「成言」，在東漢已經出現。六朝時，它又被稱為「陳言」、「成詞」。到宋代，又稱「全語」、「成語」。明清沿用。〔註7〕成語的定義是一個既重要又複雜的問題。近、現代辭書及專著對這個問題進行了大量研究，但分歧還是比較大。

對於「成語」的定義，《辭源》〔註8〕認為：「成語，謂古語也。凡流行於社會可證引以表示已意者皆是。」《辭海》認為：「古語常為今人所引用者曰成語。或出自經傳，或來自謠諺，大抵為社會間口習耳聞，為眾所熟知者。」後修訂為：「熟語的一種。習用的固定詞組。在漢語中多由四個字組成。組織多樣，來源不一。有些可從字面理解，如『萬紫千紅』、『乘風破浪』；有些要知道來源才懂，如『青出於藍』出於《荀子・勸學》，『守株待兔』出於《韓非子・五蠹》。」〔註9〕

再看一些專著及教材的論述。《成語》認為：「成語是人們習用的、具有歷史性和民族性的定型詞組；漢語成語以單音節構成成分為主，基本形式為四音節。」〔註10〕《漢語成語研究》認為：「凡在語言中長期沿用，約定俗成，一般具有固定的結構形式與組成成分，有其特定含義，不能望文生義，在句子中的功能相當於一個詞的定型詞組或短句，謂之成語。」〔註11〕《成語九章》認為：「成語是人們長期習用的、意義完整、結構穩固、形式簡潔、整體應用的定型詞組。」〔註12〕《現代漢語（修訂本）》認為：「成語是一種相沿習用的具有書面色彩的固定短語。」

〔註7〕陳秀蘭《成語探源》，《古漢語研究》，湖南師範大學出版社，2003 年，第 78～79 頁。

〔註8〕《辭源》，商務印書館，1915 年。

〔註9〕分別見於《辭海》，中華書局，1936 年及《辭海》，中華書局，1979 年。

〔註10〕馬國凡《成語》，內蒙古人民出版社，1973 年，第 40～52 頁。

〔註11〕史式《漢語成語研究》，四川人民出版社，1979 年，第 113～114 頁。

〔註12〕倪寶元、姚鵬慈《成語九章》，浙江教育出版社，1990 年，第 113～115 頁。

（分析中注明：具有意義的整體性和結構的凝固性。）〔註13〕《新編現代漢語》認爲：「成語是具有定型性、整體性、古語性，習用性的固定詞組。」〔註14〕

一些權威的辭書、論著及教材對「成語」的定義反映出，隨著社會和語言的發展，人們對成語的認識在不斷地深入和完善。然而通過對比《成語辭海》〔註15〕、《中國俗成語》〔註16〕以及《中國成語大辭典》〔註17〕中收錄的成語條目亦可以看出，不同的編者對成語標準的判定依然不盡相同。儘管對「成語」的定義還存在著一些分歧和爭議，但不難看出，成語自身的一些特點是顯而易見的，如長期習用、結構固定、意義完整、形式簡潔等。根據上述對成語的定義及性質的歸納，可以概括出以下關於成語判定的幾點標準：首先，成語多出自古代，或是人們根據古語改制而成並長期習用；其次，成語具有完整的意義和固定的結構；再次，成語在語言應用中具有相當於詞組或短句的語法功能；最後，成語的形式簡潔，以四字格居多。〔註18〕

在此基礎上，上古涉酒成語應該是：語料出自中國上古時期的文獻典籍，用以記述與「酒」相關的內容，具有完整的意義和固定的結構，在應用中相當於詞組或短句的簡潔的語言形式。

二、上古涉酒成語描寫

按照上述判定標準，選取如下典型的上古涉酒成語進行簡要描寫。

【杯弓蛇影】

《風俗通義・怪神・世間多有見怪驚怖以自傷者》：「予之祖父郴爲汲令，以夏至日請見主簿杜宣，賜酒。時北壁上有懸赤弩，照於杯中，其形如虵。宣畏惡之，然不敢不飲，其日便得胸腹痛切，妨損飲食，大用羸露，攻治萬端，不爲愈。後郴因事過至宣家，窺視，問其變故，云：『畏此虵，虵入腹中。』郴還聽事，思惟良久，顧見懸弩，必是也。則使門下史將鈴下侍徐扶輦載宣於故

〔註13〕黃伯榮、廖序東《現代漢語（修訂本）》，甘肅人民出版社，1981年，第75頁。
〔註14〕張靜《新編現代漢語》，上海教育出版社，1980年，第98頁。
〔註15〕胡汝章《成語辭海》，中國卓越出版公司，1990年。
〔註16〕劉玉凱、喬雲霞《中國俗成語》，上海文藝出版社，1991年。
〔註17〕王濤等《中國成語大辭典》，上海辭書出版社，1999年。
〔註18〕林琳《〈禮記〉成語研究》，東北師範大學碩士學位論文，2006年。

處設酒，杯中故復有蚖，因謂宣：『此壁上弩影耳，非有他怪。』宣意遂解，甚夷懌，由是瘳平。」《晉書‧樂廣傳》等亦有類似記述。後因以「杯弓蛇影」比喻疑神疑鬼，自相驚擾。如：

> 況杯弓蛇影，恍惚無憑，而點綴鋪張，宛如目?（清 紀昀《閱微草堂筆記‧如是我聞四》）

> 金玦厄涼含隱痛，杯弓蛇影負奇冤。（清 黃遵憲《感事》）

「杯弓蛇影」亦可作「樽中弩」。如：

> 疑惑樽中弩，淹留冠上簪。（唐 杜甫《風疾舟中伏枕書懷》）

「杯弓蛇影」又可省作「杯蛇」。如：

> 以彼機穽可畏，不勝杯蛇之疑。（明 歸有光《與徐子與》）

【杯盤狼藉（籍）】

《史記‧滑稽列傳》：「日暮酒闌，合尊促坐，男女同席，履舄交錯，杯盤狼藉。」「杯盤狼藉」義為杯盤等放得亂七八糟，形容宴飲完畢或即將完畢時的情景。如：

> 肴核既盡，杯盤狼藉。（宋 蘇軾《前赤壁賦》）

> （美娘）醉眼蒙矓，看見房中燈燭輝煌，杯盤狼藉。（《醒世恒言‧賣油郎獨佔花魁》）

【哺糟歠（啜）醨】

《楚辭‧漁父》：「眾人皆醉，何不餔其糟而歠其醨」。「哺糟歠醨」用以比喻效法時俗，隨波逐流。如：

> 同甘苦於人類，好哺糟而啜醨。（漢 王延壽《王孫賦》）

> 哺糟歠醨，俯同妄作，披褐懷玉，無由自陳。（唐 劉知幾《史通‧核才》）

【醇酒婦人】

《史記‧魏公子列傳》：「公子自知再以毀廢，乃謝病不朝，與賓客為長夜飲，飲醇酒，多近婦女。日夜為樂飲者四歲，竟病酒而卒。」後以「醇酒婦人」指酒色。如：

今世之醇酒婦人以求必死者，有幾人哉！（清　全祖望《陽曲傳先生事略》）

【簞醪投川】

漢代黃石公《三略‧上略》：「昔者良將之用兵，有饋簞醪者，使投諸河，與士卒同流而飲。夫一簞之醪，不能味一河之水，而三軍之士，思爲致死者，以滋味之及己也。」或以爲《呂氏春秋‧順民》：「越王苦會稽之恥……有酒，流之江，與民同之。」後以「簞醪投川」爲將領愛撫部下，甘苦與共的典實。如：

簞醪投川，可使三軍告捷。（《文選‧張協〈七命〉》）

——李善《注》引《黃石公記》：「昔良將之用兵也，人有饋一簞之醪，投河，令眾迎流而飲之。夫一簞之醪，不味一河，而三軍思爲致死者，以滋味及之也。」

【桂酒椒漿】

《楚辭‧九歌‧東皇太一》：「蕙肴蒸兮蘭藉，奠桂酒兮椒漿。」王逸《注》：「桂酒，切桂置酒中也；椒漿，以椒置漿中也。言己供待彌敬，乃以惠草蒸肴，芳蘭爲藉，進桂酒椒漿，以備五味也。」「桂酒椒漿」用以泛指美酒。如：

桂酒椒漿前跪持，孤臣精誠天鑒茲。（清　孫枝蔚《冬青行》）

桂酒椒漿，侈列賓筵之品。（清　劉師培《文說》）

【漿酒霍（藿）肉】

《漢書‧鮑宣傳》：「使奴從賓客，漿酒霍肉，蒼頭廬兒，皆用致富。」顏師古《注》：「劉德曰：『視酒如漿，視肉如霍。』霍，豆葉也，貧人茹之也。」「漿酒霍肉」義爲視酒肉如漿霍，形容飲食豪侈。如：

瓦金皮繡，漿酒藿肉者，故不可稱紀。（《宋書‧周朗傳》）

【酒池肉林】

《史記‧殷本紀》：「大冣樂戲於沙丘，以酒爲池，縣肉爲林，使男女裸，相逐其間，爲長夜之飲。」後以「酒池肉林」形容極度豪華奢侈。如：

行賞賜，酒池肉林，令外國客徧觀各倉庫府藏之積，欲以見漢廣大，傾駭之。（《漢書‧張騫傳》）

　　及到末世，以奢失之者，帝王則有瑤臺瓊室，玉杯象箸，肴膳
之珍則熊蹯豹胎，酒池肉林。(《晉書·江統傳》)

「酒池肉林」又作「池酒林胾」。如：

　　詔百官都人列繒樓幔閣夾道，被服光麗。塵邸皆供帳，池酒林
胾。(《新唐書·裴矩傳》)

【酒酣耳熱】

《漢書·楊敞傳》：「奴婢歌者數人，酒後耳熱，仰天拊缶而呼烏烏。」「酒酣耳熱」用以形容酒喝得暢快，酒興正濃。如：

　　每至觴酌流行，絲竹並奏，酒酣耳熱，仰而賦詩，當此之時，
忽然不自知樂也。(三國　魏　曹丕《與吳質書》)

　　酒酣耳熱忘頭白，感君意氣無所惜。(唐　杜甫《醉歌行贈公安
顏十少府請顧八題壁》)

【酒囊飯袋】

《論衡·別通》：「今則不然，飽食快飲，慮深求臥，腹為飯坑，腸為酒囊，閉闇暗塞，無所好欲，與三百裸蟲何以異？」「酒囊飯袋」用以譏諷只會吃喝、不會做事的無能之人。如：

　　馬氏奢僭，諸院王子僕從烜赫，文武之道，未嘗留意。時謂之
酒囊飯袋。(《類說·卷二十二》引宋代陶岳《荊湖近事》)

　　這酒囊飯袋，眞是草包哩！(明　吳炳《西園記·冥拒》)

「酒囊飯袋」亦作「酒甕飯囊」或「酒囊飯包」。如：

　　荀彧猶強可與語，過此以往，皆木梗泥偶，似人而無人氣，皆
酒甕飯囊耳。(晉　葛洪《抱朴子·彈禰》)

　　酒甕飯囊君勿誚，也勝滿腹貯閒愁。(宋　陸游《解嘲》)

　　念區區酒囊飯包，又誰知生來命高，沒生涯，終朝醉飽，都倚
著那妖嬈。(清　李漁《意中緣·捲簾》)

【醴酒不設】

《漢書·楚元王劉交傳》：「初，元王敬禮申公等，穆生不耆酒，元王每置

酒，常爲穆生設醴。及王戊即位，常設，後忘設焉。穆生退曰：『可以逝矣！醴酒不設，王之意怠，不去，楚人將鉗我於市。』」「醴酒不設」義爲不再特別準備甜酒，比喻對人的禮敬漸漸減弱。如：

> 待人禮貌衰曰醴酒不設。（宋 胡繼宗《書言故事・延接類》）

【醉酒飽德】

《詩經・大雅・既醉》：「既醉以酒，既飽以德。」又《序》：「既醉，太平也。醉酒飽德，人有士君子之行焉。」「醉酒飽德」後用爲酬謝主人宴飲之辭。如：

> 妾以寓止郊園，綿歷多祀，醉酒飽德，蒙惠誠深。（《太平廣記・卷四九二》引唐代無名氏《靈應傳》）

「醉酒飽德」亦省作「醉德」。如：

> 醉德無何，忽云改歲，兄今其脫然愈乎？（清 顧炎武《與歸莊手箚》）

【醉吐相茵】

《漢書・丙吉傳》：「吉馭吏耆酒，數逋蕩，嘗從吉出，醉嘔丞相車上。西曹主吏白欲斥之，吉曰：『以醉飽之失去士，使此人將復何所容？西曹地忍之，此不過污丞相車茵耳。』遂不去也。」此馭吏爲邊郡人，熟悉邊事，後來爲防務工作提出切實有用的建議。後以「醉吐相茵」稱這一典故，喻指寬以待人必然會有好的回報。如：

> 醉吐相茵君勿恃，丙公遺事久寥寥。（宋 張耒《戒醉》）

「醉吐相茵」亦省作「醉吐茵」。如：

> 虛煩爲我高懸榻，不及從公醉吐茵。（清 趙翼《秋帆制府挽詩》之四）

【彘肩斗酒】

《史記・項羽本紀》：「噲遂入，披帷西向立，瞋目視項王……項王曰：『壯士，賜之卮酒。』則與斗卮酒。噲拜謝，起，立而飲之。項王曰：『賜之彘肩。』則與一生彘肩。樊噲覆其盾於地，加彘肩上，拔劍切而啖之。項王曰：『壯士，能復飲乎？』樊噲曰：『臣死且不避，卮酒安足辭！』」後因以「彘肩斗酒」形

容英雄豪壯之氣。如：

> 貔肩斗酒渡江人，南部鶯花每愴神。（吳梅《馬鞍山麓弔劉龍洲墓》）

三、上古涉酒成語中的隱喻認知思維

上古涉酒成語具有一般成語的基本特點。同時，在既定的歷史時代及語義範疇下，又具有自身的一些特性，體現出隱喻認知思維。

（一）來　源

從本章所討論的十四個成語來看，「醉酒飽德」語出《詩經》；「哺糟歠醨」、「桂酒椒漿」語出《楚辭》；「杯盤狼藉」、「醇酒婦人」、「酒池肉林」、「貔肩斗酒」語出《史記》；「漿酒霍肉」、「醴酒不設」、「酒酣耳熱」、「醉吐相茵」語出《漢書》；「酒囊飯袋」語出《論衡》；「杯弓蛇影」語出《風俗通義》；「簞醪投川」語出《三略・上略》或《呂氏春秋》。成語的形成往往是個動態的過程，有時很難準確地說出它具體的出處。根據所測查的文獻以及工具書的佐證，可以大體斷定上述文獻是這些成語相對較早的語源，即這些成語語料多源於上古中、後期。

（二）形　成

在這些成語中，「杯盤狼藉」、「醴酒不設」這兩個成語完全取自原文中的自然句，其他成語則是流傳過程中經過加工而成。其中「哺糟歠醨」、「桂酒椒漿」是通過去掉虛詞而形成；「酒酣耳熱」通過易詞而形成，使其在詞義和語法上更容易適應語言的變化發展；「醇酒婦人」、「漿酒霍肉」、「酒池肉林」、「醉酒飽德」、「貔肩斗酒」是將原文中兩個或兩個以上的句子予以節縮拼合，突出其中的意義支點，以構成四字格結構的成語；「簞醪投川」、「酒囊飯袋」是通過節縮拼合後又進行易詞而形成；「杯弓蛇影」、「醉吐相茵」則是對原文語料進行概括、歸納和改寫或通過其注釋的補充而形成的，如對照原文並查找相關資料，就可以發現某些語料被壓縮成四字格的輪廓。這種格式恰如其分地體現了成語「言簡意賅」的特點。並且相當於一個定型的短語，在文獻中運用自如。

（三）思想內容

從這些成語所表現的內容來看，大致可以歸納為以下幾個方面。首先，用

以表示「酒」本身，如「桂酒椒漿」泛指美酒。其次，用以表現與飲酒有關的場景或事態，如「杯盤狼藉」形容宴飲完畢或即將完畢時的情景；「醇酒婦人」、「漿酒霍肉」、「酒池肉林」均用來形容沉湎於酒色或奢侈的飲食；「酒酣耳熱」形容酒喝得暢快，酒興正濃。再次，用以形容由飲酒引發的行為、狀態及相關的道理，如「杯弓蛇影」比喻疑神疑鬼，自相驚擾；「哺糟歠醨」比喻效法世俗，隨波逐流；「簞醪投川」形容愛撫部下，甘苦以共；「醴酒不設」比喻對人的禮敬漸漸減弱；「酒囊飯袋」用以譏諷只會吃喝、不會做事的無能之人；「醉酒飽德」用為酬謝主人宴飲之辭；「醉吐相茵」喻指寬以待人必然會有好的回報；「戲肩斗酒」形容英雄豪壯之氣。

其中，「杯弓蛇影」、「杯盤狼藉」、「醇酒婦人」、「漿酒霍肉」、「酒池肉林」、「酒囊飯袋」這些成語，它們所體現的意義已遠遠超越了字面本身的內容，同時也體現了成語比普通詞語意義更為豐富而深刻的特性以及成語作為文化載體的重要功能。

（四）歷史沿用

自歷史語料以成語的形式固定下來，它們便負載著特定的意義，用來表現一般詞語不能完成的或不易完成的特殊修辭作用。如「杯盤狼藉、「醇酒婦人」、「桂酒椒漿」、「漿酒霍肉」、「酒池肉林」、「酒酣耳熱」、「酒囊飯袋」、「醴酒不設」、「醉酒飽德」，從字面可以解釋出其含義，但作為成語，它們所反映的往往是比字面義更深層次的比喻義。而「杯弓蛇影」、「醉吐相茵」、「戲肩斗酒」則需要借助語料所描述的典故進行闡釋。因此，成語深厚的歷史積澱不僅體現在古香古色的形式之上，也體現於蘊涵的思想內容。據統計，《漢語成語考釋詞典》[註19] 共收成語七千六百多個，要通過補足才可把握其文旨的占 37.34%，要通過闡釋才可把握文旨的占 50.14%，合起來近九成。這其中，要通過補足和闡釋合起來才可以把握文旨的占 12.52%，幾乎不用什麼補足和闡釋就可以把握文旨的不足全部成語的 13%。[註20] 從同期或前後期著作的使用情況來看，與一般詞語相比，成語必定有著某種歷史源流，並且通過固定結構形式與組成成分，代表特定的語義內涵。因而，多數成語並不是自生成

〔註19〕 《漢語成語考釋詞典》，商務印書館，1995 年。

〔註20〕 徐盛桓《成語的生成》，《暨南大學華文學院學報》，2004 年第 1 期。

後只出現一次，它將在語法功能上相當於一個定型詞組甚至短句，在其他典籍或口語中被長期使用。〔註21〕

（五）發展演變

成語作爲一種語言現象，反映了人們對客觀現實進行認識、辨析和驗證。所以，這種形式也會隨著語言自身的發展和社會的變化而產生相應的改變。源自上古時期文獻語料的成語距現代比較遙遠，其蘊涵的意義也多與今天的生活有一定距離。因此，從中提取或歸納出的成語也勢必隨著時間的推移在形式和意義上有一定的變化。

一般情況下，對於完全取自原文自然句以及通過節縮拼合而產生的成語，其形式相對來說較爲穩定。而通過概括、歸納和改寫而形成的成語，因其概括意義的角度各有不同，可能會有不同的形式，如「酒池肉林」又可作「池酒林薮」，「酒囊飯袋」又可作「酒甕飯囊」、「酒囊飯包」。有些成語在所概括的典故較爲固定的情況下，可從另一個角度概括成更簡單的形式，代表的意義與原來一樣，如「杯弓蛇影」又可作「樽中弩」。有些成語在原有結構的基礎上還可繼續縮減，如「杯弓蛇影」可省作「杯蛇」，「醉酒飽德」可省作「醉德」，「醉吐相茵」可省作「醉吐茵」。這些都體現了成語的發展是一個動態的過程，在意義相對穩固的前提下，形式上亦有著自身的靈活性。

這些成語的語料雖來源於上古時期，但除「酒池肉林」見於《漢書》，「酒酣耳熱」、「酒甕飯囊」見於魏晉時期，其他成語均在宋代及以後的文獻典籍中才較爲固定地使用。這說明成語的形成和發展是經過歷史積澱的。

小　結

「隱喻」不僅是一種語言現象，更重要的是一種人類的認知現象。它是「人類將其某一領域的經驗用來說明或理解另一類領域的經驗的一種認知活動。」〔註22〕

本章對某些具有典型意義和用例的詞語（包括成語）從隱喻認知角度進行描寫、分析，主要表現詞語發展演變過程中隱喻認知所發揮的作用。

〔註21〕林琳《〈禮記〉成語研究》，東北師範大學碩士學位論文，2006年。

〔註22〕束定芳《現代語義學》，上海外語教育出版社，2000年，第28頁。

　　「酒」的語義並不只是表示一種液體，還表示禮節、人性等觀念上的意象，實際上，酒作爲最初的物質狀態是不具備這些語義特徵的，原因在於這些語義是人爲附加上的，是表達主體運用聯想借助隱喻修辭手段爲酒添加的抽象意象。酒的意象是主體意念的映像，那麼當「酒」與其他語素結合時，這種意念也就相應地植入新的組合中，形成了眾多的酒語詞符號系統，而且這些酒語詞都有著各自的語義場，而這些語義場的區分也是建立在「酒」原初意義上的。〔註23〕

　　也正如人們在社會生產和生活中，對酒以及涉酒事物、現象的認識在不斷地深入和拓展，因而會把表示與酒相關的概念加以概括、用以表示抽象的概念或進行轉移以表示相似的概念。從詞語發展的角度來看，常以現有的詞語作爲參照，或是比擬現有的詞創造出同源詞，或是使現有的詞引申出新的義項，或是以現有的詞作爲語素衍生出新詞。在詞形上則可以看出，由單純結構向複合結構的變化是一個顯著的趨勢。成語作爲一種特殊的詞語形式，更是兼具上述各特點。這些現象，是人們認知思維的發展反映在語用中的結果。

〔註23〕王勇衛《簡析酒語詞語義演化生成與修辭認知》，《泉州師範學院學報》，2012 年第 1 期。

第五章　上古涉酒詞語與中國酒文化

　　涉酒詞語是酒文化的重要載體，它們使一些實物不能完全反映出的歷史與文化事件得以流傳下來。中國的酒文化博大精深，特別是早期的酒文化，往往與其他文化現象交相輝映。本章主要對一些負載著濃厚文化意義的詞語（包括未歸納在語義分類或未作具體描寫的詞語）進行簡要描述與考證，亦是從文獻與文化的角度對上古涉酒詞語意義所做的一些補充。

第一節　酒之起源

一、關於酒之起源的主要觀點

　　早期文獻《詩經・豳風・七月》中有「八月剝棗，十月獲稻。為此春酒，以介眉壽」的記載。以棗和稻子作為原料釀造春酒以祈求健康長壽，說明先民在當時已經掌握用稻穀釀酒的技術，並瞭解米酒所具有的滋養作用。這足以表明，華夏民族的酒之興起，已有悠久的歷史。

　　自古以來，關於酒的起源一直存在不同的說法。北宋竇蘋《酒譜・酒之源》中總結道：「世言酒之所自者，其說有三。其一曰：儀狄始作酒，與禹同時。又曰：堯酒千鍾，則酒始作於堯，非禹之世也。其二曰：《神農本草》著酒之性味，《黃帝內經》亦言酒之致病，則非始於儀狄也。其三曰：天有酒星，酒之作也，

其於天地並矣。」與之類似，在中國古典文學文獻中，與造酒之說有關的人物主要有「上皇」、「儀狄」、「杜康」等。

「上皇」指上古的帝王。《黃帝內經·素問》中有黃帝與醫家歧伯討論關於「湯液醪醴」的記載：

> 黃帝問曰：「爲五穀湯液及醪醴，奈何？」歧伯對曰：「必以稻
> 米，炊之稻薪。稻米者完，稻薪者堅。」帝曰：「何以然？」歧伯曰：
> 「此得天地之和，高下之宜，故能至完，伐取得時，故能至堅也。」

黃帝即少典之子，姓公孫，居軒轅之丘，故號「軒轅氏」。又居姬水，因改姓姬。國於有熊，亦稱「有熊氏」。以土德王，土色黃，故曰「黃帝」。《周易·繫辭下》：「神農氏沒，黃帝、堯、舜氏作，通其變，使民不倦。」孔穎達《疏》：「黃帝，有熊氏少典之子，姬姓也。」《史記·五帝本紀》：「黃帝者，少典之子，姓公孫，名曰軒轅。生而神靈，弱而能言，幼而徇齊，長而敦敏，成而聰明。」裴駰《集解》：「號有熊。」司馬貞《索隱》：「有土德之瑞，土色黃，故稱黃帝，猶神農火德王而稱炎帝然也。」《黃帝內經》一書是後人託名黃帝之作，可信度尚待考證。但黃帝作爲中原各族的祖先，是華夏民族智慧的化身，因而關於許多發明創造的傳說都可能出現在黃帝時期。

「儀狄」相傳是夏禹時代發明釀酒的人。《戰國策·魏策二》：「昔者，帝女令儀狄作酒而美，進之禹，禹飲而甘之，曰：『後世必有飲酒而亡國者。』遂疏儀狄而絕旨酒。」《初學記·二十六》引《世本》：「儀狄始作酒醪，變五味。」東漢王粲《酒賦》：「帝女儀狄，旨酒是獻。芬芬享祀，人神式宴。」不管是帝女令儀狄造酒，還是帝女儀狄造酒，總之儀狄與造酒有關。三國曹植《酒賦》也認爲是儀狄：「嘉儀氏之造思，亮茲美之獨珍。」《藝文類聚·卷七十二》引《古史考》：「古有醴酪，禹時儀狄作酒。」其中「醴酪」即酒漿。

「杜康」也是傳說中最早造酒的人。《尚書·酒誥》：「惟天降命，肇我民惟元祀。」孔穎達《疏》引漢代應劭《世本》：「杜康造酒。」《說文解字·巾部》中「帚」字條：「古者少康初作箕、帚、秫酒。少康，杜康也，葬長垣。」又《酉部》中「酒」字條：「杜康作秫酒。」此外，《呂氏春秋》、《戰國策》、《博物志》等，皆有關於杜康的記載。曹操《短歌行》之「何以解憂，唯有杜康」，更是使杜康造酒的傳說風行天下。元代伊世珍《嫏嬛記》中解釋說：「杜康造酒，因稱

酒爲杜康。」唐代李瀚《蒙求》中「杜康造酒，倉頡製字」將杜康與倉頡並列，作爲對華夏文化作出巨大貢獻者之一。不過，歷史的記載中確有杜康其人。明朝萬曆年間修撰的《直隸汝州全志·伊陽古跡》：「杜康即杜康村，城北五十里，杜康造酒處，有杜水，《水經注》名康水。」該志《卷九》又載：「杜水河，城北五十里，源於牛山，由杜康石八過銅溝至夾河，會於伊，長十里，因杜康造酒於此，故名。」明清乾隆年間重修的《白水縣志》云：「杜康，字仲宇，爲我縣康家衛人，善造酒。」現在學術界普遍認爲：杜康可能是周秦之間的一個著名的釀酒家。在日本，人們曾把釀酒的官吏稱作「杜氏」，據說這也是源於杜康造酒的傳說。[註1]宋代朱肱在《酒經》中說：「酒之作尚矣，儀狄作酒醪，杜康作秫酒，豈以善釀得名，蓋抑始於此耶？」

　　《全晉文·卷一百六》亦認爲酒的發明始於太古的皇帝如伏羲等，或爲儀狄、杜康。晉代陶淵明《止酒》詩題下注：「儀狄造，杜康潤色之。」認爲酒由儀狄所造，經過杜康加工而完善。把酒的創造與傳說中神秘而神聖的人物聯繫在一起，是先民對智慧與才幹的崇拜和讚美。正如隋朝王績《祭杜康新廟文》中所說：「智哉先生，爰作甘醴。」

　　關於「酒星造酒」的傳說，亦可在古代文獻中找到相關線索。「酒星」也稱「酒旗星」，最早見於《周禮》二十八宿的說法。漢代孔融《與曹操論酒禁書》：「天垂酒星之耀，地列酒泉之郡，人著旨酒之德。」唐代李白《月下獨酌》之二：「天若不愛酒，酒星不在天。」「酒星造酒」的說法，在現在看來未免有些荒誕，但它體現了先民樸素的自然觀，同時，也蘊含著酒或許爲造化所生的科學觀念。

　　除此，在稍後的文獻典籍中還記有「猿猴造酒說」。明代李日華《紫桃軒雜綴》：「黃山多猿猴，春夏採花果於石窪中，醞釀成酒，香氣益發，聞數百步。」清代李調元《粵東筆記》：「瓊州多猿，……常於石岩深處得猿酒，蓋猿以稻米雜百花所造，一石六輒有五六百升許，味最辣，然極難得。」清代徐珂編《清稗類鈔·粵西偶記》：「粵西平樂等府，山中多猿，善採白花釀酒。樵子入山，得其巢穴者，其酒多至數石。飲之，香美異常，曰之猿酒。」

〔註1〕周攸勝《〈說文解字〉酉部酒文化初探》，《湘潭師範學院學報（社會科學版）》，2006年第3期。

　　實際上，酒在最初未必是某個人有意製造的，它很可能經歷了一個由天然形成到人工探索和不斷改進的漫長過程。正如晉代江統《酒誥》云：「酒之所興，肇自上皇；或云儀狄，一曰杜康。有飯不盡，委之空桑，積鬱成味，久蓄氣芳，本出於此，不由奇方。」按照今天較爲科學的觀點推斷：在自然界，漿果表面都有酵母菌繁殖，這些漿果落在不漏水的地方，經過酵母菌的分解作用就會生成酒精，這就是天然的果酒；人們飲用的家畜乳汁，會先由乳酸茵發酵成優酪乳，再由酵母菌發酵成奶酒；人們儲存糧食因設備簡陋受潮而發酵，或是吃剩的食物因擱置久了而發酵，澱粉受微生物的作用發酵引起糖化作用，也會產生酒精。〔註 2〕這或許是最初天然的酒。無論是果酒、奶酒還是糧食酒，都散發著的芳香，飲用則有愉悅而沉醉的奇妙感覺，讓人喜愛、期待並願意探究、製造，因而也就有了許多關於智慧之人造酒的傳說。

　　華夏民族的穀物釀酒，一般認爲可能始於距今有五千年歷史的新石器時代晚期。較爲新近的考古發現表明，約公元前七千多年，生活在河南省舞陽縣北舞渡鎮賈湖村一帶的華夏祖先已經開始了發酵釀酒。〔註 3〕《淮南子·說林》：「清醠之美，始於耒耜。」正是農業的發展，酒與釀酒技術才更加趨於完美。

二、舶來的葡萄酒與挏馬酒

　　隨著經濟和文化的發展，漢朝與周邊少數民族的往來日益密切，一些稀有的物品逐漸引入中原，在史書的記載中則可尋到蹤影。其中，「葡萄酒」與「挏馬酒」就是當時遠道舶來的珍品。

（一）珍稀的葡萄酒

　　「葡萄」又作「蒲陶」、「葡桃」，都是由外來語的音譯而產生的漢字形式。現存文獻對「葡萄酒」的最早記錄見於《史記·大宛列傳》：「（大宛）去漢可萬里，有蒲陶酒。」公元前一百三十八年，外交家張騫奉漢武帝之命出使西域，看到「宛左右以蒲陶爲酒，富人藏酒至萬餘石，久者數十歲不敗。俗嗜酒，馬

〔註 2〕參見傅金泉《中國釀酒微生物研究與應用》，輕工業出版社，2008 年 5 月，第 1頁。

〔註 3〕據《國家科學院學報》，2004 年 12 月 6 日出版。

嗜苜蓿。漢使取其實來，於是天子始種苜蓿，蒲陶肥饒地。及天馬多，外國使來眾，則離宮別館旁盡種蒲陶，苜蓿極望。」大宛爲古西域三十六國之一，北通康居，南面和西南面與大月氏接，產汗血馬。大約在今蘇聯費爾干納盆地。

　　張騫等人大約是較早甚或最早品嘗葡萄酒的中原人。文獻中很難看到對武帝以後至東漢中期以前這一時期內地有關葡萄酒的情況的記載，在描寫貴族宴飲享樂的大量漢賦中，也不見關於葡萄酒的蹤影。實際上，即使在對外交往非常繁盛的東漢後期，葡萄酒也是珍品。〔註4〕有一個顯例能夠說明這個問題，即《三國志・魏書・明帝紀》中「新城太守孟達反」裴松之《注》引漢代趙岐《三輔決錄》：「他又以蒲桃酒一斛遺讓，即拜涼州刺史。」〔註5〕對於一個漢代善飲者，一斛勉強只夠盡興一次，以一斛葡萄酒即可謀得刺史之位，其稀缺程度可想而知。三國曹丕評價葡萄酒：「甘而不飴，酸而不脆，冷而寒，味長汁多。」又道：「道之固以流涎咽唾，況親食之耶！」〔註6〕。晉代張華《博物志》：「西域有蒲萄酒，積年不敗，彼俗云：可至十年飲之，醉彌月乃解。」〔註7〕這三個事例出現在漢末至西晉時，可表明這個時期葡萄酒依然是少數人享用的奢侈品，其中重要的原因便是它的難得。

　　葡萄酒的難得並非在於葡萄的難得。《史記・大宛列傳》中說「離宮別觀旁盡種蒲萄」，司馬相如《上林賦》以及《史記・司馬相如列傳》中說上林苑中也生長葡萄，《藝文類聚》記載當時葡萄有「黃、白、黑三種」〔註8〕。可知西晉時漢地栽培的葡萄已有若干品種，亦可推想漢以來葡萄種植應當有一定規模，否則就不會衍生出多個品種。《神農本草經》中「蒲萄」條：「益氣強志，令人肥健少饑，延年輕身。」可知葡萄爲漢代人所重，所得也非難事。所以，當時葡萄酒難得很可能是漢人沒有掌握葡萄酒的製作技術。〔註9〕當時內地的葡萄酒不

〔註4〕彭衛《漢代酒雜識》，《宜賓學院學報》，2011年第3期。

〔註5〕《後漢書・宦者列傳》李賢《注》引作《三輔決錄注》，「孟他」作「孟佗」，「一斛」作「一斗」。《藝文類聚》卷八十七引司馬彪《續漢書》引自《燉煌張氏家傳》，「一斛」作「一升」。

〔註6〕見《藝文類聚》卷八十七引曹丕詔。

〔註7〕見〔晉〕張華《博物志》卷五。

〔註8〕《藝文類聚・卷八十七》引《廣志》。

〔註9〕參考彭衛《漢代酒雜識》，《宜賓學院學報》，2011年第3期。

外乎兩個來源：一是從西域長途販運，一是來中原經商的西域人在內地釀製。無論哪一種情形，當時釀製技術的秘而不宣，使得葡萄酒在漢代以及漢以後很長一段時期中都是一種珍物。〔註10〕

（二）奢侈的挏馬酒

「挏馬酒」即馬酪。因取馬奶製成，故稱「挏馬」；因馬酪味如酒，故稱「酒」。《漢書・禮樂志》：「給大官挏馬酒。」顏師古《注》：「馬酪味如酒，而飲之亦可醉，故呼馬酒也。」

十三世紀到蒙古的西方教士魯布魯克詳細地談到「忽迷思」〔註11〕即馬奶酒的製作方法：將馬奶放在皮囊中攪拌，當馬奶開始發出氣泡「像新釀酒那樣起泡沫，並且變酸發酵」時，繼續攪拌，至其微帶辣味時便開始飲用；「它像葡萄酒一樣有辣味，喝完後在舌頭上有杏乳的味道使腹內舒暢，也使人有些醉，很利尿」；其釀渣「有利於睡眠」。〔註12〕魯布魯克看到的馬奶飲料就是漢代人所說的挏馬酒，「具有強烈的催眠作用」正反映了挏馬酒的性味特點。

漢皇宮中有七十二人專職負責製作挏馬酒，從中可以窺見皇帝後宮對此酒的需求。《漢書・百官公卿表上》：「中太僕掌皇太后輿馬，不常置也。武帝太初元年更名家馬為挏馬。」顏師古《注》引應劭曰：「主乳馬，取其汁挏製之，味酢可飲，因以名官也。」引如淳曰：「主乳馬，以韋革為夾兜，受數斗，盛馬乳，挏取其上肥，因名曰挏馬。」《漢書・禮樂志》：「其七十二人給大官挏馬酒。」顏師古《注》引李奇曰：「以馬下水乳為酒，撞挏乃成也。」《漢書・地理志上》：「太原郡有家馬官」。顏師古《注》引臣瓚曰：「漢有家馬廄，

〔註10〕《太平御覽・卷八四四》引《唐書》云：「蒲桃酒，西域有之，前代或有貢獻。及破高昌，收馬乳蒲桃實，於苑中種之，並得其酒法。上自損益造酒，酒成，味兼醍盎。既頒賜群臣，京師（始）識其味。」同書八九二所引略同。今本新舊《唐書》均無此段材料。吳玉貴先生以此為《唐書》闕載之文（《唐書輯校》，中華書局2008年，第1108頁），文中「（始）」係吳氏據《唐會要》和《冊府元龜》增補。這條資料是唐以前內地不知葡萄酒釀製法的重要證據。

〔註11〕蒙古傳統的飲料（cosmos kumiz），意為「熟馬奶子」，是一種經過發酵的馬奶，本質上可以歸為酒類。在一些歷史文獻裏有詳略不等的記載。

〔註12〕〔美〕柔克義（W.W. Rockhill）譯注《魯布魯克東行記》，何高濟譯，中華書局，1985年，第215頁。

一廄萬匹，時以邊表有事，故分來在此。家馬後改曰挏馬也。」宋代洪邁《容齋續筆‧漢郡國諸官》：「太原有挏馬官，主牧馬。」由於挏馬酒不能長期保存，太原距京師路途遙遠，因此不能確定太原郡的家馬（挏馬）官是否也兼有向皇室提供挏馬酒的職責。前引如淳「今涼州亦名馬酪爲馬酒」，表明涼州民間似乎也飲用挏馬酒。

《鹽鐵論‧散不足》記載賢良列都市販賣飲食凡二十物，其中有「蝟馬駱日」。〔註13〕《爾雅‧釋蟲》：「蛂，馬蝟。」郭璞《注》：「蝟中最大者爲馬蟬。」郝懿行《疏》：「《初學記》引孫炎曰：『蝟，馬蝟，蟬最大者也。』」〔註14〕由此可見，「蝟馬」似爲「馬蝟」倒文。挏馬酒的製作技術雖然並不複雜，但需要相當數量的牝馬。漢代內地尋常百姓沒有能力大規模飼養馬，尤其是專門飼養牝馬，而涼州本是農牧業並行地區，挏馬酒出現在此地是合乎情理的。所以，挏馬酒是一種基本局限在宮廷中的奢侈飲品，漢代內地的農業結構使挏馬酒無法普及到民間。〔註15〕

「挏馬酒」又稱「挏酒」，在後代的文獻典籍中亦有記載。如：

　　　　駃騠聊強食，挏酒未能傾。（隋　薛道衡《明君詞》）

　　　　祖宗詐馬宴灤都，挏酒哼哼載憨車。（元　張昱《輦下曲‧十四》）

　　　　金鵝箭褶袍花涇，挏酒駝羹馬前立。（清　吳偉業《雪中遇獵》）

而取馬奶製酪的技術，在後來的文獻中亦可見。如：

　　　　車駕幸上都，太僕卿以下皆從。先驅馬出建德門外，取其肥可
　　挏乳者以行。（明　歸有光《馬致志》）

　　　　印鹽和菜滑，挏乳入茶凝。（清　顧炎武《自大同至西口‧之四》）

儘管葡萄酒與挏馬酒在漢代民間甚至其後的朝代始終都不是主流之酒，卻有著不可忽略的神秘色彩和歷史記憶。

〔註13〕王利器作「挏馬酪酒」，王利器《鹽鐵論校注（定本）》，中華書局，1992年，第385～388頁。陳直作「挏馬酪旨」，陳直《〈鹽鐵論〉存在問題的新解》，《文史哲》，1962年第4期；《鹽鐵論解要》，《摹廬叢著七種》，齊魯書社，1981年，第207～210頁。

〔註14〕郝懿行《爾雅義疏》，上海古籍出版社，1983年，第1125頁。

〔註15〕參考彭衛《漢代酒雜識》，《宜賓學院學報》，2011年第3期。

第二節　上古禮儀中的用酒

一、「五齊」與「三酒」

「五齊」與「三酒」是早期禮儀中非常重要的用酒。天子、諸侯爲了表示對祖先的虔誠敬意，廟祭前尤其重視酒與牲的準備。酒在祭禮中有著重要作用，降神要用酒，獻尸也要用酒。在上古文獻中，「五齊」、「三酒」之名較爲集中地出現在《三禮》中。

（一）質量有別的「五齊」

爲祭祀而準備的酒按其質量的不同，可分爲五等，稱之爲「五齊」。「五齊」都是濁酒，其中的等次，只有不同程度的清濁而已。酒之稱「齊」，指釀酒時所用麴米、糧食、水的數量，即釀酒者所掌握的不同的劑量與標準。《周禮・天官・酒正》：「辨五齊之名：一曰泛齊，二曰醴齊，三曰盎齊，四曰醍齊，五曰沈齊。」鄭玄《注》：「自醴以上，尤濁縮酌者，盎以下差清。」

泛齊，又作「汎齊」，古代供祭祀用的五種酒之一。因酒色最濁，上面有浮沫而得名。《周禮・天官・酒正》中「一曰泛齊」鄭玄《注》：「泛者，成而滓浮，泛泛然。」《釋名・釋飲食》：「泛齊，浮蟻在上，泛泛然也。」泛齊又謂之「行酒」，即薄酒。《說文》：「醀，泛齊，行酒也。」後代文獻中，亦有關於「泛齊」的描述。如：

> 及贊酌汎齊，進福酒以成其禮焉。（《舊唐書・職官志二》）
>
> 如太羹醇酒，非復泛齊醍齊可埒，其在《楚騷》之後無疑。（清 王士禛等《師友詩傳錄》）

「醴齊」即甜酒。《周禮・天官・酒正》中「二曰醴齊」鄭玄《注》：「醴猶體也，成而汁滓相將，如今恬酒矣。」《釋名・釋飲食》：「醴齊，醴，體也，釀之一宿而成體有酒味而也已。」這是說其成酒速度之快，只略有酒味而已，是薄酒。後代文獻中亦有關於「醴齊」的描述。如：

> （皇帝）詣太社樽所，執樽者舉冪，贊酌醴齊。（宋 文瑩《玉壺清話・卷一》）

「盎齊」是一種白色的酒。《釋名・釋飲食》：「盎齊，盎，翁也，翁翁然濁色也。」《周禮・天官・酒正》中「三曰盎齊」鄭玄《注》：「盎，猶翁也，成而

翁翁然，蔥白色，如今酇白矣。」陸德明《釋文》：「酇白，即今之白醴酒也。」孫詒讓《正義》：「盎齊，《禮運》、《禮器》並謂之醆。」

「緹齊」是一種淡紅色的酒，較「盎齊」略清一些。《釋名·釋飲食》：「緹齊，色赤如緹也。」

「沈齊」是糟滓下沉的清酒。《釋名·釋飲食》：「沈齊，濁滓沉下，汁清在上也。」《周禮·天官·酒正》中「五曰沈齊」鄭玄《注》：「沈者，成而滓沈，如今造清矣。」沈齊因濁滓沉下，酒質更清。後代文獻中亦有關於「沈齊」的描述。如：

> 山曇舉，沈齊清。（北周　庾信《雲門舞》）

「五齊」質美而醇香，因而後來用以泛指酒。如：

> 六瑚已饋，五齊流香。（《樂府詩集·隋方丘歌·登歌》）

（二）釀時不同的「三酒」

祭祀之酒的種類又可以用「三酒」來區別。「三酒」是根據其釀造時間的長短而言。「三酒」清於「五齊」，故又稱「澄酒」。祭禮中所用的酒，濁尊於清，所以經文說「澄酒在下」。《周禮·天官·酒正》：「辨三物之酒，一曰事酒，二曰昔灑，三曰清酒。」鄭玄《注》引鄭司農云：「事酒，有事而飲也。昔酒，無事而飲也。清酒，祭祀之酒。」孫詒讓《正義》引俞樾曰：「事酒者，謂臨事而釀者也。三酒以新舊為次，《疏》謂昔酒久釀乃孰，清酒更久於昔，然則事酒最在前，其為新酒可知也。」又引惠士奇之說：「醳酒有新有舊，舊為昔酒，則新為事酒矣。」又云：「三酒之中，事酒較濁，亦隨時釀之，酓繹即孰。昔酒較清，則多釀春孰。清酒尤清，則多釀夏孰。」以此而論，則三酒是就其釀製時間的長短而言，其主要區別在於釀造時間的長短不一。

所謂「事酒」，專門用於宗廟祭祀、朝堂宴飲，其釀造時間比較短，可以根據需要隨時釀製。

「昔酒」的釀造時間相對較長，酒味比事酒要醇厚，它們都屬於「白酒」。後代文獻中亦有關於「昔酒」的描述。如：

> 雒誦然宿火，清言酌昔酒。（清　錢謙益《渡河聞何三季穆之訃》）

「清酒」要經過多次釀製和過濾而成，相對於「白酒」而言，它的色澤透明清亮，酒味也最醇厚，即前文提到的「酎」。文獻中關於「清酒」的描述如：

祭以清酒，從以騂牡。（《詩經·小雅·信南山》）

—— 朱熹《集傳》：「清酒，清潔之酒。」

其神共工，祭之以生魚八、玄酒，具清酒脾脯。（《春秋繁露·求雨》）

可見，「五齊」與「三酒」是從不同角度對祭祀之酒的歸類與區分。正如漢代徐幹《齊都賦》中所云：「三酒既醇，五齊維醐。」既道出了二者的本質，又指出了它們的差別。

二、「六尊」與「六彝」

「尊」、「彝」均為古代酒器，金文中每連用為各類酒器的統稱。因祭祀、朝聘、宴享之禮多用之，亦以泛指禮器。如：

出其尊彝，陳其俎豆。（《國語·周語中》）

—— 韋昭《注》：「尊、彝皆受酒之器也。」

載登壇阼，載酌尊彝。（《宋史·樂志八》）

「六尊」與「六彝」是上古時期禮儀中重要的酒器及禮器，在許多禮儀程序中有著重要的位置和意義。

（一）祭祀與宴饗中的「六尊」

「六尊」指獻尊、象尊、壺尊、著尊、大尊、山尊。《周禮·春官·司尊彝》：「司尊彝掌六尊、六彝之位，詔其酌，辨其用與其實。」這裡的「六尊」指春夏秋冬祭祀及四時之間祀所用之尊。春祠夏禴，「其朝踐用兩獻尊，其再獻用兩象尊」；春嘗冬烝，「其朝獻用兩著尊，其饋獻用兩壺尊」；四時之間祀追享朝享，「其朝踐用兩大尊，其再獻用兩山尊」。鄭司農《注》：「『獻』讀為『犧』。犧尊，飾以翡翠。象尊以象鳳皇，或曰以象骨飾尊。《明堂位》曰：『犧象，周尊也。』《春秋傳》曰：『犧象不出門。』著尊者，著略尊也，或曰著尊，著地無足。《明堂位》曰：『著，殷尊也。』壺者，以壺為尊。《春秋傳》曰：『尊以魯壺。』大尊，太古之瓦尊。山尊，山罍也。《明堂位》曰：『泰，有虞氏之尊也。山罍，夏后氏之尊也。』鄭玄《注》：「山罍，亦刻而畫之，為山雲之形。」《左傳·定公十年》「且犧、象不出門」孔穎達《疏》：「鄭眾云：『獻讀為犧，犧尊飾以翡翠，象尊以象鳳皇。』」阮諶《三禮圖》犧尊畫牛以飾，象尊畫像以飾，當尊腹

上畫牛、象之形。王肅以爲犧尊、象尊爲牛、象之形，背上負尊。魏大和中，青州掘得齊大夫子尾送女器，爲牛形而背上負尊，古器或當然也。」〔註16〕考古挖掘材料證實，犧尊、象尊之說以王肅爲正確。由此可見，「六尊」中的犧尊、象尊、壺尊、著尊、大尊、山尊分別是牛形尊、象形尊、壺形尊、無足而底著地的著尊、瓦尊、刻畫有山與雲雷之形的山尊。

（二）裸禮中的「六彝」

「六彝」指雞彝、鳥彝、斝彝、黃彝、虎彝、蜼彝。《周禮·春官·司尊彝》：「春祠夏禴，裸用雞彝、鳥彝……春嘗冬烝，裸用斝彝、黃彝……四時之間祀追享朝享，裸用虎彝、蜼彝。」鄭司農《注》：「雞彝、鳥彝謂刻而畫之爲雞鳳皇之形。斝讀爲稼，稼彝，畫禾稼也。黃彝，黃目尊也。蜼，讀爲蛇虺之虺，或讀爲公用射隼之隼。」鄭玄曰：「黃目，以黃金爲目。蜼，禺屬，卬鼻而長尾。」

（三）「六尊」、「六彝」的使用

「六尊」、「六彝」的使用，《周禮·春官·小宗伯》所云：「辨六彝之名物，以待果將。辨六尊之名物，以待祭祀、賓客。」鄭玄《注》：「果，讀爲裸。」「裸」是以圭瓚酌鬱鬯灌地以降神，常用於宗廟祭祀，王會大賓客亦有裸禮。「裸將」即助祭之事，以圭瓚酌鬱鬯送與主祭。「六彝」用於裸禮，而「六尊」用於無裸禮的祭祀及享賓客。它們的使用在《周禮·春官·司尊彝》中有具體的規定：「司尊彝掌六尊、六彝之位，詔其酌，辨其用與其實。春祠夏禴，裸用雞彝、鳥彝，皆有舟；其朝踐用兩獻尊，其再獻用兩象尊，皆有罍，諸臣之所昨也。春嘗冬烝，裸用斝彝、黃彝，皆有舟；其朝獻用兩著尊，其饋獻用兩壺尊，皆有罍，諸臣之所昨也。凡四時之間祀追享朝享，裸用虎彝、蜼彝，皆有舟；其朝踐用兩大尊，其再獻用兩山尊，皆有罍，諸臣之所昨也。」

三、酒器所蘊含的禮義

古代的許多酒器亦是重要的禮器，因而承載著許多深層的意義。不僅表現在禮儀程序中該器具的使用方面，也表現在指稱它們的詞語在意義的發展演變方面。

古代的許多酒器同時又是重要的禮器。禮器是指行禮的器物，禮必須借助

〔註16〕《十三經注疏》整理委員會整理《春秋左傳正義》，第1588頁。

於器物才能進行，正如古人所說「藏禮於器」。在古代禮儀制度下，酒器自然成為貴族社會「明貴賤，辨等列」的禮器。禮通常是由禮器的大小、多少、繁簡等來表示禮數的高低，亦有使用和搭配的方式表示不同的意義。〔註17〕

　　前文所述，「觚」、「爵」、「觶」等都常用以飲酒。它們除形制不同外，容積也不同，如：爵為一升，觚為二升，觶為三升。「觥」亦可作為飲酒器，其容量最大，所以在君臣宴飲等場合，常常用作罰酒之器。在容量方面，一升之爵為尊，用於尊者；而三升之觶、四升之角、五升之散則用於卑者。《禮記·禮器》：「宗廟之祭，貴者獻以爵，賤者獻以散，尊者舉觶，卑者舉角。」表明宗廟祭祀中，尊者、貴者、卑者、賤者所用的是不同的酒器。商周時期，「觚」不是一般飲器，只有高品位的人方可使用，成語「不可操觚自為」即指觚的多寡與飲者的身份、地位、人品、酒量相關。〔註18〕《儀禮·燕禮》：「主人盥，洗象觚，升實之，東北面獻於公。」又：「士長升，拜受觶，主人拜送觶。」鄭玄《注》：「獻士用觶，士賤也。」獻公用觚而獻士用觶，是因為與公相比，士的地位卑賤。《禮記·祭統》：「尸飲五，君洗玉爵獻卿。尸飲七，以瑤爵獻大夫。尸飲九，以散爵獻士及群有司，皆以齒。明尊卑之等也。」國君獻卿用玉爵，獻大夫用瑤爵，而獻士及有司則用散爵，這些差異是為明尊卑、辨等列。

　　一升之爵中，祭天地時不用玉爵，而祭宗廟及諸侯酢王時用玉爵。《周禮·天官·大宰》：「及祀之日，贊玉幣之事。祀大神示亦如之。享先王亦如之，贊玉幾、玉爵。大朝覲會同，贊玉幣、玉獻、玉幾、玉爵。」鄭玄《注》：「爵，所以獻齊酒。不用玉爵，尚質也。宗廟獻用玉爵。玉爵，王禮諸侯之酢爵。」祭天地不用玉爵，是尚質；而祭宗廟和諸侯酢王用玉爵，是尚文。因有尚質、尚文之別而有用爵、玉爵之異，然而用爵或玉爵而獻或酢都表明所獻或所酢的是尊者、敬者。因為爵是尊爵，不能隨意使用。

　　行裸禮除用圭瓚外，還用璋瓚。《禮記·郊特牲》：「灌以圭璋，用玉氣也。」行裸禮時，天子用圭瓚，而諸侯或王後要用璋瓚。先由王用圭瓚酌而裸，次由王后用璋瓚酌而裸。王或王后也可由掌管祭祀的最高長官大宗伯代替。《周禮·春官·大宗伯》：「大賓客，則攝而載果。」「攝」即代王以鬯裸賓客。《禮記·

〔註17〕彭林《禮的要素》，《文史知識》，2002年第2期。

〔註18〕張連舉《論〈詩經〉中的酒器描寫》，《深圳職業技術學院學報》，2009年第4期。

祭統》:「君執圭瓚祼尸,大宗執璋瓚亞祼。」其中所言大宗伯代王後行祼。

「尊卑異爵」還因禮的隆殺而有別。獻用一升之爵,而酬用三升之觶。《周禮‧考工記‧梓人》:「獻以爵而酬以觚。」(鄭玄《注》:「觚當爲觶。」)因爲「獻」禮盛,「酬」禮殺,所以「獻以爵而酬以觶」。《儀禮‧燕禮》:「賓以旅酬於西階上。……賓坐祭,立飲,卒觶,不拜。」《儀禮‧鄉飲酒禮》:「主人實觶酬賓,阼階上北面坐奠觶。」因爲酬賓禮殺,所以用三升之爵。

又如《禮記‧禮器》:「門外缶,門內壺,君尊瓦甒。」可見「缶」與「壺」是內外相對陳設的。而「瓦甒」是君之尊,「罍」是臣所用,不能混同。「卣」是盛鬱鬯的器皿,通常要陳放在稱爲「禁」、「棜」、「斯禁」的底座上。它們的區別是,「禁」有足,而「棜」、「斯禁」沒有足。

如果說同種禮器的質地各異是周代獨特德性意識的神秘一角,那麼不同酒器的等級之分則將這種人倫進一步深化。這種道德氛圍反覆強化與生活習俗相交融,奠定了人類文化意識的理性基調。

四、上古祭祀中的用酒

在古代社會,祭祀是社會生活中的一件大事。祭祀的內容頗多,如祭天地、山川、鬼神、社稷、祖先等。祭祀常通過一定的儀式,將規定的酒食敬獻給信仰和崇拜的對象。上古未出現酒之前,往往用水、血。以水當酒,謂之「玄酒」。古人學會釀酒後,才用酒來祭祀。最初是用醇香的秬鬯,後來又發展爲「五齊」、「三酒」等。起初,酒是專門用來敬神祭祖的。《禮記‧表記》:「粢盛秬鬯,以事上帝。」不論貴族宗廟的祭獻,還是民間個人的祀祖,祈禱以後要以酒酹地,經過這番儀式後,才能與受祭的人宴饗。這一習俗至今在蒙古、苗等民族中還極爲盛行。中國古代多有酒禁,而且禮法頗嚴。特別是周代,飲酒是受到嚴格控制的。但祭祀用酒卻是不受限制的,《酒誥》中有「祀茲酒」、「惟元酒」,是說唯有祭祀時可以飲酒。所以,古代較爲盛大的宴飲場面多是在祭祀儀式之後。

天子、諸侯爲了表示對祖先的虔誠敬意,廟祭前尤其重視酒與牲的準備。酒在祭禮中有著重要作用,降神要用酒,獻尸也要用酒。如前文所述,爲祭祀而準備的酒按其質量的不同,可分爲五等,稱之爲「五齊」。「五齊」都是濁酒,其中的等次,只有程度不同的清濁而已。酒之稱「齊」,指釀酒時所用麴米、糧食、水的數量,即釀酒者所掌握的不同的劑量與標準。酒的種類又可以用「三

酒」來區別。「三酒」是指其釀造時間的長短而言。「三酒」清於「五齊」，故又稱「澄酒」。祭禮中所用的酒，濁尊於清，所以經文說「澄酒在下」。

　　酒盛入壇中稱「尊」，以「五齊」配明水，「三酒」各加玄酒，加以鬱鬯、明水，當共有十八尊。廟禮祭神用酒的排列方法，以北為尊，以南次之。玄酒陳設在室內而近北。「五齊」為獻酢之用，因而尊於「三酒」，陳設在室內及堂上。具體位置，醴齊在室內之東，盎齊在室外之東，這是室外的最尊之處。醴齊之北為泛齊，泛齊之北為鬱鬯，在北墉之下。沈齊設在阼階上東傍東序，醍齊在堂上東楹之西。凡設尊一定有所依靠之處，鬱鬯靠北墉，醴齊南依於壁，盎齊北依於壁，東西排列，以西為上。泛齊依於室之東壁，醍齊依於東楹，沈齊依於東序，南北排列以北為上。「三酒」最卑，故設於堂下。

　　天子、諸侯的宗廟祭祀，經過充分的準備之後，便在事先經過占卜而選定的這一天正式開始。具體的過程，古代有「九獻」之說。

　　降神中的用酒即「灌獻」，是降神的一種程序。周人的灌獻有兩種方法：一是將南方出產的青茅竹捆成一束，將酒從上邊倒下，使其慢慢下滲。在觀念中，酒經過包茅的過濾，就會變得更加清純，神才可以循酒之味而來。二是將酒盛入酒杯後，澆到地上，即「灌以珪璋，用玉氣也」。在以樂、酒降神的先後順序上，周禮與殷禮有所不同。殷人尚聲，作樂在前，灌獻在後。周人尚臭（氣味），灌獻在前，作樂在後。《禮記·郊特牲》：「魂氣歸於天，形魄歸於地，故祭，求諸陰陽之義也。殷人先求諸陽，周人先求諸陰。」孫希旦《集解》：「殷人先求諸陽，先作樂而後灌也。周人先求諸陰，先灌而後作樂也。……殷人先求諸陽，非不求諸陰也。……謂之尚聲，謂之尚臭，皆以始言之，而其意各有所主也。」在以玄酒行灌獻之禮而降神時，代表祖先神靈位的尸，也要隨之而飲酒，以上為九獻祭禮之「一獻」。「一灌」之後還要「二灌」。「二灌」是尸以酒灌地降神。「灌獻」之「灌」，經書又謂之「祼」，《周禮·春官·大宗伯》：「以肆獻祼享先王，以饋食享先王。」鄭玄《注》：「祼之言灌，灌以鬱鬯謂始獻尸求神也。」這是九獻祭禮之「二獻」。[註19]

　　上述「二灌」之後，表明神靈已經降臨，便開始殺牲祭神。割牲之後，開始制祭，這道工序是由君主親自來完成。制祭之後，進行「薦腥」。君王在王后

〔註19〕林琳、傅亞庶《周禮廟祭中的用酒與用牲》，《社會科學戰線》，2011 年第 11 期。

薦腥之後，又用玉爵盛上泛齊酒以獻尸，是爲「三獻」。「三獻」之後，王后再用玉爵盛醴齊酒獻尸，這是「四獻」。王后以醴齊獻尸之後，祝用斝盛酒放在祭品的南面。迎尸入室，舉起盛酒的斝，行拜禮，安置尸落座於位，王后獻上豆、籩所盛裝的食物，君王用爵盛盎齊酒以獻尸，這是「五獻」。獻盎齊之後，王后又用玉爵盛醍齊以獻尸，這是「六獻」。「六獻」過後，尸以手抓飯，象徵性地吃十五口飯，王后再獻豆、籩所盛之食物，君王用玉爵盛盎齊獻尸，又稱「酳尸」，這是「七獻」。當主人受嘏時，君王可以用酒去獻諸賓客，王后就用瑤爵盛醒齊獻尸，這是「八獻」。當「八獻」中王后獻尸時，君王可以用瑤爵獻卿，諸侯作爲賓客，用瑤爵盛醒齊獻尸，這是「九獻」。〔註20〕〔註21〕

　　尸也要用酒。爲祭祀而準備的酒按其質量的不同，可分爲五等，古代稱之爲「五齊」。「五齊」都是濁酒，其中的等次，只有程度不同的清濁而已。酒之稱「齊」，指釀酒時所用麴米、糧食、水的數量，即釀酒者所掌握的不同的劑量與標準。酒的種類又可以用「三酒」來區別。「三酒」是指其釀造時間的長短而言。「三酒」清於「五齊」，故又稱「澄酒」。祭禮中所用的酒，濁尊於清，所以經文說「澄酒在下」。

　　酒盛入壇中稱「尊」，以「五齊」配明水，「三酒」各加玄酒，加以鬱鬯、明水，當共有十八尊。廟禮祭神用酒的排列方法，以北爲尊，以南次之。玄酒陳設在室內而近北。「五齊」爲獻酢之用，因而尊於「三酒」，陳設在室內及堂上。具體位置，醴齊在室內之東，盎齊在室外之東，這是室外的最尊之處。醴齊之北爲泛齊，泛齊之北爲鬱鬯，在北墉之下。沈齊設在阼階上東傍東序，醒齊在堂上東楹之西。凡設尊一定有所依靠之處，鬱鬯靠北墉，醴齊南依於壁，盎齊北依於壁，東西排列，以西爲上。泛齊依於室之東壁，醒齊依於東楹，沈齊依於東序，南北排列以北爲上。三酒最卑，故設於堂下。

五、重要禮俗中的用酒

　　一般來說，降誕禮、成年禮、婚禮和喪禮是人生的四大禮儀。自古至今，它們一直與酒有著緊密聯繫。

〔註20〕林琳、傅亞庶《周禮廟祭中的用酒與用牲》，《社會科學戰線》，2011年第11期。
〔註21〕林琳、傅亞庶《周禮廟祭中的用酒與用牲》，《社會科學戰線》，2011年第11期。

　　降誕禮是人生的開端之禮，其儀式多在誕生後的第三天舉行，俗稱「三朝」、「洗三」等。「洗三」是用艾葉、花椒等中草藥煎湯給嬰兒洗澡。生男孩兒的家裏要舉行用弓箭射天地四方的儀式，並設宴款待親友。而生女孩則大多不設酒宴。比較隆重的是滿月、百歲和周歲的慶賀儀式。主人要備辦酒食，邀請親朋好友、鄰里鄉親飲「滿月酒」、「百歲酒」、「周歲酒」。此後，每逢生辰日也有簡單的紀念儀式，即俗稱的「過生日」。不過普通人家不設酒宴。

　　成年是人生的一個重大轉折，因此古人多舉行「成年禮」。男子戴帽，日「冠」、「加冠」；女子束髮，日「筓」、「上頭」。冠、筓的年齡，因時代不同而各異，但成年禮飲酒卻是通行的。如《禮記‧冠禮》：「男子二十而冠，女子十五而筓。」《說苑‧修文》：「冠者，所以別成人也……君子始冠，必祝成禮，加冠以屬其心。」其程序是筮日、加冠、易禮服、飲禮酒、受新名和以成人資格見長輩。女子的「及筓」禮也大體相同。《禮記‧內則》：「十有五年而筓。」鄭玄《注》：「謂應年許嫁者。女子許嫁，筓而字之，其未許嫁，二十則筓。」剛成年的人要飲用象徵成人的酒，親友們也要飲酒歡聚，以示祝賀。後來，此俗漸漸衰落，只在漢族的部分地區和南方的傣、佤、彝、基諾、獨龍、德昂、壯、黎、瑤、高山等少數民族中還較為流行。

　　婚禮是人生禮俗中的大禮。古人不僅把婚姻看作是個人的終身大事，而且視其為整個家族子孫繁衍、興旺發達的象徵，所以，婚禮總是和表示吉祥的酒結伴相生。關於古代的婚禮，文獻典籍中的記載頗多。《儀禮‧士昏禮》記載了周代貴族士大夫階層舉行婚禮的「六禮」，即納采、問名、納吉、納徵、請期、親迎。其中問名、納采、親迎都離不開酒。「問名」是男方家請媒人向女方家主人請問女子之名，這時女方家置酒款待；「納采」是男方家先遣媒人去女方家提親，女方同意後，男方家遂派人以雁為贄禮（古代初次求見人時所送的禮物），正式向女方求婚。漢代以後，納采要備酒。「親迎」相當於後世的完婚，是新郎到女家迎娶新娘，它是整個婚禮最重要也是最隆重熱烈的階段。新郎將新娘接入家門後，要設酒宴共食，即所謂「合巹而酳」，就是把一個葫蘆剖成兩個，新婚夫婦各拿一瓢，飲酒漱口，以表示自此以後二人永結同心、相親相愛，於是後人便以「合巹」作為成婚的代稱。除新郎、新娘合巹外，新郎家還要擺酒設宴，熱情款待前來賀喜的親朋故友、四方賓客。直到今天，人們還把結婚稱為

「喝喜酒」。〔註22〕

　　喪葬儀式標誌著人生旅途的終結，表示生者對死者的悲哀悼念之情，也離不開酒。古代喪禮中用酒主要包括祭奠用酒和出殯下葬時宴請弔客和治喪人員用酒。喪葬儀式中有一項是「小斂」，即給死者穿壽衣，接著舉行小斂奠，以酒食爲死者祭奠。小斂完畢，把死者裝入棺材，然後舉行大斂奠，將酒菜等奠饌及棺材陳列於堂上。小斂奠和大斂奠的酒是生者對死者靈魂表示敬意和祝福之情而奉獻的，但居喪的主人和行弔之人都不能隨意飲酒。〔註23〕《禮記‧間傳》：「父母之喪，不食菜果；既殯食粥，朝一溢米，暮一溢米。齊衰之喪，蔬食水飲。大功之喪，不食醯醬。小功思麻，不飲醴酒，此哀之發於飲食者也。」《禮記‧檀弓下》：「行弔之日，不飲酒食肉。」即便服喪期滿，每遇父母死亡的忌日仍然禁止飲酒作樂。古代有不少人居喪期間，拒食酒肉，能長期堅持素食，以孝名聞天下。《後漢書‧申屠蟠傳》：「（申屠蟠）九歲喪父，服除，不進酒肉十餘年。」

　　除此，還有迎賓待客酒禮。《詩經‧小雅‧鹿鳴》：「我有旨酒，以燕樂嘉賓之心。」《詩經‧豳風‧七月》：「朋酒斯饗，日殺羔羊。」《禮記‧鄉飲酒義》：「鄉飲酒之義，主人拜迎，賓於庠門之外入，三揖而後至階，三讓而後升，所以至尊讓也。」《漢樂府‧隴西行》對漢人接待賓客的情況，曾作過生動具體的描述：

好婦出迎客，顏色正敷愉。伸腰再跪拜，問客平安不？

請客北堂上，坐客氈氍毹。清白各異樽，酒上正華疏。

酌酒持與客，客言主人持。卻略再跪拜，然後持一杯。

談笑未及竟，左顧敕中廚。促令辦粗飯，慎莫使稽留。

廢禮送客出，盈盈府中趨。送客亦不遠，足不過門樞。

　　餞行，古代又稱「祖席」、「祖筵」等。是人們爲某人送別時而特設的酒宴。據《風俗通義》，祖席、祖筵本是古代人祭祀祖神恪（同修）的儀式，由於祖神恪喜歡旅遊，對水路旱路都非常熟悉，所以人們出遠門時總要設酒宴祭祀他，

〔註22〕參考宋薇茹《酒與我國的古代習俗》，《民俗研究》，1990年10月。
〔註23〕參考宋薇茹《酒與我國的古代習俗》，《民俗研究》，1990年10月。

‧213‧

以祈求一路平安。後來，這一習俗逐漸演變發展，形成了餞行飲酒的習俗。關於餞行之俗，文獻典籍中有很多記載。《詩經‧大雅‧韓奕》:「韓侯出祖，出宿於屠。顯父餞之，清酒百壺。」戰國時期，荊軻到秦國行刺時，燕太子丹也在易水之上為他餞行，荊軻在酒宴上飲酒豪歌:「風蕭蕭兮易水寒，壯士一去兮不復還。」《漢書‧疏廣傳》載，西漢的疏廣、疏受告老還鄉時，公卿故舊數百人設酒宴為他們餞行。《鄭玄別傳》載，鄭玄跟隨馬融學習七年，當他辭別馬融，準備歸家養母時，三百餘人為他餞行，「皆離席奉觴」。

另外，軍隊的將士也好酒，因為古代軍隊的生活艱苦而單調，而且對於將士來說，酒又是興奮劑，有助於壯膽示豪、作戰殺敵。酒能使怯者勇、疲者振，是鼓舞士氣的良藥。歷代統治者都深明此理，因此，他們常常在出征時賜酒以壯軍威，作戰時賞酒激勵士氣，班師後頒酒以酬戰功。《藝文類聚》引《王孫子新書》，春秋時楚莊王率軍攻宋，廚有敗肉，樽有敗酒，而將士們卻三餐難保，將軍子重進諫道:「君王酒肉都在腐爛，而三軍之士皆有饑色，要想克敵致勝，不亦難乎?」楚莊王聞聽此言，覺得很有道理，於是就立即將酒肉犒賞三軍，以慰其心，激其志。《呂氏春秋‧順民》:「越王苦會稽之恥，……有酒，流江，與民同之。」說的是越王句踐臥薪嘗膽，重振旗鼓，在出兵討伐吳國的誓師大會上，因酒少不能遍飲三軍，於是便接受范蠡的建議，把所有的酒都傾倒在河裏，然後與眾將士一起迎流痛飲，從而大大激發了士氣，果然打了一場大勝仗，進而終於雪恥滅吳，稱霸一方。至今在浙江紹興還有一條叫「投醪」的小河，據說就是當年句踐傾酒之處。

自古以來酒這一事物就承載著重要的意義，不可缺少地參與到各種禮儀和民俗之中。這正是中國酒文化的特色，也體現了禮儀文化的內涵。

第三節　上古社會的酒政與酒文化觀念

一、《周禮》中酒官的祭祀職能

「古之大事，惟祀與戎。」周代統治者和夏、商一樣重視祭祀活動。《周禮‧天官‧膳夫》:「膳夫授祭，品嘗食，王乃食。」鄭玄《注》:「禮，飲食必祭，示有先也。」《詩經‧小雅‧楚茨》:「以為酒食，以享以祀。……諸父兄弟，備言燕私。」此謂天子祭祀完畢後與族人燕飲。祭祀常常通過食物來體現，以食

品爲祭品，並在祭禮結束後進行宴飲活動。可見，祭祀與飲食密不可分，而「酒」亦是飲食中很重要的一個元素，它不僅可以享用，還特別用於祭祀並根據特定的程序表達特有的禮義。

酒官作爲祭祀活動的參與者，擔負著部分重要的職責，《周禮》中明確規定了的釀酒及用酒的管理制度。《周禮・天官・酒正》：「掌酒之政令，以式法授酒材。」鄭玄《注》：「作酒之法式。」並認爲：「作酒既有米麴之數，又有功沽之巧。」酒正不釀酒，而是按照釀酒法式，將米、麴等原料授予酒人，使酒人釀酒。酒人得到酒正提供的釀酒原料後，率領其屬員進行釀酒，時間一般在每年收穫穀物後的冬天。《詩經・七月・豳風》：「八月剝棗，十月獲稻。爲此春酒，以介眉壽。」《禮記・月令》中的「大酋」即《周禮》中的「酒人」，製酒過程在《月令》中亦有詳細的記載：「乃命大酋，秫稻必齊，麴蘖必時，湛熾必潔，水泉必香，陶器必良，火齊必得。」由此可知，釀酒必須使原料秫、稻等齊熟，麴蘖等酒母運用適時，漬米炊釀時的食品、器具潔淨，漬麴、漬米之水香美，所盛陶器精良，炊米時用火得中。釀酒的這些程序都由大酋（酒人）親自監督，無使有誤。只有做到這樣，釀製出的酒才會甜美甘醇。《周禮》中，酒人監製的酒按照製作時間的長短、酒味的濃厚清淡來區分爲「五齊」和「三酒」。它們入於酒府，由酒正掌管，用於祭祀、王室飲用和宴飲賓客等。《周禮・天官・酒正》：「凡祭祀，以法共五齊三酒，以實八尊。」鄭玄《注》：「祭祀必用五齊者，至敬不尚味，而貴多品。」「三酒」除用於祭祀、飲食之禮外，還供宴飲。《周禮・天官・酒正》：「掌其厚薄之齊，以共王之四飲三酒之饌，及後、世子之飲於其酒。」

《周禮》中除有酒人監製「五齊」、「三酒」外，還有「鬯人」和「鬱人」，分別製作秬鬯和鬱鬯。《周禮・春官・鬯人》：「鬯人掌供秬鬯而飾之。」又《春官・鬱人》：「鬱人掌裸器。凡祭祀、賓客之裸事，和鬱鬯，以實彝而陳之。」秬鬯和鬱鬯在先秦是用於祭祀或饗賓客的禮酒，而非日常飲用酒。

《周禮》中的盛酒器有「六尊」（獻尊、象尊、壺尊、著尊、大尊、山尊）、「六彝」（雞彝、鳥彝、斝彝、黃彝、虎彝、蜼彝）、罍、脩、蜃、概、散等。這些盛酒器使用制度主要體現在「六尊」、「六彝」上。「六尊」、「六彝」所實不同酒的過濾方法可見「司尊彝」職，《周禮・春官・司尊彝》：「凡六尊六彝之酌，

鬱齊獻酌，醴齊縮酌，盎齊涗酌，凡酒脩酌。」所謂「獻酌」、「縮酌」、「涗酌」、「脩酌」均指不同的過濾方法。司尊彝的職責是辨別「六尊、」「六彝」的不同用途而實不同的酒。

可見，某些酒官的職能不僅在於製作飲用之酒，更是在祭祀等活動中擔任著重要的職責。

二、漢代關於酒之買賣的一些政策〔註24〕

「榷酤」是漢以後歷代政府所實行的酒業專賣制度，也泛指一切管製酒業取得酒利的措施。天漢三年（公元前九十八年），開始實行榷酒酤，壟斷酒的產銷。後歷代沿之，或由政府設店專賣；或對酤戶及酤肆加徵酒稅；或將榷酒錢勻配，按畝徵收等等，用以增加政府財政收入。〔註25〕宋代周輝《清波雜志·卷六》記載：「榷酤創始於漢，至今賴以佐國用。」由於實行國家的壟斷生產和銷售，酒價或者利潤可以定得較高，一方面可獲取高額收入，另一方面，也可以用來調節酒的生產和銷售。在歷史上，專賣的形式很多，主要有完全專賣、間接專賣和商人專賣。

西漢前、中期釀酒業是很發達的。但並沒有實行酒的專賣，西漢武帝時期第一次實行酒的專賣。酒業政策的變化，是漢武帝一系列加強中央集權財經政策中的一部分。漢武帝在位的五十多年中，針對當時商人把持鹽業及鐵業、投機倒把、大發橫財卻「不佐國家之急」的不義之舉，首先下令把鹽業、鐵業收歸國家專營。這些措施為增加國家的財政收入起到了積極的作用，也為實行榷酒準備了重要的前提條件。既然鹽和鐵可以實行國家專賣，酒這種商品，到了一定的程度，提到專賣的議事日程也是遲早的事了。因為酒確實是一種可以為國家斂聚巨大財富的特殊商品。酒的專賣，在唐代後期、宋代、元代及清朝後期都是主要的酒政形式。

「稅酒」是對酒徵收的專稅。由於將酒看作是奢侈品，酒稅與其他稅相比，一般是比較重的。在漢代以前，對酒不實行專稅，而只有普通的市稅。從周公

〔註24〕參考《榷酒》，中華網，www.china.com.cn 以及《酒正》，互動百科網，www.hudong.com。

〔註25〕《漢語大詞典》，漢語大詞典出版社，1993 年。

發佈《酒誥》到漢武帝的初榷酒之前，統治者並未把管理酒業看作是斂聚財賦的重要手段。商鞅輔政時的秦國，實行了「重本抑末」的基本國策。酒作為消費品，自然在限制之中。《商君書・墾令》規定：「貴酒肉之價，重其租，令十倍其樸。」意即加重酒稅，讓稅額比成本高十倍。《秦律・田律》規定：「百姓居田舍者，毋敢酤酒，田嗇，部佐禁禦之，有不從令者有罪。」秦國的酒政有兩點：禁止百姓釀酒，對酒實行高價重稅。其目的是用經濟的手段和嚴厲的法律抑制酒的生產和消費，鼓勵百姓多種糧食；另一方面，通過重稅高價，國家也可以獲得鉅額的收入。

三、漢代社會聚飲活動──大酺

「酺」指古代官府特許的表示歡慶的聚會飲酒。《說文・酉部》：「酺，王德布，大飲酒也。」《漢律》記載：「三人以上無故群飲酒，罰金四兩，惟國家有吉慶事，許民聚飲。」

西周《酒誥》的頒佈，標誌著中國古代第一部禁酒法令的產生。其後，各朝各代，禁釀、禁酤、禁飲，均由統治者不定期頒發詔文敕令的方式強行實施。與禁酒禁飲截然相反的，是歷代王朝賜酒賜飲的現象。由於酒禁發生，「民之得飲也蓋鮮也，故於和歲豐登或賜酺焉。夫禁其釀所以為義，賜其哺所以為仁，一張一弛，文武之道也。」〔註26〕就是說，禁酒禁飲與賜酒賜飲是古代酒政措施一張一弛的兩個不同表現方面。禁酒是所謂的「義」，賜飲則是所謂的「仁」。或禁或賜，或義或仁，酒道與政道在這裡是完全聲息相通的。

「大酺」也稱「賜酺」，是古代皇帝在有酒禁的情況下，因改朝換代、新帝登基、改元、冊立皇太子等喜慶大事而下詔特許全國或局部地區的人們飲酒的日子。古代君主最為典型的以酒示恩即賜天下臣民群聚飲酒。由於賜酒活動緣起於天子推恩，並通常由國家重大喜慶事件所派生，因此，它是一種遍及天下、與民同樂並且往往是持續數天的超大型社會性群聚群飲活動。《史記・孝文本紀》中「賜得令會聚飲食五日」司馬貞《索隱》：「《說文》云：『酺，王者布德，大飲酒也。』出錢為醵，出食為酺。又按：『趙武靈王滅中山，酺五日，是其所起也。』」按此說，「大酺」應源於戰國時期。《史記・秦始皇本

〔註26〕見陳夢雷等《古今圖書集成・食貨典・酒部總論》，中華書局影印，1986年。

紀》載：「二十五年五月，天下大酺。」張守節《正義》：「天下歡樂大飲酒也。秦既平韓、趙、魏、燕、楚五國，故天下大酺也。」

自戰國、秦漢以後，歷代多有大酺之舉。大酺根據緣由有三、五、七、九、十等不同的天數，一般以三天或五天居多。在大酺的日子裏，除了允許人們釀酒、聚飲外，朝廷往往還賜牛、酒等物品給老年人。如《史記・孝文帝本紀》：「（漢文帝）詔曰：……朕初即位，其赦天下，賜民爵一級，女子百戶牛酒，酺五日。」《漢書・文帝本紀》：「十六年秋九月，得玉杯，刻曰：『人主延壽』，令天下大酺。」漢景帝時期，初因旱而禁民酤酒，「後元年夏，大酺五日，民得酤酒。」《漢書・景帝本紀》記載漢武帝也多次賜酺：「元光二年秋九月，令民大酺五日。」「元朔三年秋，令民大酺五日。」「元鼎元年夏五月，赦天下，大酺五日。」「太初二年三月，行幸河東，祠后土，令天下大酺五日。」漢宣帝主張「勿苛酒禁」，酒禁有所鬆動，所以賜酺也較多，鸞鳳集於長樂宮，也賜民大酺，「三年三月辛丑，鸞鳳集長樂宮東闕中樹上。飛下止地，文章五色，留十餘刻，吏民並觀。賜民爵一級，女子百戶牛酒，大酺五日。」

因「酺」是特定歷史時期的產物，因而在上古後期的文獻典籍中才出現，且僅見於《史記》和《漢書》，共二十例。隨著歷史的變化和語言的發展，「酺」亦用以泛指聚飲。如：

> 遨遊廛里，酣酺卒歲。（南朝　梁　丘遲《永嘉郡教》）

唐代，凡遇改元、冊立太子、公主出嫁和吉兆出現時也多有大酺。宋元以後，由於酒禁的鬆弛或名存實亡，民間飲酒實際上已相當普遍，所以，大酺之舉已失去了它的意義和作用，就比較少見了。

上古時期與酒相關的政策和制度主要體現在統治者對民眾飲酒的控制上，這與當時的社會經濟、思想觀念、政治體制是息息相關的。雖然相關的記述並不是很多，但每一個歷史階段的酒政，亦都是當時社會發展的縮影。

四、上古時期的酒德觀念

對於飲酒，儒家提倡「德將無醉」。無論祭事敬神，養老奉賓，都是德行，但卻不能荒淫過度。《尚書》孔安國《傳》曰：「以德自將，無令至醉。」這是

說君子以酒德爲尙，節飲有秩，避免醉酒失態。《論語·鄉黨》中孔子告誡弟子：「肉雖多，不使勝食氣；惟酒無量，不及亂。」朱熹《注》：「酒以爲人合歡，故不爲量，但以醉爲節而不及亂耳。」

商、周時期，爲了維護所謂的「禮制」，防止因酒廢政，統治階級便開始設立了禁酒政策，甚至用法律的形式禁止官民飲酒。最能體現酒德精神與政治教化的是《尙書·酒誥》，其宗旨是要闡述殷鑒之亡，「明大命於妹邦」，並將酒德政教的精神推行於西周各諸侯國。《誥》中反覆告誡：上天啓肇我民釀酒，是爲祭祀專享，不能常飲，封侯們赴所治諸國，要禁止民眾群飲，不聽命令的收捕之，勿令佚失，盡拘送京師，重罪誅殺。身爲主民之吏的官員，自己飲酒也要節制，以爲民表率，酗酒會喪德亂行，悖忤天意，邦國也會因此而覆亡，周之代商就是因爲不沉湎於酒的緣故。在周公看來，民亂國喪無非因酒，群聚而飲將爲奸惡。《酒誥》的目的就在於防範這類事情的發生。

《尙書·酒誥》規定了上古社會酒文化觀念的四條原則，也是評判酒德精神的四條標準：

飲惟祀。孔《傳》曰：「惟天下教命，始令我民知作酒者，惟爲祭祀。」又曰：「於所沼眾國飲酒，惟當因祭祀。」祭祀是中國古代的重要典禮，是先民最初釀酒的主要目的之一。夏代用水奠祭，稱爲「元酒」或「玄酒」；殷商用醴祭祀，也僅僅是略有酒氣的甜水而已；西周才比較普遍地使用麴釀醇酒來祭祖敬神。

無彝酒。孔《傳》曰：「惟祭祀而用此酒，不常飲。」又曰：「謂下群吏教之，皆無常飲酒。」無彝酒的精神是與農業社會中的節糧觀念相聯繫的。上古時代，糧食匱乏，而酒則更珍稀。珍稀之物是要用來敬祀神靈、孝養父母的，因而不能常飲，更不可浪費。《禮記·射義》：「酒者，所以養老也，所以養病也。」《禮記·雜記下》：「身有瘍則浴，首有創則沐，病則飲酒食肉。」說明酒在上古時期是品。

執群飲。孔《傳》曰：「民群聚飲酒，不用上命，則汝收捕之。勿令失也。」又曰：「盡執拘群飲酒者，以歸於京師，我其擇罪重者而殺之。」懲民之化是儒家學派一貫的思想主張，酒德政教也就是治民之道。《論語·爲政》：「道之以政，齊之以刑，民免而無恥。」

禁耽湎。孔《傳》曰：「勿使汝主民之吏湎於酒，言當正身以帥民。」又曰：「汝若忽怠，不用我教辭，惟我一人不憂，汝乃不諆汝政事，是汝同於見殺之罪。」儒家酒德觀念的特點雖是上寬而下嚴，等級分明，但治民者也要正身正人，禁耽湎就是對大小官員和邦國君主的酒德要求。

然而春秋時期，隨著釀酒技術的進步，統治者酗酒成風。《左傳·襄公三十年》：「鄭伯有嗜酒，爲窟室而夜飲酒，擊鍾焉。」《晏子春秋·內篇諫上》：「齊景公飲酒七日七夜不止，弦章請賜死以諫之。」《新序·刺奢》：「趙襄子飲酒，五日五夜不廢酒。謂侍者曰：『我誠邦士也夫，飲酒五日五夜矣，而殊不病。』優莫曰：『君勉之，不及紂二日耳。紂七日七夜，今君五日。』」另：「桀紂之亡也，遇湯武。今天下盡桀也，而君紂也，桀紂並世，焉能相亡！」足見此風之盛。按照古禮，夜飲爲淫。《左傳·莊公二十二年》：「君子曰：酒以成禮，不繼以淫，義也；以君成禮，弗納於淫，仁也。」社會上層如此腐化，民間酤飲亦無禁忌。彼時，「工商食官」的舊體制已經瓦解，私營工商業異常活躍，酤釀求售便是其中一個重要行當。《詩經·小雅·伐木》：「有酒湑我，無酒酤我。」《韓非子·外儲說右上》：「宋人有酤酒者，升概甚平，遇客甚謹，爲酒甚美，縣幟甚高。」這些都是反映這方面情形的有力證明。

秦漢時期是禁止民眾飲酒的。據《漢書·文帝紀》記載，漢文帝頒佈了「三人以上無故群飲，罰金四兩」的律令。但實際上飲酒是不可能絕對禁止的，因爲統治者本身的敬神祭祖和享樂活動都不能放棄對酒的需求，而且他們在酒禁的過程中往往又時常以酒來賞賜官吏老臣，甚至賜酺天下，粉飾太平，安撫民眾，以示皇恩浩蕩。

禁酒之教，是上古農業文明的遺產。後來的儒家文化並沒有拋棄這一點，而是將它與酒政管理結合一體。幾千年來，釀酒業在小農經濟的制約下，始終與民本問題、糧食問題以及天災人禍相衝突。人多糧少、神多酒稀，不釀不祭與濫飲不禁都不可行。解決這一矛盾的有效途徑只能是酒德原則指導下具體的酒政措施。

結　語

　　本書對中國上古涉酒詞語按其意義分類，進而進行語義描寫與分析，體現它們在上古三個時期的面貌及發展演變。上古前期，涉酒詞語已形成系統。這個時期多爲表示具體概念的詞語，單音節的單純詞占絕對優勢。上古中期，產生了大量的新詞，除《周禮》中帶有明顯時代色彩的詞語外，還有一些表示較爲抽象的意義的詞語，並且帶有一定的文學傾向。複合結構詞語的比例較前期明顯增大。上古後期，涉酒詞語系統較爲完善。除一些特定時代的詞語消失外，其他類別的多數詞語在這一時期基本較爲系統。其中亦有反映當時社會歷史事件的詞語出現詞語的複合化趨勢已較爲明顯，主要體現在它們實際使用中的同義詞或近義詞組合併用的情況。

　　多數涉酒詞語的意義都不是單一的。其中有些詞語在上古時期則有了引申，有些詞語的引申用例則出現得較晚。涉酒詞語的詞義引申，存在「同場同模式」的演變規律，不僅豐富了該詞所在類別以及其他類別的詞語，也使不同語義類別的詞語相互關聯，彼此牽涉。

　　通過對上古涉酒詞語的隱喻認知分析，可以看出：從意義變化的角度來看，常以現有的詞作爲參照，或是使現有的詞引申出新的義項，或是以現有的詞作爲語素衍生出新詞；在詞形上，由單純結構向複合結構發展則是一個顯著的趨

勢。成語作爲一種特殊的詞語形式，其形成與演變亦與隱喻密切相關。這些現象，是人們認知思維發展反映在語用中的結果。

涉酒詞語作爲一種主題詞彙，與漢語詞彙系統以及社會經濟文化生活系統存在著相互聯繫、相互作用又互動互變的關係。從對某些重要詞語的描寫與考證，可看到上古酒文化的本質內容，體現了語言作爲文化載體的重要功能，以及詞彙與文化共變理論。

參考文獻

一、詞典類

1. 陳初生編纂，曾憲通審校，金文常用字字典〔Z〕，陝西人民出版社，1987年。

2. 高亨，古字通假會典〔Z〕，齊魯書社，1989年。

3. 高明，古文字類編〔Z〕，中華書局，1980年。

4. 《古代漢語詞典》編寫組，古代漢語詞典〔Z〕，商務印書館，1998年。

5. 古文字詁林編纂委員會，古文字詁林〔Z〕，上海教育出版社，2003年。

6. 〔漢〕許慎，說文解字〔Z〕，上海古籍出版社，1988年。

7. 何琳儀，戰國古文字典——戰國文字聲系〔Z〕，中華書局，1998年。

8. 李守奎，楚文字編〔Z〕，華東師範大學出版社，2003年。

9. 羅竹鳳主編，漢語大詞典〔Z〕，漢語大詞典出版社，2002年。

10. 〔清〕段玉裁，說文解字注〔Z〕，上海古籍出版社，1988年。

11. 〔清〕郝懿行，爾雅義疏〔Z〕，上海古籍出版社，1983年。

12. 〔清〕錢繹，方言箋疏〔Z〕，中華書局，1991年。

13. 王安節等，簡明類語詞典〔Z〕，黑龍江人民出版社，1984年。

14. 王力、唐作藩等，王力古漢語字典〔Z〕，中華書局，2000年。

15. 王濤等，中國成語大辭典〔Z〕，上海辭書出版社，2000年。

16. 吳澤炎等，辭源〔Z〕，商務印書館，1995年。

17. 徐中舒，漢語古文字字形表〔Z〕，四川人民出版社，1981年。

18. 姚孝遂、肖丁，殷墟甲骨刻辭類纂〔Z〕，中華書局，1989年。

19. 張亞初，殷周金文集成引得〔Z〕，中華書局，2001年。

20. 中國社會科學院語言研究所詞典編輯室，現代漢語詞典〔Z〕，商務印書館，1996年。

21. 宗福邦等，故訓彙纂〔Z〕，商務印書館，2003年。

二、著作類

1. 曹煒，現代漢語詞義學〔M〕，學林出版社，2001年。

2. 陳年福，甲骨文詞義論稿〔M〕，上海古籍出版社，2007年。

3. 池昌海，漢語研究新探〔M〕，浙江大學出版社，2005年。

4. 董琨，中國漢字源流〔M〕，商務印書館，1998年。

5. 董蓮池，說文部首形義通釋〔M〕，東北師範大學出版社，2000年。

6. 董爲光，漢語詞義發展的基本類型〔M〕，華中科技大學出版社，2004年。

7. 馮蒸，說文同義詞研究〔M〕，首都師範大學出版社，1995年。

8. 符淮青，現代漢語詞彙〔M〕，北京大學出版社，1985年。

9. 符淮青，詞義的分析和描寫〔M〕，語文出版社，1996年。

10. 符淮青，詞典學詞彙學語義學文集〔M〕，商務印書館，2004年。

11. 傅東華，字義的演變〔M〕，北京出版社，1964年。

12. 傅亞庶，中國上古祭祀文化〔M〕，東北師範大學出版社，2004年。

13. 高守綱，古代漢語詞義通論〔M〕，語文出版社，1994年。

14. 高小方、蔣來娣編著，漢語史語料學〔M〕，高等教育出版社，2005年。

15. 葛本儀，現代漢語詞彙學〔M〕，山東人民出版社，2001年。

16. 葛本儀主編，漢語詞彙學〔M〕，山東大學出版社，2003年。

17. 葛本儀，漢語詞彙研究〔M〕，外語教學與研究出版社，2006年。

18. 郭錫良，漢語史論集（增訂本）〔M〕，商務印書館，2005年。

19. 何九盈、蔣紹愚，古漢語詞彙講話〔M〕，北京出版社，1980年。

20. 何九盈，中國現代語言學史〔M〕，廣東教育出版社，2000年。

21. 何九盈，中國古代語言學史〔M〕，廣東教育出版社，2005年。

22. 洪成玉，古漢語詞義分析〔M〕，天津人民出版社，1985年。

23. 洪成玉、張桂珍，古漢語同義詞辨析〔M〕，浙江教育出版社，1987年。

24. 侯占虎主編，王鳳陽、王寧審訂. 漢語詞源研究（第一輯）〔M〕，吉林教育出版社，2001年。

25. 黃伯榮、廖序東，現代漢語（修訂本）〔M〕，甘肅人民出版社，1981年。

26. 黃大榮，訓詁學基礎〔M〕，貴州人民出版社，1987年。

27. 黃金貴，古代文化詞義集類辨考〔M〕，上海教育出版社，1995年。

28. 黃金貴，古代文化詞語考論〔M〕，浙江大學出版社，2001年。

29. 黃易青，上古漢語同源詞意義系統研究〔M〕，商務印書館，2007年。

30. 賈彥德，漢語語義學〔M〕，北京大學出版社，1999 年。

31. 蔣冀騁，說文段注改篆評議〔M〕，湖南教育出版社，1993 年。

32. 蔣紹愚，蔣紹愚自選集〔M〕，大象出版社，1994 年。

33. 蔣紹愚，漢語詞彙語法史論文集〔M〕，商務印書館，2000 年。

34. 蔣紹愚，古漢語詞彙綱要〔M〕，商務印書館，2005 年。

35. 黎良軍，漢語詞彙語義學論稿〔M〕，廣西師範大學出版社，1995 年。

36. 李傳書，說文解字注研究〔M〕，湖南人民出版社，1997 年。

37. 李建國，漢語訓詁學史〔M〕，安徽教育出版社，1986 年。

38. 李如龍、蘇新春，詞彙學理論與實踐〔M〕，商務印書館，2001 年。

39. 李宗江，漢語常用詞演變研究〔M〕，漢語大詞典出版社，1999 年。

40. 林劍鳴主編，秦漢社會文明〔M〕，西北大學出版社，1986 年。

41. 林乃燊，中國古代飲食文化〔M〕，商務印書館，1997 年。

42. 劉叔新，語義學和詞彙學問題新探〔M〕，天津人民出版社，1993 年。

43. 劉叔新，漢語描寫詞彙學（重排本）〔M〕，商務印書館，2005 年。

44. 劉興均，周禮名物詞研究〔M〕，巴蜀書社，2001 年。

45. 劉玉凱、喬雲霞，中國俗成語〔M〕，上海文藝出版社，1991 年。

46. 陸宗達，訓詁簡論〔M〕，北京出版社，1980 年。

47. 陸宗達、王寧，訓詁方法論〔M〕，中國社會科學出版社，1983 年。

48. 陸宗達、王寧，訓詁與訓詁學〔M〕，山西教育出版社，1994 年。

49. 呂叔湘，呂叔湘文集〔M〕，商務印書館，1992 年。

50. 馬國凡，成語〔M〕，內蒙古人民出版社，1973 年。

51. 馬敘倫，說文解字研究法〔M〕，太平書局，1970 年。

52. 馬振亞，張振興，中國古代文化概說〔M〕，吉林大學出版社，1988 年。

53. 毛茂臣，語義學：跨學科的學問〔M〕，學林出版社，1988 年。

54. 梅家駒、竺一鳴、高蘊琦、殷鴻翔編著，同義詞詞林〔M〕，上海辭書出版社，1983 年。

55. 〔美〕布龍菲爾德，語言論〔M〕，商務印書館，1980 年。

56. 〔美〕柔克義（W. W. Rockhill）譯注，何高濟譯，魯布魯克東行記〔M〕，中華書局，1985 年。

57. 倪寶元、姚鵬慈，成語九章〔M〕，浙江教育出版社，1990 年。

58. 潘允中，漢語詞彙史概要〔M〕，上海古籍出版社，1989 年。

59. 駢宇騫、段書安編著，二十世紀出土簡帛綜述〔M〕，文物出版社，2006 年。

60. 〔葡萄牙〕曾德昭（Alvaro Semedo）著〔M〕，何高濟譯，大中國志，上海古籍出版社，1998 年。

61. 〔日〕中山時子主編，中國飲食文化〔M〕，中國社會科學出版社，1992 年。

62. 〔瑞士〕索緒爾著、高名凱譯,岑麒祥、葉蜚聲校注,普通語言學教程〔M〕商務印書館,1980 年。

63. 史存直,漢語詞彙史綱要〔M〕,華東師範大學出版社,1989 年。

64. 史式,漢語成語研究〔M〕,四川人民出版社,1979 年。

65. 束定芳,現代語義學〔M〕,上海外語教育出版社,2000 年。

66. 宋鎮豪,夏商社會生活史〔M〕,中國社會科學出版社,1994 年。

67. 宋鎮豪,中國飲食史:第二編〔M〕,華夏出版社,1999 年。

68. 宋永培,古漢語詞義系統研究〔M〕,內蒙古教育出版社,2000 年。

69. 蘇寶榮,詞義研究與辭書釋義〔M〕,商務印書館,2000 年。

70. 蘇寶榮、宋永培,古漢語詞義簡論〔M〕,河北教育出版社,1987 年。

71. 蘇新春,當代中國詞彙學〔M〕,廣東教育出版社,1995 年。

72. 蘇新春,漢語詞義學〔M〕,廣東教育出版社,1992 年。

73. 孫常敘,漢語詞彙〔M〕,吉林人民出版社,1956 年。

74. 孫鈞錫,漢字基本知識〔M〕,河北人民出版社,1980 年。

75. 孫雍長,訓詁原理〔M〕,語文出版社,1997 年。

76. 汪維輝,東漢-隋常用詞演變研究〔M〕,南京南京大學出版社,2000 年。

77. 王鳳陽,古辭辨〔M〕,吉林文史出版社,1993 年。

78. 王夫之,楚辭通釋〔M〕,上海人民出版社,1975 年。

79. 王軍,漢語詞義系統研究〔M〕,山東人民出版社,2005 年。

80. 王力,漢語史稿〔M〕,中華書局,1980 年。

81. 王利器,鹽鐵論校注(定本)〔M〕,中華書局,1992 年。

82. 王寧,訓詁學原理〔M〕,中國國際廣播出版社,1996 年。

83. 王寧,漢字學概要〔M〕,北京師範大學出版社,2001 年。

84. 王仁湘,中國史前飲食史〔M〕,青島出版社,1997 年。

85. 王文錦、陳玉霞,周禮正義點校本〔M〕,中華書局,1987 年。

86. 王先謙,釋名疏證補〔M〕,上海古籍出版社,1984 年。

87. 吳孟復,訓詁通論〔M〕,安徽教育出版社,1983 年。

88. 伍謙光,語義學導論〔M〕,湖南教育出版社,1988 年。

89. 向熹,簡明漢語史〔M〕,高等教育出版社,1993 年。

90. 徐國慶,現代漢語詞彙系統論〔M〕,北京大學出版社,1999 年。

91. 徐海榮等,中國飲食史〔M〕,華夏出版社,1999 年。

92. 徐時儀,古白話詞彙研究論稿〔M〕,上海教育出版社,2000 年。

93. 徐朝華,上古漢語詞彙史〔M〕,商務印書館,2003 年。

94. 許威漢,漢語詞彙學引論〔M〕,商務印書館,1992 年。

95. 嚴修，二十世紀的古漢語研究〔M〕，書海出版社，2001 年。

96. 楊升初，漢語語義學論文集〔M〕，湖南人民出版社，1986 年。

97. 楊樹達，古書疑義舉例續補〔M〕，上海古籍出版社，2010 年。

98. 詹人鳳，現代漢語語義學〔M〕，商務印書館，1997 年。

99. 張靜，新編現代漢語〔M〕，上海教育出版社，1980 年。

100. 張聯榮，漢語詞彙的流變〔M〕，大象出版社，1997 年。

101. 張聯榮，古漢語詞義論〔M〕，北京大學出版社，2000 年。

102. 張一建，古漢語同義詞辨析〔M〕，福建人民出版社，1987 年。

103. 張永言，詞彙學簡論〔M〕，華中工學院出版社，1982 年。

104. 張永言，語文學論集〔M〕，語文出版社，1992 年。

105. 張光直，中國青銅時代〔M〕，三聯書店出版社，1983 年。

106. 張志毅、張慶雲，詞彙語義學（修訂本）〔M〕，商務印書館，2005 年。

107. 章宜華，語義學與詞典釋義〔M〕，上海辭書出版社，2002 年。

108. 趙誠，甲骨文與商代文化〔M〕，遼寧人民出版社，2000 年。

109. 趙克勤，古代漢語詞彙概要〔M〕，浙江教育出版社，1987 年。

110. 趙克勤，古代漢語詞彙學〔M〕，商務印書館，2005 年。

111. 趙豔芳，認知語言學概論〔M〕，上海外語教育出版社，2001 年。

112. 周薦，漢語詞彙研究史綱〔M〕，語文出版社，1995 年。

113. 周薦，詞彙學問題〔M〕，天津古籍出版社，1998 年。

114. 周光慶，古漢語詞彙學簡論〔M〕，華中師範大學出版社，1989 年。

115. 周祖謨，漢語詞彙講話〔M〕，湖南人民出版社，1957 年。

116. 朱星，漢語詞義簡析〔M〕，湖北人民出版社，1981 年。

117. 朱星，古代文化基本知識〔M〕，天津人民出版社，1981 年。

三、學位論文類

1. 陳秀玉，臺灣閩南語飲食詞彙中的文化意義〔D〕，臺灣高雄師範大學碩士學位論文，1995 年。

2. 董豔豔，商代金文語言研究〔D〕，西南師範大學碩士學位論文，2003 年。

3. 李朝虹，《說文解字》互訓詞研究〔D〕，浙江大學博士學位論文，2007 年。

4. 李紅印，現代漢語顏色詞詞彙——語義系統研究〔D〕，北京大學博士學位論文，2001 年。

5. 李金蘭，現代漢語身體動詞的認知研究〔D〕，華東師範大學博士學位論文，2006 年。

6. 李湘，《漢書》單音節動詞同義詞分佈〔D〕，湘潭大學碩士學位論文，2006 年。

7. 羅積勇，試論漢語詞義演變中的「相因生義」〔D〕，武漢大學碩士學位論文，1985

年。

8. 王宏劍，《韓非子》同義詞研究〔D〕，廈門大學碩士學位論文，2001 年。

9. 王勇衛，「～酒」「酒～」語義修辭闡釋〔D〕，福建師範大學碩士學位論文，2008 年。

10. 周粟，周代飲食文化研究〔D〕，吉林大學博士學位論文，2007 年。

11. 周文德，《孟子》單音節實詞同義詞研究〔D〕，四川大學博士學位論文，2002 年。

四、期刊論文類

1. 班吉慶，從《說文解字》看中國古代飲酒文化〔J〕，揚州師院學報（社會科學版），1996 年 1 月。

2. 薄鳴，談詞義和概念的關係問題〔J〕，中國語文，1961 年 8 月。

3. 岑麒祥，論詞義的性質及其與概念的關係〔J〕，中國語文，1961 年 5 月。

4. 陳習剛，中國古代葡萄、葡萄酒及葡萄文化經西域的傳播（一）兩宋以前葡萄和葡萄酒產地〔J〕，新疆師範大學學報，2006 年 3 月。

5. 陳秀蘭，成語探源〔J〕，古漢語研究，湖南師範大學，2003 年 1 月。

6. 陳直，《鹽鐵論》存在問題的新解〔J〕，文史哲，1962 年 4 月。

7. 鄧明，古漢語詞義感染例析〔J〕，語文研究，1997 年 1 月。

8. 鄧明，古漢語詞義感染補證〔J〕，古漢語研究，2001 年 2 月。

9. 董爲光，詞義引申組系的「橫向聯繫」〔J〕，語言研究，1991 年 2 月。

10. 符淮青，詞義單位的劃分〔J〕，漢語學習，1998 年 4 月。

11. 符淮青，「詞義成分—模式」分析（表動作行爲的詞）〔J〕，漢語學習，1996 年 5 月。

12. 符淮青，詞義和詞的分佈〔J〕，漢語學習，1999 年 1 月。

13. 高名凱，論語言系統中的詞位〔J〕，北京大學學報，1962 年 1 月。

14. 高慶賜，漢語單音詞義系統簡論〔J〕，華中師院學報，1978 年 1 月。

15. 高迎澤，施受同辭辨〔J〕，燕山大學學報（哲學社會科學版），2010 年 1 月。

16. 勾俊濤，論古代漢語詞義的反向引申〔J〕，南陽師範學院學報，2004 年 5 月。

17. 郭伏良，現代漢語語義場分析初探〔J〕，河北大學學報，1995 年 1 月。

18. 郭攀，論古漢語同級引申〔J〕，古漢語研究，1991 年 4 月。

19. 郭沈青，語義場和義素的性質及其研究價值〔J〕，寶雞文理學院學報，1994 年 2 月。

20. 耿傑，從甲骨文看殷商之酒文化〔J〕，文學選刊，2010 年 2 月。

21. 郭錫良，1985 年的古漢語研究〔J〕，中國語文天地，1986 年 3 月。

22. 韓偉，漢字所蘊涵的酒文化信息〔J〕，河南大學學報（社會科學版）。2004 年 5 月。

23. 韓褘，《說文解字》酉部字的中國古代酒文化內涵〔J〕，唐山師範學院學報（社

會科學版），2005 年 6 月。

24. 洪成玉，詞義並非概念〔J〕，語言，2006 年 6 月。

25. 胡澍，葡萄引種内地時間考〔J〕，新疆社會科學，1986 年 5 月。

26. 黃金貴、沈錫榮，古漢語同義詞辨析（一）〔J〕，邵興師專學報，1987 年 1 月。

27. 黃景欣，試論詞彙學中的幾個問題〔J〕，中國語文，1961 年 3 月。

28. 姜躍濱，論王念孫「同義相因」説〔J〕，北方論叢，1991 年 4 月。

29. 蔣紹愚，詞義的發展和變化〔J〕，語文研究，1985 年 2 月。

30. 蔣紹愚，關於漢語詞彙系統及其發展變化的幾點想法〔J〕，中國語文，1989 年 1 月。

31. 蔣紹愚，古漢語詞典的編纂和古漢語詞彙的研究〔J〕，湖北大學學報（哲學社會科學版），1989 年 5 月。

32. 蔣紹愚，近代漢語研究概述〔J〕，古漢語研究，1990 年 2 月。

33. 蔣紹愚，白居易詩中與「口」有關的動詞〔J〕，語言研究，1993 年 2 月。

34. 蔣紹愚，兩次分類——再談詞彙系統及其變化〔J〕，中國語文，1999 年 5 月。

35. 蔣紹愚，漢語詞義和詞彙系統的歷史演變初探——以「投」爲例〔J〕，北京大學學報，2006 年 4 月。

36. 靳桂雲，中國史前居民的食物結構〔J〕，中原文物，1995 年 4 月。

37. 柯莉，談修辭手段對古漢語詞義引申的影響〔J〕，長春師範學院學報，2004 年 4 月。

38. 寇永良，語義場淺釋〔J〕，黑龍江教育學院學報，2001 年 2 月。

39. 李利芳，試論從「酉」之字和中國古代的酒名〔J〕，牡丹江大學學報，2009 年 12 月。

40. 李潤生，二十世紀五十年代以來漢語詞彙系統研究述評〔J〕，勵耘學刊（語言卷）2006 年 2 月；又載燕山大學學報，2007 年 2 月。

41. 李仕春、艾紅娟. 反訓研究〔J〕，寧夏大學學報（人文社會科學版），2007 年 1 月。

42. 李索，論新世紀漢語語義研究的學術地位〔J〕，西南民族大學學報，2004 年 1 月。

43. 李裕德，詞語搭配是相應義素的協同〔J〕，語文建設，1990 年 4 月。

44. 李運富，古漢語詞彙學説略〔J〕，衡陽師專學報，1988 年 4 月。

45. 梁鮮、符其武，從語義場看詞義演變的類型〔J〕，新東方，2006 年 2 月。

46. 林達青、苑全馳. 動作類反訓詞的意象模式〔J〕，淮南師範學院學報，2001 年 1 月。

47. 林乃燊，從甲骨文看我國飲食文化的源流〔J〕，中國烹任，1983 年 12 月。

48. 劉德輝，施受同辭例説〔J〕，學術交流，2002 年 5 月。

49. 劉俊一，釃酒、篩酒與燙酒、斟酒〔J〕，漢字文化，2006 年 6 月。

50. 劉叔新，詞彙體系問題〔J〕，中國語文，1964 年 3 月。

51. 劉亞輝，《說文解字注》中的詞義引申〔J〕，廣西師範大學學報，2003 年 4 月。

52. 劉志生、黃建寧，近二十餘年以來「反訓」研究綜述〔J〕，長沙電力學院學報（社會科學版），2003 年 2 月。

53. 陸宗達、王寧，古漢語詞義研究〔J〕，辭書研究，1981 年 2 月。

54. 羅明月，淺析《說文解字‧酉部》與飲食文化〔J〕，攀枝花學院學報，2003 年 4 月。

55. 羅德真，略論西方語義場理論在漢語語義學研究中的借鑒〔J〕，江蘇廣播電視大學學報，1995 年 1 月。

56. 羅正堅，詞義引申和修辭借代〔J〕，南京大學學報，1994 年 4 月。

57. 羅志騰，中國古代人民對釀造發酵化學的貢獻〔J〕，中山大學學報（自然科學版），1980 年 1 月。

58. 呂叔湘，現代漢語單雙音節問題初探〔J〕，現代漢語參考資料，上海教育出版社，1980 年。

59. 牛慧芳，淺談《說文解字注》詞義的平行式引申〔J〕，陝西師範大學學報，2004 年 10 月。

60. 馬承源，漢代青銅蒸餾器的考察和實驗〔J〕，上海博物館集刊，1992 年 6 月。

61. 馬景侖，「反訓」與「正反同詞」淺論〔J〕，淮陰工學院學報，2006 年 2 月。

62. 麥宇紅，思維與詞義引申〔J〕，語文學刊，2001 年 1 月。

63. 孟廣道，對詞義引申的義素分析〔J〕，貴陽師專學報，1996 年 1 月。

64. 歐偉貞，淺談漢字與漢語詞義的關係〔J〕，昌吉師專學報，2001 年 1 月。

65. 邵文利，古漢語詞義引申方式新論〔J〕，山東大學學報，2003 年 2 月。

66. 饒尚寬，關於古漢語詞義研究的幾點反思〔J〕，新疆師範大學學報（哲學社科版）。1988 年 3 月。

67] 〔日〕林巳奈夫，漢代的飲食〔J〕，東方學報，1976 年 3 月。

68. 石安石，關於詞義與概念〔J〕，中國語文，1961 年 8 月。

69. 石聲漢，試論我國從「西域」引入的植物與張騫的關係〔J〕，科學史集刊，第 5 輯，科學出版社，1963 年。

70. 束定芳，認知語義學的基本原理、研究目標與方法（之一）〔J〕，山東外語教學，2000 年 5 月。

71. 宋亞雲，古漢語詞義衍生途徑新說綜論〔J〕，語言研究，2005 年 1 月。

72. 蘇新春，當代漢語詞彙研究的大趨勢——詞義研究〔J〕，廣東教育學院學報（社會科學版），1994 年 1 月。

73. 蘇新春，古漢語詞彙研究的拓新〔J〕，九江師專學報（哲學社會科學版），1988 年 1 月。

74. 蘇袁，古漢語中的語義場意識〔J〕，徐州工程學院學報，2005 年 6 月。

75. 孫雍長，古漢語的詞義滲透〔J〕，中國語文，1985 年 3 月。

76. 索振羽，索緒爾的語言共時描寫理論〔J〕，語文研究，1994 年 1 月。

77. 譚代龍、張富翠，漢語起立概念場詞彙系統及其演變研究〔J〕，西南民族大學學報（人文社科版），2007 年 10 月。

78. 童致和，「香」和「臭」的詞義演變及氣味詞的詞義系統的發展〔J〕，杭州大學學報，1983 年 2 月。

79. 汪維輝，漢語「言說類動詞」的歷時演變與共時分佈〔J〕，中國語文，2003 年 4 月。

80. 王春淑、楊大剛，論漢語的「反義同詞」〔J〕，四川師範大學學報（社會科學版），2006 年 3 月。

81. 王冬梅、趙志強，漢語飲食詞語的隱喻轉義〔J〕，內蒙古社會科學（漢文版）。2003 年 5 月。

82. 王寧，漢語詞彙語義學的重建與完善〔J〕，寧夏大學學報，2004 年 4 月。

83. 王寧，試論訓詁學在當代的發展及其舊質的終結〔J〕，中國社會科學，1988 年 2 月。

84. 王欽，《說文》酒器簡釋〔J〕，鄂州大學學報（社會科學版），1998 年 4 月。

85. 王琴希，中國古代造酒的化學工藝〔J〕，化學通報，1955 年 10 月。

86. 王仁湘，從考古發現看中國古代的飲食文化傳統〔J〕，湖北經濟學院學報，2004 年 2 月。

87. 王希傑，語言的詞彙和言語的詞彙〔J〕，杭州大學學報，1993 年 1 月。

88. 王頊，《說文解字・酉部》字的酒文化內涵〔J〕，江西科技師範學院學報，2008 年 5 月。

89. 王勇衛，簡析酒語詞語語義演化生成與修辭認知〔J〕，泉州師範學院學報（社會科學版），2010 年 1 月。

90. 文旭，從語義場理論看語言的模糊性〔J〕，外語學刊，1995 年 1 月。

91. 吳傳鳳，語義場和詞義差異〔J〕，常德師範學院學報，1999 年 4 月。

92. 武惠華，古漢語詞義的動靜引申〔J〕，中國人民大學學報，1995 年 4 月。

93. 伍鐵平，詞義的感染〔J〕，語文研究，1984 年 3 月。

94. 謝磊，論反訓以及人們對施受同辭現象的一些誤解〔J〕，蘭州教育學院學報，1993 年 1 月。

95. 徐盛桓，成語的生成〔J〕，暨南大學華文學院學報，2004 年 1 月。

96. 徐之明，「組合同化」說獻疑——與張博同志商榷〔J〕，古漢語研究，2001 年 3 月。

97. 許嘉璐，論同步引申〔J〕，中國語文，1987（1）。

98. 楊志賢，論「反義同詞」現象〔J〕，集美大學學報（哲學社會科學版），2002 年 3 月。

99. 姚錫遠，上古時期詞彙學研究說略〔J〕，河南教育學院學報，1996 年 3 月。

100. 易敏，在對譯與比較中觀察漢語詞義系統〔J〕，北京師範大學學報，2000 年 2 月。

101. 余華青、張廷皓，漢代釀酒業探討〔J〕，歷史研究，1980 年 5 月。

102. 袁翰青，釀酒在我國的起源和發展〔J〕，新建設，1955 年 9 月。

103. 曾昭璇，南方蒲桃考〔J〕，農業考古，1992 年 1 月。

104. 趙振鐸，論上古兩漢漢語〔J〕，古漢語研究，1994 年 3 月。

105. 詹衛東，確立語義範疇的原則及語義範疇的相對性〔J〕，世界漢語教學，2001 年 2 月。

106. 張博，詞的相應分化與義分同族詞系列〔J〕，古漢語研究，1995 年 4 月。

107. 張博，組合同化：詞義衍生的一種途徑〔J〕，中國語文，1999 年 2 月。

108. 張連舉，論《詩經》中的酒器描寫〔J〕，深圳職業技術學院學報，2009 年 4 月。

109. 張聯榮，談詞的核心義〔J〕，語文研究，1995 年 3 月。

110. 張相平，「篩酒」詞義探源〔J〕，漢字文化，2006 年。

111. 張燚，語義場——現代語義學的歌德巴赫猜想〔J〕，新疆師範大學學報（哲學社會科學版），2002 年 1 月。

112. 張永言、汪維輝，關於漢語詞彙史研究的一點思考〔J〕，中國語文，1995 年 6 月。

113. 鄭榮馨，修辭學視野中的語義場〔J〕，無錫教育學院學報，1995 年 4 月。

114. 鄭述譜，從「概念」一詞的釋義說起——兼論詞義、概念及其關係〔J〕，外語學刊，2001 年 1 月。

115. 朱城，古漢語的詞義滲透獻疑〔J〕，中國語文，1991 年 5 月。

116. 朱城，關於「組合同化」的幾點思考——與張博先生商榷〔J〕，海南師範學院學報，2000 年 2 月。

117. 莊萬壽，上古的食物〔J〕，大陸雜誌，1976 年 2 月。

118. 周崇謙，「施受同詞」與被動標誌〔J〕，張家口職業技術學院學報，2000 年 1 月。

119. 周國光，語義場的結構和類型〔J〕，華南師範大學學報（社會科學版），2005 年 1 月。

120. 周國光，詞彙的心理屬性和詞彙的體系性〔J〕，華南師範大學學報（社會科學版），2003 年 1 月。

121. 周國光，概念體系與詞彙體系〔J〕，安徽師大學報（哲學社會科學版），1986 年 1 月。

122. 周紹珩，歐美語義學的某些理論與研究方法〔J〕，語言學動態，1978 年 4 月。

123. 周攵勝，《説文解字·酉部》酒文化初探〔J〕，湘潭師範學院學報（社會科學版），2006 年 3 月。

124. 朱林清，關於詞義和概念的幾個問題〔J〕，中國語文，1962 年 6 月。

125. 周薦，近 20 年來漢語詞彙研究概況〔J〕，理論與現代化·學科理論與建設，1997 年 12 月。

126. 周建設，詞項語義的認知研究〔J〕，語言：第 1 卷，2000 年。

127. 朱貴英，釋「酒」〔J〕，成都大學學報（社會科學版），2010 年 3 月。

128. 朱俊曉、楊樹達，「施受同辭」淺析〔J〕，遼東學院學報，2006 年 3 月。

五、電子資源類

1. 四部叢刊，電子版〔DB〕，書同文數字化技術有限公司，萬方數據電子出版社。

2. 四庫全書，電子版〔DB〕，書同文數字化技術有限公司，萬方數據電子出版社。

3. 中國歷代石刻史料彙編數據庫（試用）〔DB〕，書同文數字化技術有限公司。